精英論壇系列 四

TAKE A DIFFERENT PATH

走出不一樣的路

主編 黃肇瑞

成大出版社
National Cheng Kung University Press

目次 CONTENTS

推薦序／王錫福 i

李偉賢 ii

導論／黃肇瑞 iii

1 劉音岑 打造你的三創人生：創新、創意、創業 2

2 高強 讀萬卷書、行萬里路 20

3 楊啟航 驀然回首，雲淡風輕 46

4 馬克 快樂工作學：九條命不如九種心 70

5 徐嘉凱 越壞的時代下，我們越該做自己 90

6 蔡明助 重現文藝復興時代的製琴藝術 110

7 吳誠文 走不一樣的路 132

8 何凱成 讓運動成為教育的一環 160
9 李筱瑜 不設限，才能突破極限 198
10 林明政 如何走出重度憂鬱症+世界旅行 222
11 阮光民 阮是漫畫家 242
12 楊宇帆 從魯蛇邊緣人到鳳梨王子，楊宇帆種出新人生 274
13 林書鴻 如何走向成功之路 320
附錄：精英論壇場次表 342

推薦序

PREFACE

黃肇瑞教授回到國立成功大學任教後，在通識教育開設一門既豐富又精采的課程，邀請各方學者分享人生經驗，甚至再把這些講者的智慧，整理集結出版。從課程的發想、邀請講者、學生編組、推薦書單、學生心得報告，到最後的出版，這完整的課程安排，過程有多繁瑣，黃教授的費心難以想像，但黃教授就這樣默默耕耘到第四本書，造福許多莘莘學子與讀者。

現在的十二年國教強調核心素養，而我們大學通識教育則延續這個理念，以博雅教育為目標，希望拓展學生視野，統整知識，培養公民責任，在變動很大的時代，深化本身的專業，奠定跨領域生涯擴展能力。而黃教授透過這樣的課程，不僅啟發學生的生命潛能，也培養生活知能，提升創新應變與解決問題的能力。這樣完整的課程設計與用心，黃教授的教育熱情，讓人十分感佩！

論壇中這些不同領域的前輩，他們的生命故事與智慧帶給我們許多啟示。願意在逆境的亮光中，張開眼、敞開心的人才會發現，「危機磨難，就是提升你高度的亮光；刁難挫敗你的人，就是促使你進步的貴人。」我們期許同學與讀者們都有踏出舒適圈的勇氣、有願意承擔的責任感，用寬廣的眼光，看見屬於自己的光亮。

國立臺北科技大學校長　王錫福

推薦序
PREFACE

每個人都有屬於自己的「生涯規劃」。在我的求學過程中，原本是念工專機械科，服完兵役後開始工作，才認知「學然後知不足，行而後知困乏」，重新檢視與調整自己的生涯規劃，再重返學校唸書，繼續升學，也圓了念大學的夢想，只是沒想到會一路念到博士，出國進修深造，然後再到大學任教。雖然這個經歷有些曲折，但我一直全力以赴，擔任教師後，也克盡大學教授的學術與社會責任，貢獻所學，我走出了屬於我的路，也創立了屬於我的人生金字塔。

黃肇瑞教授所開設的「生涯規劃——精英論壇」課程，也是透過不同的專家分享生命歷程，其堆疊的過程與方式也許不同，但追尋自我的目標都是一致的，從自我探索到自我實踐，甚或有能力回饋社會，每位專家學者的熱情與努力，都令人敬佩，也值得我們取經與學習。複雜的社會環境中，我們需要更深層、成熟的省思，而這本書正是集結了許多前輩、先進的人生智慧，時刻提點我們，讓課堂上的學生與廣大讀者，都能有更多自省的機會。

我們也期許大家能夠以同理心及善念成全彼此，提攜並進，用智慧及寬容帶動改變，在人生的每一個階段，都能開展一段輝煌的旅程，走出不一樣的路。

國立聯合大學校長　李偉賢

導論
INTRODUCTION

二〇一六年八月，我卸任了國立高雄大學校長的職務，回到國立成功大學任教職之後，一直在思考：除了教授本身的材料科學專業課程之外，是不是可以為高等教育及下一世代的傳承，多盡一份心力？經過一段時間的思考、沉澱和籌劃，並獲得企業界朋友的贊助，而向學校通識教育中心提出開設與「生涯規劃」相關的精英論壇系列課程，課程的講師是由來自產、官、學、研、醫藥、文化、藝術、科技、法律、建築、人文、歷史、社會、運動、媒體等各個層面的名人精英，講授內容涵蓋理工科技、人文藝術、民生社會等多元化領域。

設計本課程的動機是期望藉由這些傑出的講者，以過來人的身分傳承過去的智慧和經驗，告訴年輕人：人生是否可以預做規劃？如何做好生涯規劃？當面臨人生轉折點的時候是如何做決定？如何做好機會來臨之前的準備？以跨域學習、拓展視野、加強國際觀作為基石，希望學生在與講者的近距離接觸及言談互動之間，受到無形而深遠的影響和啟發。

授課方式使用成大數位學習平臺（Moodle），學生於上課之前需先搜尋並上傳該堂課講師的資料，並於授課結束後的一週內繳交當節課聽講的心得報告。此外，須於課外時間自行選擇閱讀一本講員推薦的書籍，並於學期末前繳交一份書面的讀後心得報告。在學期初的第一堂課，即將修課學生以不同學院和系所混合編組的方式，將每五位同學分成一個小組，各組需經由共同討論之後，由全部講員推薦的書單中，挑選一本書一起閱讀及討論，並於課中進行公開的分組口頭報告，由修課同學相互評分。期望引領同學了解團隊的重要，在準備上臺報告的期間，彼此作到領域互補、相互交流和激發思考。

同學們從不同背景的講員中，透過不同角度述說的個人生命故事，可以獲得不一樣的激勵和啟發，更認清自己的能力和性向，做生涯規劃時，選擇與自身能力及興趣相符合的工作。

為了讓更多沒有機會修習到這門課的人，也可以由講員的精闢演講中獲益，因此在取得講師的同意之後，聘請工讀生將授課內容做逐字稿的整理，彙整成冊，公開出版，非常期待藉由發行這一系列的叢書，能夠使更多人獲得影響和啟發，找到屬於自己人生的「康莊大道」。

由於這本書是由各個層面的名人精英，以口語聊天的方式來述說自己的經歷，因此適合的讀者並不只限於準備做生涯規劃的年輕人，即使是各種年齡層或不同行業的讀者，也可以藉由這些精英名人親自口述自己的生動生命故事當中，體會他們的經歷和睿智的思考，在平易、生動、有趣的故事中，可倍感獲益良多。

精英論壇系列的第一本書《精英的十三堂課》已經在二〇一九年五月出版，第二本書《從答題到出題》在二〇二〇年七月出版，第三本書《人生的金字塔》在二〇二一年五月出版。

《走出不一樣的路》是精英論壇出版系列的第四本書，書名源自國立清華大學吳誠文（前世界少棒冠軍，巨人少棒隊主力投手）教授，在本書中的一篇文章題目，吳教授曾任國立清華大學副校長及國立成功大學副校長。本書的內容依然精彩，是由十三位講員的授課內容，所彙整而成，看完這本書就好像閱讀了十三位精英名人的自傳。

能夠順利出版這一本書，要衷心感謝許多人。首先要誠摯感謝益安生醫股份有限公司張有德董事長，長春集團創辦人林書鴻董事長及某知名企業的共同贊助，感謝他們對於支持高等教育的熱忱，以及對於社會的回饋。也要感謝願意一起為高等教育盡一份心力的許多精英講員們，謝謝執行課程大小事務的總管黃雅芳秘書，也很感謝幫忙錄影錄音和撰寫逐字稿的陶瓷鍍膜實驗室研究生助教們，還有成大出版社吳儀君及協助文編的林淑禎。也要感謝負責由臺南高鐵站接送講員的老婆孟旭，她也因此獲得不用繳學費而可以旁聽的優待。感謝書中多位為我寫序的前輩和朋友，謝謝你們欣賞並推介這本書，衷心感謝。

最後，當然是要誠摯的感謝正在閱讀這本書的你，希望你會喜歡這本書，也希望能夠推薦給各個年齡層的廣大讀者。

黃肇瑞
二〇二二年二月
國立成功大學材料科學及工程學系講座教授

克林食品店總經理 劉音岑

曾經在臺北擔任藥廠業務，也開過餐廳，甚至獨自到澳洲打工體會不同的人生。個性充滿熱情與冒險的精神，但在爸爸罹癌後，毅然決定回家，背負傳承的使命——經營臺南人的老字號人氣肉包「克林台包」。宛如空降部隊，突然返回老店成為第三代接班人，面對的卻是老員工的不信任，以及外界等著看笑話的揶揄，決定改變心態，一切從頭學習，終於賦予了老店多元樣貌。

劉音岑．演講

打造你的三創人生——創新、創意、創業

大家在人生交叉路上也許也想過要創業，創業需要創新跟創意，很高興可以跟大家分享我的心路歷程。「克林」是一個臺南的食品品牌，民國四十年時就成立，早期有賣很多外國舶來品、西點麵包和食品雜貨，民國五十一年的時候轉型成生鮮超市，民國七十六年進口一些日本食品，到現在專心做包子。我們的店七十年了，一間店要存活那麼久很困難，必須要一直更新路線，也可能曾經面臨倒閉。我阿公就曾經有十年的時間，樓上只有一個師傅，店員只有一個人，樓上的師傅早上八點來隨便做一點東西，中午吃完飯就開始打瞌睡，睡到四點下班。因為沒有生意，麵包可以賣一個禮拜。

● 臺南人的包子

包子店也有專業的企業形象

我以前在臺北上班，回來接班克林七年了，我剛回來的時候招牌跟現在不一樣，裡面有生鮮超市，有賣雞蛋、國外進口食品，也有賣包子，門口隨便用色卡印賣些什麼東西。我覺得很俗氣，店員小姐穿著選舉背心，我剛回來的時候真的很不習慣，整間店的形象不是很好，看到就覺得頭很痛，懷疑這樣真的會有人來應徵嗎？每次缺店員，來應徵的大概都是四、五十歲的歐巴桑。我認為一個企業的形象很重要，如果去一間很漂亮的店，會覺得自己比較有形象，不會生氣；去一間黑黑髒髒的店就很想客訴。我發現我的顧客就會這樣。

我曾經拍過一支實際購物體驗的影片放在臉書上，塑膠袋是我心中的痛，我很不喜歡不環保的事情，尤其塑膠袋用量已經太大了，我希望顧客盡量自備環保袋，不要拿塑膠袋，可是客人不聽就是不聽，尤其是我們的顧客年紀通常比較大，他們認為塑膠袋是一個贈品，能多要就多要，一個包子裝一個袋子或一個包子開一張發票。我們被顧客罵的片段都是真實發生的，每次顧客罵我們店員小姐，店員也會跟他們對罵，然後會叫老闆出來，剛好我走出來就被顧客叫去罵。連一塊的塑膠袋都會被罵沒良心，後來我去一家文青店買東西以後翻轉我的想法，我希望改變我們的形象，我花了六百萬裝潢店面，我們有做3D立體的包子，每個店員的制服花兩千塊提升那些形象，希望他們穿漂亮一點，顧客比較不會發瘋。不論做哪一行，形象都很重要，像我今天穿得很正式是故意的，因為大家會覺得做包子的人都穿得很隨便，頭髮全身都是麵粉，我們必須去改變這個形象。

從護理系畢業後的歷程與學習

我稱克林台包是臺南人的包子，因為臺南在臺灣的飲食文化裡算蠻前面的，大家都很認同臺南的食物好吃，所以臺南人的包子應該也很厲害。我今年三十九歲，是護理系畢業的。我大學的時候沒有像各位有這麼好的課程，社會人士來分享職涯生活，很多人念了大學發現不是自己喜歡的科系，人生到底要何去何從？其實我也走過這段路，我大學畢業的時候，我的老師認為我做什麼都好，就是不要去當護士，我的老師認為我有商業頭腦。那時候我媽問我要不要去國中當代課老師，我連要作些什麼都不知道就答應了，但代課老師錢賺得不多，教一教我沒有很大的興趣，想往都市發展，就回到臺北應徵補教業，教物理跟化學。補教業是有名的現實，如果學生段考考得好，主任就會熱情歡迎我，如果學生考不好，走進補習班時就當沒有看到我，後來做了半年還是覺得錢賺得太少。聽說業務薪水賺得比較多，醫院裡的醫療用品都需要業務去推銷。所以我先選了一家小型企業，第一天報到的時候，我的主管跟我說做業務要靠自己，知道要賣什麼東西有三天的準備時間，我們公司大概有十幾樣產品，我在那邊做了兩年半覺得薪水一直沒有提升，我跟主管說我想加薪，他說我們公司就這樣。如果將來去上班，記得造型很重要，把自己打理得很乾淨、很得體，人家會比較看重你，漂亮帥氣的人升遷比較容易是事實。那時我們總經理很喜歡一個南部的業務，有次我開會遲到三分鐘被他痛罵半小時，從此以後我不敢遲到；但有一次我們早上九點開會，南部的業務中午以後才到，總經理問他吃飯沒，怎麼那麼辛苦現在才來，我才開始思考到底哪裡出了問題。後來我辭職，有人說外商藥廠可以賺很多錢，我就去應徵一家標榜最辛苦的跨國企業，我去面試，過了三關就錄取了。公司那時候問我可不可以偶爾去花蓮出差，我覺得很棒，可以拿公司的錢去花蓮玩。我一進公司的第一天就介紹我是花蓮的駐區代表，其他同事微笑看著我，主管要我從隔天開始就坐飛機去花蓮，在當地租車繞整個花蓮去賣產品，星期五再坐飛機回來，這個錢公司都會支出不用擔心。我當時覺得很棒，後來終於知道為什麼大家都要笑著看我，因為我們的業績壓力非常大，而且賣的是高單價的疫苗跟藥品。我在外商藥廠的起薪三萬出頭，加上獎金，薪水一個月可以超過十萬，業績獎金是每一個員工都有領到，主管才領得到，然後更高階的主管也才領得到，所以如果害長官領不到就準備滾蛋，薪水越多的公司壓力越大。

我們進一家公司都會期待公司有完整的教育訓練，但當你離開校園出社會就業，不要期待有人會手牽著你一步一步做。我本來也以為外商藥廠的教育訓練應該很棒，但其實有一百樣的商品他只教你一樣，就開始出去賣，我跟醫生介紹時，我只會講一個，所以我覺得不太會說話的人當業務還不錯，各行各業都需要業務，在那裡可以學到做人處事的方法。在花蓮最痛苦的是，每天開著車在青山綠水間，卻不知道要賣給誰，醫院和診所很少，我常常開著車到深山裡很小的衛生所，裡面只有一個醫生，看我遠道而來，勉強就捧場一下。畢業後了，選擇在地的中小型企業或跨國企業就業很不一樣，我到了快三十歲到外商藥廠，我就像甘蔗，人家吃一吃沒有汁了就把渣吐掉。我思考下一步要怎麼走，那個時候又遇到人生中的大事，失戀，所以現在如果我的員工失戀，我很能體諒。失戀都覺得是因為我的工作太忙沒時間陪對方才會失戀，就想換工作，那時我想說已經賺了很多錢，現在不急著賺錢，所以想去澳洲打工度假。

那時很流行打工度假，可是有時候想像跟實際上是有落差的，我以前在外商藥廠出入的都是高級飯店，請醫生吃得很好，在外商藥廠業績好的時候，一個月有三萬塊錢的交際費，可以花在醫生身上，也可以花在自己身上，我們出差的停車費和油錢全部由公司付。公司給你三萬，如果花不完也要硬是花完，吃不完就買餐卷。我要提醒大家一件事，如果以後公司給你任何可以花錢的機會，請你記得把它當作自己的錢，即使是一個塑膠袋和一隻筆都要珍惜，不要以為公司沒有計算你的績效。假設我一年有三千萬的業績可是我花了公司一百萬，另一個同事也有三千萬的業績，可是只花五十萬，公司當然會要花五十萬的，當時沒人教我，我就一直把錢花光，公司就一直加我的業績。

「你」就是自己的名片

在澳洲度假打工可以體驗不同的人生，我才知道原來自己體能有多差，我以前覺得自己體能很好，可是去了澳洲以後發現其實不是。第一次下農場工作溫度超過四十度，我的工作是整理葡萄亂長的枝葉，做了半小時溫度太高要收工，我已經是扶著葡萄藤爬著回去，回去後躺在床上一個禮拜爬不起來。要吃什麼都要靠自己，我在澳洲學會釣魚，因為要吃魚就自己釣，那時候還住帳篷，真的很刻苦，刻苦到你知道什麼是真的勞力工作。我有一次去一家有錢人家交換食宿，他真的是不太衛生，養雞的雞舍雞屎積很厚，進去差點昏倒，憋氣鏟了兩次以後又跑出來呼吸，獨輪推車我大概鏟了十車。我才知道你可以住得很差，吃得很差，因為沒東西吃的時候真的沒得選，我在那裡學習真刻苦耐勞。因為我怕脫節這個市場太久，一年以後我就回臺灣工作。很多人去國外度假打工混了很多年，那是打工度假還是臺勞？我那時已經很多臺勞，他們為了賺錢而去，過了幾年回來適應得了臺灣嗎？我剛去澳洲的時候，跟澳洲人走在一起都覺得我走很快，但從澳洲回臺北後發現臺北人走得更快，我都跟不上。所以我回來以後覺得還好我只去一年，如果去很多年我回臺灣可能很難適應。

我從澳洲回來以後換了兩三個工作，因為我已經三十歲，三十歲是一個門檻，要找工作不太容易。三十歲以前如果有找到一個好公司請好好待著不要亂跑，如果沒有的話持續努力。我會換工作是因為薪水太少，我以前領十幾萬習慣了，領三、四萬真的不夠花，後來我想以前的公司如果有職缺，願不願意讓我回去。還好我離開的時候做了很好的交接，所以剛好有一個職缺時，他們就打電話問我方不方便去面試，面試完隔天就讓我去上班，薪水還比離開前多，因為「我」就是我的名片。我問人事為什麼那麼快就讓我回來上班？他們說是因為我離開的時候跟我主管說我要去澳洲打工，做了很好的交接，不是去其他公司，我離職後我的主管去拜訪客戶，客戶還問他以前有一個劉小姐很好，他很有印象。所以「你」就是你的名片，凡走過必留下痕跡。

我待過的公司不多，當我回臺南接班的時候，很多人從螢幕上看到我，一開始在花蓮的客戶，還有我第一個公司的主管都聯絡我，他們來臺南開會還會來買我們家的產品，表示我以前在公司時，給他們很好的印象。所以如果有朝一日去企業上班，記得離開的時候一定要好聚好散，絕對不是反正我要走就不管了，因為臺灣很小、世界很小，到哪裡都有可能遇到你，如果沒有把事情交接好是非常恐怖的。像我臺北的朋友曾經拿著一份履歷表問我這個人，是不是跟你共事過，他問我這個人可以用嗎，我回他能力很好可是一定做不久，所以朋友就沒有找他去面試。

回去外商時，我很後悔當時為什麼要離職，那時候公司找一個從波士頓大學回來的男生，我覺得他笨死了，教什麼都要問五遍，我跟他說你拿一個錄音筆，我說什麼都錄下來。後來我回到公司時，他做得很好，那時候有一個全世界很難賣的東西，是女生的子宮頸癌疫苗，一劑要兩千塊，他賣得很好，我還去請教他，我離開公司前的外號是疫苗一姐。後來我回去當業務兩年多，又開始想要換，在業務公司要思考自己定位是什麼，我仔細評估，我發現雖然我很會做業務、有業績，但我的語言能力不夠好，長得又不夠漂亮，身材不夠高，基本上外商很重外型，學歷也要很好，我評估完發現自己升不上去，我就想要做一點自己的事情。

創業甘苦談

我開了一家餐廳，起因是去澳洲的時候我花了一年認識澳洲的土地，我自己開車環澳，可是我根本沒有環過臺灣，那麼大的地方我願意去環它，在臺灣我卻沒有環島過，我就思考為什麼臺灣的年輕人不愛臺灣，因為我們根本不認識也不了解，一味覺得國外很好。所以我想要開一家餐廳，餐廳的理念是用美食認識臺灣，這是我第一個餐飲經驗，後來又有合夥經驗，餐廳開不到半年我爸爸就病危了，臺北的餐廳還沒關我就回去接班了。要畢業的人要選擇中小企業？還是外商公司？當然跟能力有關係。中小型的企業比較保守和穩定，但是上上下下所有的事情都要會；外商雖然職掌分的比較開，各個部門有各個部門的職責，可是錢多事多績效低，要看心臟夠不夠力，你要人家的錢人家要你的命，不要以為錢多的地方最好，企業不重大小，適合自己的就好。那要怎麼升官發財？永遠要搞清楚老闆是誰，我常常在面試員工的時候，問他們你要站在老闆的對面還是旁邊，他們就問我不能站在自己這邊嗎？我心裡就想那升官發財就沒你的份了，連面試時敷衍我一下都不願意，請你不就是讓我自己頭很痛？很多人搞不清楚狀況，沒有人不用選邊站，要搞清楚老闆是誰，再來老闆喜歡不麻煩的人。現在大家都很重視勞基法，勞資要合作，不要分化和對立。再者，世界沒有你一樣很好。創業也是很恐怖的，當時我跟一個高中好朋友合夥，從高中認識到三十歲感情應該很堅定，但半年之後真的跟電視上演的一樣，我的好朋友翻臉退股從此不再相見。所以越好的朋友真的越不要合作，尤其是合夥人有感情問題或觀念不一樣。如果你是為了想要擁有自己的人生才創業，也請放棄這個念頭，因為創了業以後就沒有自己了，只有你的事業。我的合夥人想擁有自己的生活，我們十一點營業他十二點才來上班，說昨天約會太晚爬不起來。每個人想要的不一樣，如果你想創業，有本事自己做，我那時候找了兩個朋友的朋友。第一個，我不知道他的精神狀況其實有問題，開業的過程當中，突然就精神病發；第二個遇到感情問題就退股。這家店沒有賺錢，但很紅，光《食尚玩家》就來拍過兩次，新聞至少上十次，上過很多媒體，沒辦法賺錢的原因，主要是地點不好，臺北的房租太貴，所以要思考賺的錢能不能負擔房租，我那時候認為，東西好吃再遠人家都會來。我從來沒有想過要回去接我爸的店，在開店之前我有跟我爸討論過，雖然我知道他有癌症，可是我以為還有很多時間，殊不知人算不如天算，開店半年，我爸就臥病不起，所以我就回臺南，臺北的店請另外一個朋友幫我顧。但是老闆不在，員工要做多好，都是不太可能，有一個好處是臺北資訊比較發達，很多人來採訪的時候，我會順便提到臺南的店家，然後他們又會去臺南採訪。那一陣子有點像紅人，一下子臺北採訪、一下子臺南採訪，好處是把知名度打開，行銷臺南的品牌，很多人看到我的影片，都是看到接班老店的消息。

接班老店是重新創業的開始

老店是工作環境老舊、員工老化、客群老化。我們那間店是阿公傳下來，三十幾年都沒有整修過，我光坐在椅子上就突然被蟲咬，那時候覺生意蠻好的，可是所有的東西都很舊，我起碼花了一百萬以上重整這家店。製作包子師傅都是五十五歲以上，客人也幾乎都是老人，我看到真的很害怕，因為我知道做吃的要賣給年輕人，因為年輕人代謝快吃得多，老人都不會餓。再來是被看衰，當時全臺南都在傳克林要倒了，臺南很多三姑六婆，還有員工的不信任，因為我是空降的，在老員工的心裡，我是克林老闆的女兒，而不是老闆，所以我爸一走，那些老員工各據山頭想要挾

• 克林台包舊外觀

天子以令諸侯，每個人都想要管我。但畢竟我來自跨國企業，那些勾心鬥角、三腳貓功夫笑死人，還要陪他們演戲很累。甚至我們薪水最高的大師父想要把我壓下去，派一個歐巴桑跟我講一些閒言閒語。再來就我小學三年級就離開臺南，那時候還沒做包子，所以我根本不懂製程。再來語言不同，因為我講臺語他聽不懂，他講臺語我聽不懂，你連罵他都要用他的口音去罵他才聽得懂。還有工時很長、毛利很低，這是很可怕的一件事，工時一天十二小時，那時候都是手工沒有機器，看到八十幾歲的師父騎摩托車上班，我真的很怕隔天勞工局來抓我，所以我覺得接班老店是重新創業的開始。

我剛回來臺南接手時看到膨餅，想說這個東西鼓鼓的好好玩，就看師父怎麼做餅皮，要桿很麻煩很辛苦，賣十五塊沒辦法賺錢，我就想要換顏色，現在我們店裡顏色更漂亮，還有現場示範製作。我還進了一臺德國全透明烤箱放在店外面，可以看到膨起來的整個過程。沒有人會花一百萬烤這種三十塊的東西，但我們臺南人就是很任性。

關於創造、創意的創新魄力，賺錢對我來說是一種樂趣，做什麼都沒關係，重點是要賺錢，很多人都說不知道自己的興趣是什麼，其實我並沒有哪一件事是我最喜歡的，我只是在每個位置都想要做到最好，只需要全心投入就會有興趣，今天若只是坐在這裡想自己的興趣是什麼，興趣通常都不能當飯吃。不論有沒有在自己的領域上努力，有一天跨領域時不要去思考這件事適不適合你，我推薦大家看這本書

• 克林台包舊外觀

克林現況

八寶肉包開始熱銷，成為最台的的伴手禮

• 克林台包外觀

《聽說你在創業》，書裡提到一句話，有些人一直說不喜歡加班，如果是做我喜歡的事情，那天天加班都願意。但這種人通常都不知道自己的興趣在哪裡，永遠找不到想做的事。

翻新文化老店，創造特色品牌

我真的靠著自學沒人教，靠眼睛看然後自己研究，還要看書，透過大量的練習做產品的改良。八寶肉包一開始很恐怖，平日可以賣三、四千個，假日賣五、六千個，我每天都很早起、很晚睡，賣完又沒利潤，所以我就先漲價，漲價了可以選擇客人，有些看CP值的就不會來，再來靠研發新品。很多人問我新品這麼多，都是我自己想的嗎？我自己常常出國看展，會去吃別人的東西，自己透過思考去組合，創造出新的商品，像包子和膨餅可以做成伴手禮。我們公司有個特殊的服務是可以接受顧客的特殊要求。像是林百貨的包子林肉包，從造型到烙印都是我們公司幫它設計的，我們也把膨餅做成迷你的婚禮小物或做成花束之類。膨餅是一個很古老的東西，可以讓它富有新意去獲得利潤。

我們在地的老店要先了解的是文化，文化不能隨便亂講，因為在臺灣，所以要先了解臺灣的文化如何延伸飲食文化，再來是技藝，我不太喜歡很多老店都說我們，從開店到現在都是古法製造，我覺得很疑惑，這樣到底是代表很厲害還是沒有進步？再來是精神，你要認真，別人才會當真，這句話很重要，因為很多時候大家都是隨便說說、隨便做做，當你用不認真的態度對待別人，別人也不會認真對待你。很多人問我最後這個品牌想要做什麼，我說我想走出國際，我想要做有尊嚴、有品牌、有格調的包子，而不是土包子。

學生回饋 FEEDBACK

蔡嘉倩

材料系■四年級

一開始看到劉總覺得她酷酷的，但整個演講過程中一直都是很有趣的，可以感覺到她其實是個很活潑、很真誠的人，劉總說這是她的第一次演講，今天很榮幸可以聽到劉總跟我們分享她的故事，還有很多念書時不會學到的人生態度，劉總給了我們很多建議，真的覺得上了很充實的一課。

雖然開始的幾份工作跟所畢業的科系也非直接相關的，但劉總知道自己想要的是什麼，所以她也跨出舒適圈，不但出國打工度假，甚至自己創業，最後又回來重振老店，劉總也笑說這根本是二次創業，但這些年來的心路歷程，不僅讓劉總累積了許多經驗，也有了更多體悟，其中劉總說了一段話讓我感受很深刻，她告訴我們，出了社會，離開了校園，不要期待人會手牽著你的手，一步一步引導你，因為社會是現實的，真正能力好的人，即使沒有人帶，也可以很快就對工作上手，的確，大部分的人到了陌生的環境，會不自覺地想去依賴別人，甚至排斥新環境，可是就像劉總說的，沒有人有義務要一一的去教你，出了社會凡事都要靠自己。

「『你』就是自己的名片」凡走過必留下痕跡，我們的一言一行都代表我們自己，轉換跑道時，不要想著現階段要結束了，就草草了事，這些都有可能在往後成為自己的絆腳石，所以每個階段都應該要完完整整的把該做的做好，而且好還要更好，就像在銷售產品一樣，想要賣得好，就要先建立良好的品牌，想成功行銷自己，就必須讓自己有好的口碑，所以不管去到哪，都要秉持積極、良好的態度，不但可以給人留下正面的印象，也能培養自己的處事態度，這樣不管去到或哪做什麼事，就不會產生隨便的態度或想法，也可以在無形中建立起自己的人脈。

「你要認真別人才會當真」雖然一開始回來接班的時候大家不看好，還不被老員工信任，上演過很多讓劉總頭痛的戲碼，但劉總事事身體力行，遇到不會的就學，不但包辦整個製程到行銷，保留好的古法，同時不斷發揮創意開發新產品，吸引不同年齡的客層，也用她的智慧巧妙的重新整合人事，一路走來雖然辛苦，但劉總用她新穎的經營方式跟想法，並投入她全部的心力跟感情，終於成功將處在頹勢的老店轉型，並重新打造克林台包的形象，以「臺南人的包子」為目標努力，即使是女生，也可以扛起很多事情，只要用心去做，就沒有做不到的，聽完演講的當天我就馬上去克林台包朝聖了，完全真材實料，超級好吃哦！

國立成功大學
工業與資訊管理學系講座教授
高強

曾任成功大學工業與資訊管理學系系主任、圖書館館長、管理學院院長和校長；在國外時，曾任教美國德州州立大學電子計算機科學系，擔任美國普渡大學、德國阿亨工業大學、歐洲INSEAD管理學院、法國Paul Sabatier大學、義大利波隆那大學訪問學者，另外也曾擔任社團法人中國工業工程學（Taiwanciie）會理事長。

長期鑽研決策分析，曾獲科技部傑出研究獎與教育部學術獎，著有英文專書*Network Data Envelopment Analysis*（Springer出版）。在校長任內創全國之先，設置特聘教授與講座教授，帶領成功大學爭取得教育部「五年五佰億計畫」，全國兩所邁向世界百大的重點發展大學。

讀萬卷書、行萬里路

我今天要講的題目是「讀萬卷書、行萬里路」。我們做許多事情需要有想法，有想法要靠創造力，創造力來自靈感，但靈感又來自何處？我的答案是多讀、多聽、多看、多想。多讀是讀萬卷書，多看是行萬里路，而多聽則是聽別人讀的萬卷書、行的萬里路，多讀、多聽、多看完了最後一定要多想，才能融會貫通，產生靈感。我非常喜歡阿美族的一句諺語「四處遊訪能生智慧，努力工作能生幸運」，四處遊訪就有機會聽、看，自然能累積智慧，產生比較理想的解決問題方法。另外就是要努力工作，幸運之神才會降臨於你，不要奢望上天會特別眷顧你，這也是我想勉勵大家的話。

四處遊訪能生智慧

民國八十三年我到德國待了半年，回國後發現我們的學生視野非常狹隘，對於周遭國家所知非常有限。在德國我跟留學生聊天，聽他們說荷蘭怎麼樣，捷克又怎麼樣，說得頭頭是道，我也覺得他們應該知道，因為荷蘭、捷克就在德國旁邊；但我後來想想不對啊，如果問臺灣的學生菲律賓如何，越南如何，大家多半並不清楚啊！我早期進行東南亞國家競爭力的研究時，遍跑東南亞，才注意到我們對我們周邊的國家是多麼陌生。我曾在宿霧市政廳前看到的一輛公共汽車，汽車上漆的竟然是「高雄市公共汽車」，讓人覺得有些時空錯亂，後來才知道高雄市跟宿霧市是姐妹市，這輛公共汽車很可能是高雄市政府贈送給宿霧市的。

另外一例是美軍墓碑，太平洋戰爭時，菲律賓戰況激烈，美軍死傷不少，我在馬尼拉南邊的一個美軍墓園看到一個特別景象，照片中一排排整齊的十字架墓碑中，穿插著幾個六角星形的墓碑，原來是猶太人的墓碑，並不用十字架。後來我在法國諾曼第那裡的美軍墓園看到更多六角星形的墓碑，才注意到宗教上是有差別的。

● 酋長Lapu Lapu

這張照片中的原住民雕塑雄姿英發，我們先回想一下麥哲倫。麥哲倫是第一個環遊世界的航海家，但實際上他並沒有走完，在中途就過世了，過世的地方就是菲律賓宿霧，是被那位原住民酋長打死的。我們看事情要同時站在兩方的角度來思考，我猜想西方人，尤其是葡萄牙人，他們畫的麥哲倫一定是神采飛揚、威風凜凜，而菲律賓原住民酋長很可能是黑胖無腦的樣子。其實我們如果站在菲律賓的立場來看麥哲倫，這人跑來我們菲律賓，無端介入我們族群的內鬨，還挺了不義的一方，被殺害自然是死有餘辜。各位想想不是嗎？

尊重各國文化

這幾天汶萊發生一件在國際上引人注目的事，汶萊要立法懲處同性戀者，主要是針對男同性戀者，處罰的方式是stone to death，也就是要用石頭砸死為止。西方的人權維護者紛紛跳出來說不可以這樣，講了一堆人權的理念。我覺得我們也應該站在對方的立場想一下，汶萊出產石油，是一個非常富有的國家，人民生活安逸，篤信回教，覺得每個人都應該規規矩矩，通姦是不對的，根據回教的戒律，就該用石頭砸死，這有什麼不對呢？我覺得只要不影響到其他國家的人民，我們為什麼要干涉呢？我們似乎也沒有權利去干涉。我們的媒體礙於經費與現實情況，常無法親到現場採訪新聞，便宜行事引用西方媒體的報導，但西方國家有其自身利益的考量，消息會被扭曲，我們引述西方媒體的報導，自然會誤導民眾。

我之前在進行東南亞研究時，也曾去汶萊，因為我們跟汶萊沒有邦交，所以外交工作非常困難。一般情況下，國人在國外遇有困難，都是尋求駐外單位的協助，而我去汶萊情況卻有點相反。照理我們參訪汶萊大學應該是請代表處幫忙安排，但我們卻是自己聯繫，然後代表處的人隨同進來。代表處的人還說，他們從來沒有進來過汶萊大學，要不是因為我們進來訪問，他們順便進來，他們是沒有機會進到汶萊大學裡面的。我也不知道為什麼代表處的人不能進來，可能沒有正式外交關係就是這樣吧！

我們參訪汶萊大學，我這張投影片上寫的標題是「人生的目標」，大家多少都有自己的人生目標，也許想要賺大錢，也許想要有成功的事業，都有自己的人生目標。但汶萊這個國家太有錢了，想要唸書，隨便你唸，唸到大學、研究所，或者出國念書，全部都是公費；生病了掛號費只要汶萊幣一塊錢，其他什麼錢都不用，還有各類的救濟金。我問他們國家有這麼好的福利，生活無慮，那人民都在追求什麼？他們說有些無聊，汶萊嚴禁菸酒賭博，每天就等周末搭飛機到附近的新加坡賭場玩一玩，禮拜天晚上再搭機回來，一整個禮拜就是想著周末去新加坡逛一逛，生活非常的枯燥乏味，但他們就是一個非常單純的國家。所以我說他們對於通姦罪的刑罰非常嚴格，似乎並沒有什麼不對，因為他們是一個非常潔淨的國家，不煙、不酒、不賭，國家能給人民的都給了，人民若還做一些違反國家規定的事情，他們會覺得不可忍受。各國有其不同的社會環境與文化，所以我覺得似乎應該尊重各國自己的看法。

培養國際觀，擴展視野

接下來我想談談一個與世無爭的國家——寮國。去過寮國的人應該非常少，臺灣人一般不會想去寮國，我當時去寮國也是因為進行東南亞國家競爭力研究的關係。照片中這是寮國國立大學，是寮國最好的大學，但校舍建築跟高中一樣。他們的長途汽車站是這個樣子；這是一個風景區，商家房舍非常破舊；這張是位在北部的第二大城琅勃拉邦，就漂亮許多，有很多的廟宇。這張照片中有幾枚巨大的炸

● 寮國路邊隨意可見到遺留的砲彈

彈，我問當地人這是怎麼回事，他們告訴我這是在越戰期間，北越的武器物資從海岸進不來，所以從寮國進來，另外越共為了躲避美軍，也有一些跑來寮國，所以美軍就轟炸這個地區。投下了多少噸的炸彈？他們告訴我說美軍投下來的炸彈有一百多萬噸，我查維基百科說是兩百多萬噸。兩百多萬噸大家可能難以體會有多少，當時寮國人口約五百萬，每五個人就要接受兩噸的炸彈。這些炸彈中有百分之三十並未爆炸，所以現在寮國是全世界未爆彈最多的國家，到處亂走是非常不安全的。前陣子美國有代表到寮國訪問，還提到未爆彈的事，也做了一些補償。

一九七五年對越南人來說是意義重大的一年，這一年美國輸掉了越戰，而越南統一了。二次大戰結束以後，世界上許多殖民地相繼獨立，越南也是一樣。越南原本是法國的殖民地，一九四五年越南北部宣布獨立，成立了越南民主共和國，但法國還控制著南部。一九五四年有一場有名的戰役——奠邊府戰役，法國戰敗，北越胡志明贏得勝利，法國決定撤出越南、寮國跟柬埔寨。法國撤出以後，美國跑來支持南越，因為美國非常擔心越共的擴張，當時的美國跟蘇俄冷戰，而越共是由中國共產黨、蘇俄共產黨所支持，因此美國支持南越。我不是生長在那個環境，當然很難體會當地人民的想法，但是我想，今天如果我們是一個被殖民的國家，有一部分獨立了，脫離了殖民者的掌控，另外一部分還在殖民中，一九五四年殖民者法國撤離了，那不就應該是跟著獨立宣布統一嗎？結果美國跑來控制了南邊，這種情況誰對誰錯歷史自有公斷。一九五九年北越決定要統一全國，當時聯合國的想法是北越、南越舉行公投，決定國家的去向，但是北越不願意，就是要統一全國，開始了南北越的戰爭，最後是主導南越的美國戰敗。如果各位去北越，會發現北越人是非常自豪的，他們以前打敗過日本、法國，接著又打敗美國，其後中共曾經入侵越南，也被他們打敗，世界上幾個強國都被他們打敗過，他們當然感到光榮和驕傲。以上我想強調的是我們視野很窄，若不注意我們周邊的國家，對他們的歷史文化了解就會十分有限。

道出真相的歷史

大家知道臺南的光州路在哪嗎？平常我們看到光州路不會有特別的感覺，其實光州是韓國的一個城市名，跟臺南是姊妹市。光州有一所全南國立大學，和成大是姊妹校。有一年我們去拜訪全南大學，和他們續簽姊妹校，中午簽約完後，全南大學的人跟我們說一定要去參觀一個地方——May 18，我們對這個地方完全沒有概念，既然他們說很重要，我們就去看看。原來這個地方是光州五・一八紀念館，紀念一九八〇年五月十八日發生的「光州事件」。光州事件發生的起因是一九七九年，韓國總統朴正熙被刺身亡，當時軍方將領全斗煥發動政變，自立為總統，對此民間當然有反對的聲浪，反對最強烈的是金大中、金泳三，金大中後來也當過總統。他們出來示威抗議，遭全斗煥拘捕，人民更加不滿，因為他們出身光州，所以光州地區的人民抗議最為激烈。一九八〇年五月十八日全斗煥派兵鎮壓，坦克車開進了全南大學，和學生發生衝突，造成許多死傷，May 18紀念館就是紀念這個事件。我特別注意到館內進門處牆上所寫的一句話「History which does not speak the truth, and does not remember the past is bound to be repeated.」，「歷史若不能道出真相，不能緬懷過去，勢必重演」，我非常欣賞這句話。我們二二八和平公園和平紀念碑上面寫了六百四十二個字，字很多，但只寫出立碑的背景，不像他們沒幾個字，但是把重要的精神寫了出來。

換位思考，才有更多的理解

民國八十一年我和幾位老師一起執行中船的計畫，到日本造船廠參訪，我們下午到了福岡，我一個人在市區閒逛，逛著逛著到了海邊，看到一個石碑，石碑上寫了幾個字，十分有意思，但當時因為天色已晚，拍的照片不太清楚，這事我一直放在心上。兩三年前有機會又去了一次福岡，我特別去到海邊，但就是找不到那個石碑，問了許多人，才知道原來原址蓋了一棟大樓，就把石碑搬到了一個很偏僻的地方。我不死心，就是要看看是不是那塊石碑，於是搭了捷運、轉公車，再走一段路，終於找到了那個石碑，拍了一張清楚的照片，各位看到上面寫著「元寇殲滅之處」。想想真有意思，我們平常都說倭寇，結果除了倭寇竟然還有元寇。很多事情我們都是從自己的角度想，如果換到別人的角度想，就不一樣了。宋朝的時候，日本海盜猖獗，在中國沿海到處燒殺，我們叫他們倭寇；到了元朝，我們無緣無故去打日本，兩次出兵都遇上颶風，我們的歷史書都記載元軍不善海戰，又會暈船，只好撤軍，言下有些遺憾的意思。但如果是站在日本的角度，我們好端端的在這裡，為什麼要來攻打我們？元兵當然是寇。所以我們對於許多事情，也都應該站在對方的立場來思考。

● 元寇殲滅之處

這張照片我下的標題是「巴基斯坦的軍人」。在巴基斯坦北邊大城拉合爾，路上到處都是人，汽車車頂上也坐滿了人，這大概是民國九十六年拍的，到現在也十多年了，我當時是去參加一個研討會。巴基斯坦是我們很陌生的一個國家，他們總統Musharraf是軍人出身，說得一口漂亮的英文，而且頭頭是道，但是西方媒體並不喜歡他，許多報導都是負面的。研討會在一所大學舉辦，照片中這位是旁遮普省的省長Maqbool，少將退役，也是這所學校的名譽校長，巴基斯坦國立大學的校長通

● 巴基斯坦

常是由省長兼任。開會到最後一天，這位校長來跟我們外國學者座談，也是說得一口漂亮的英文，講話又有內容，不是一般的場面話。他說巴基斯坦要把教育辦好，要提供更多的經費給大學，培養更多的博士生等等，最重要的一段話是說，西方媒體如CNN、BBC對巴基斯坦有許多誤解，我們要邀請他們來巴基斯坦看看，這裡並不是他們所想像的那樣。這種心態多麼正面健康，看到負面的報導並不是大聲叫囂，而是請記者來實地參訪。我當時請教一位巴基斯坦教授，為什麼你們軍人的英文都這麼好，又很有知識。這位教授說，因為他們唸軍校，在巴基斯坦很多學生都優先選擇唸軍校。這和我們傳統觀念「好男不當兵、好鐵不打釘」完全相反，他們是優秀的學生去唸軍校。我又問這位教授，為什麼學生會優先選擇軍校，他說因為軍校設備好、老師好，能夠提供比一般大學更好的教育，所以很多學生願意唸，而且是全國前百分之五的學生才進得了軍校，觀念和我們大不相同。

大家對伊朗的感覺應該普遍不好，為什麼會覺得伊朗不好？因為美國說他不好。從這些波斯帝國的照片中，可以看到整個城市是從平地建起來的，我們一般人的高度應該只到那個人面獸身腿的高度，建築物非常高大。從這些各國進貢的浮雕，反映出伊朗早期波斯帝國的盛況。首都德黑蘭的交通很亂，伊朗是如何來處理他們的交通問題呢？他們的BRT系統一趟只要五塊錢，可以隨便轉車，火車我記得只要三十公里以內，也是只要五塊錢。計程車油價比私家轎車的油價便宜，就是鼓勵民眾搭乘計程車，自己少開車，民眾少開車，自然能減少城市裡的車流量。另外一個很特別的是，捷運有一兩節車廂是限女性專用的車廂。早期是女性只能坐在公車的後面，跟前面男性分開，是有歧視女性的意味。等有了捷運，也是有一兩節車廂專門供女性乘坐，沒想到現在反倒成為尊重女性的表現。伊朗人對外國人其實非常親切，有次我在等火車，有人看到我是外國人，跑來跟我聊天，越聊越開心，還把正在吃的漢堡也拿給我吃；我到另外一個城市旅遊，有一家人坐在草地上野餐，我過去問路，他們跟我聊了一聊，也邀請我坐下來和他們一起野餐。我當時的發現是，伊朗人將食物跟你分享，就是他們表現友善的方式。

我還有次在德黑蘭，搭完捷運要換計程車才能到我的旅館，其實那段路沒有很遠，大概就是五十塊臺幣的車錢，那天出捷運站已經晚上七點，天有點黑，只剩下一輛計程車在候客處，但看不到司機，我找了很久才發現那個司機在隔壁的一間店裡，我上前跟他講我要搭計程車，並且拿出一張五十元的鈔票，兩人雞同鴨講了一番，我又拿出一張五十元鈔票要給他，他說了一些我聽不懂的話，我再拿出一張，總共拿了三張，他還是不理我，又說了一些我聽不懂的話，就進到店裡。過了一會兒他才出來讓我上車，而且只收我一張五十塊錢。在臺灣或者是其他國家，會有給計程車司機兩張鈔票而他只拿一張的情形嗎？我在伊朗碰到的伊朗人都十分友善，說他們很壞、都是恐怖份子，實在有失公平。

這張照片是耶路撒冷，是我在民國八十四年去的時候的樣子，土地看起來非常貧瘠。照片中有一個金頂的建築，是一座清真寺，在一個小山丘上。我們其實非常不了解以色列這個國家，以色列還有周邊地區在羅馬時代就叫做巴勒斯坦，第一次世界大戰結束以後，當時的聯合國決議把東邊的部分獨立出來，成立了約旦，所以約旦那塊地方也叫巴勒斯坦區，剩下的部分就是我們現在知道的以色列跟巴勒斯坦。耶路撒冷其實是三個宗教共同的聖地，在西元一世紀左右，猶太國被羅馬帝國所滅，整個城被攻破，只剩下照片中這片西牆。我並沒有任何宗教信仰，但對很多事情都很好奇，《聖經》我是從頭到尾唸完的，舊約裡有很多故事很好看，中間有一段說到有一天亞伯拉罕受到神召，要他第二天帶兒子到山上，意思是要他把兒子奉獻給上帝。他遵照神的指示帶著兒子上山，快到山頂的時候，樹叢裡跑出來一隻小山羊，亞伯拉罕就把那隻山羊奉獻給上帝，所以猶太教把這裡視為聖地。大家如果看過《可蘭經》，或是聽過回教的故事，穆罕默德是在這裡被大天使Gabriel（加百利）引領上天的，後來回教徒在這裡蓋了金頂清真寺，所以這裡也是回教徒的聖地。另外耶穌基督是在這個地方被釘上十字架的，因此耶路撒冷是猶太教、基督教、回教三個宗教共同的聖地。這三個宗教同時都視亞伯拉罕為先知，所以有學者將這三個宗教通稱為亞伯拉罕諸教。

在這樣的歷史背景下，美國如果要支持以色列，硬說這塊地是歸屬於以色列，似乎並不恰當。巴勒斯坦人也好、猶太人也好，大家都生活在這塊土地上，到了一九四七年，聯合國決定要在這裡成立兩個國家，一個是猶太人的國家，一個是阿拉伯人的國家，第二年猶太人的國家——以色列建國了，阿拉伯人非常不滿意，因為以色列人口只占三分之一，巴勒斯坦人口占了三分之二，但在分配土地時，聯合國給了以色列百分之五十五的土地，阿拉伯人只有百分之四十五，阿拉伯人不接受，中東戰爭就是這樣子開始的。一九九五年戈蘭高地還是最和平的時候，我站在戈蘭高地上往底下看，當時聯合國部隊還駐紮在那個地方。川普在今（二〇一九）年三月二十五日宣布戈蘭高地是以色列的領土，承認以色列的主權。我覺得這實在是偏袒以色列，因為二〇一六年時，聯合國就曾通過一項決議，以色列只是占領這塊土地，但並非所有。而去年川普又宣布耶路撒冷是以色列的首都，這些作為都違反聯合國的決議。我們平常不太會注意這些，對事情的認知很容易被美國媒體所誤導。

巴勒斯坦在約旦有一百五十多萬難民，其中一百萬住在約旦首都安曼的山頭，另外

● 耶路撒冷

五十萬分散在其他地方。一個國家被國際這樣對待，人民變得很仇視外國人。我跑過很多國家，當地人通常都對外國人很友善，但巴勒斯坦人就不是。那座山頭上有一個有名的清真寺，我徒步上去觀看，一路彎彎曲曲，都已經快到山頂，看到四五個五十歲左右的人坐在那邊聊天，我過去問路，才一開口，就有兩個人站起來一副要揍人的樣子，真的很兇，還好是一個年紀比較大的人叫他們坐下來，告訴我怎麼走，我才趕緊離開。下山時，遇到幾個小朋友在玩耍，跑來跟我講了一堆我聽不懂的話，很像是要向我要錢要東西之類的，我笑笑沒理他們，他們卻拿石頭丟我，這是我第一次遇到對外國人這麼不友善的民族。我唯一可以解釋的是這個民族一直以來都被別人欺侮，所以仇視外國人，這是很特別的現象。

了解各國的歷史，與世界接軌

大家可能不知道我們習慣用的阿拉伯數字不是阿拉伯人發明的，而是印度人發明的，是阿拉伯商人到印度，看到以後帶回阿拉伯才傳開來的。有次我到科威特參加會議，和大會工作人員提到註冊號碼之類的事情，溝通上發生一點問題，我就請他們寫阿拉伯數字給我看，他們看看我，用懷疑的口氣問我認識阿拉伯數字？我就隨手寫下1 2 3 4 5 6，他們說那不是阿拉伯數字，那是British System。所以我們認識的阿拉伯數字不可以直譯為Arabic Number，照片中汽車車牌左邊的「2 4 5 6 0 2 2 3」是我們說的阿拉伯數字，右邊「٢٤٥٦٠٢٢٣」是阿拉伯人說的阿拉伯數字，我們的用詞其實並不妥當，不過我們說的阿拉伯數字他們也使用就是了。

賽普勒斯是地中海東邊的一個小島，面積只有臺灣的四分之一，它在一九六〇年獨立，在一九七五年不知道是什麼原因，北邊脫離出來宣布獨立，這個島從此拆成南北兩部分。北邊的獨立是土耳其人所主導，所以北邊獨立之後只有土耳其承認；南邊是歐盟承認的國家，但基本上是希臘主導，希臘和土耳其是世仇。比較麻煩的是賽普勒斯是一個孤島，跟外界隔絕，島裡面的人從來就生活在一起，互相嫁娶，南北邊都有來自對方的居民。我那次的會議在北邊，去北邊只能從土耳其入境，交通非常不便，飛南邊的飛機倒很多，我後來發現可以先飛南邊，再從南邊經由陸路入境北邊，只要在邊界辦個簽證就行了，而我也是這樣入境北邊的，邊界地帶的緩衝區有聯合國部隊駐紮。北賽普勒斯的正式國名是Turkish Republic of Northern Cyprus，北賽普勒斯土耳其共和國，在北邊看到的政府機關一定是土耳其國旗和北賽普勒斯國旗並立，而南邊的政府機構一定是希臘國旗跟南賽普勒斯的國旗並立。兩邊曾在二〇〇四年舉辦公投，決定要不要統一，結果是北邊同意南邊不同意。我跟北邊的人聊此事，他們說兩邊在同一個島上，嫁娶往來其實很普遍，其中一個人的阿姨就是嫁到南邊，本就不該分為兩國，但是南邊的人覺得北邊是土耳其主導，他們不相信土耳其，所以不願意和北邊合併，這真是政治下的悲劇。

其實賽普勒斯很漂亮而且有歷史，照片中的馬賽克是他們在海邊的古蹟，屬人類文化遺產；這張照片是地下墓穴，一些國王貴族是葬在地下；這張是我在北賽普勒斯開會，大會晚宴所在的古蹟，當晚我們同桌的要大家各講一個自己國家的笑話，我講的笑話讓他們最開心。同桌有兩位匈牙利人，他們因為繳交會議註冊費出了一些問題，很擔心回國後單據無法核銷，我當時協助他們跟大會溝通，想了一種處理方式，他們回國後寫了一封電子郵件給我，說是會議的晚宴和我聊得很開心，希望將來有機會能夠再相聚，也謝謝我協助他們請主辦單位開立單據，那張單據他們學校接受了，讓他們「放下了心中的一塊大石」，特別又說這句話是匈牙利的說法。我立刻回信，說是很高興你們學校接受了那張不太正式的單據，接著說，那句「放下了心中的一塊大石」十分有趣，因為在中文裡面我們也這麼說，我又開玩笑說，也許這句話是當年成吉思汗帶到匈牙利的。沒想到他們回信說，應該是元朝人到匈牙利，聽到這句話後帶回去的吧！想想多麼有趣，從我們的角度想到的是我們告訴他們的，不會注意到，從他們的角度想到的是他們告訴我們的，這就是雙方對同一件事情思考角度上的差別。

克里米亞前一陣子很熱門，新聞報導頗多，各位覺得克里米亞應該屬於哪國？是烏克蘭還是俄羅斯？如果我們看一些背景資料，例如蘇俄黑海艦隊的基地就在克里米亞，所以克里米亞應該屬於烏克蘭還是俄羅斯好像就有一點答案了。另外「雅爾達密約」，二次世界大戰時，美英俄三巨頭羅斯福、邱吉爾、史達林商討二次世界大戰以後世界的布局，在雅爾達簽立了此協議，雅爾達也在克里米亞，如果雅爾達在克里米亞的話，克里米亞該屬誰似乎又更明確。史達林是喬治亞人（在高加索地區），並不是俄羅斯人，二次大戰結束後，史達林將克里米亞劃入烏克蘭，反正不論是烏克蘭還是俄羅斯，都是在蘇聯內，所以當地人也都覺得無所謂，但其實烏克蘭是講烏克蘭語，俄羅斯是講俄羅斯語，還是不太一樣。一九九一年年底蘇聯解體後，烏克蘭讓克里米亞保有自治權，所以官方語言雖是烏克蘭語，但在克里米亞大家都說俄文。我跟當地人聊，他們說他們從來都講俄文，反正烏克蘭政府不干涉他們內政，歸屬哪國他們並不在意。一直到兩年前，和美國友好的烏克蘭政府要求克里米亞要說烏克蘭語，所有事務都要跟烏克蘭一樣，這時候當地人就覺得不對勁了，他們覺得當年黑海艦隊是建立在這個地方，他們一直覺得自己是俄國人，以前烏克蘭政府不管也就算了，現在要把我們當成烏克蘭人，那就不行，所以展開公投，公投結果是一面倒地要併入俄羅斯。我注意到當時美國的媒體一直說蘇俄操控公投，但我問了當地國立大學的一位教授還有路上一位計程車司機，他們都認為他們就是俄國人，而且強調公投結果應該能反映當地民眾的想法，如果在路上隨便詢問，百分之八十甚至九十的民眾會覺得自己是俄國人。我們對克里米亞公投的認知完全被西方媒體誤導，說是公投被俄國操控，但事實上並不是如此。

再看斯洛維尼亞，他們是前南斯拉夫聯邦最北邊的一國。民國九十五年年底我到那裡開會，先飛到義大利首都羅馬，再轉飛北邊的大城的港（Trieste），在的港辦好斯洛維尼亞簽證，然後搭乘客運過去，經過邊界的時候有移民官上車查看，隨便看了兩眼就放行了，也沒有檢查簽證。我到旅館時，櫃檯小姐正在講電話，說的是德文，德文我知道一些，等她放下電話，我稱讚她德文講得很好，她說她德文不太行，義大利文比較好。我想，妳是斯洛維尼亞人，所以一定會說斯洛維尼亞話，我們兩人是用英文交談，妳也講得非常好，所以妳最少會講斯洛維尼亞語、英語、德語和義大利語四種語言。開會期間，我在當地搭乘公共汽車到處遊覽，公車司機都會講英文。會議結束那天，斯洛維尼亞的教育部次長出席晚宴，我跟他說你們真不簡單，大家都會講英文。他說，斯洛維尼亞只有二百萬人口，他看不出來世界上會有哪個人需要學斯洛維尼亞語，要能跟世界接軌，當然要學國際語言。聽到斯洛維尼亞教育部次長這番話，益發覺得我們的國際化要更加努力。

● 希望隧道（Tunnel of Hope）

巴爾幹半島是歐洲的火藥庫，這張照片是在塞拉耶佛，是引發第一次世界大戰戰火的城市，奧匈帝國皇太子斐迪南夫婦在這裡被暗殺。這個城市非常漂亮，一九八四年冬季奧運是在這裡舉辦的。一九九一年隨著蘇聯解體，南斯拉夫聯邦也開始瓦解，最北的加盟國斯洛維尼亞首先獨立，第二年，在斯洛維尼亞南邊的克羅埃西亞接著獨立，其後一九九二到九五年間，南斯拉夫聯邦為了各加盟國獨立的事爭戰不斷。照片中地圖右上方是另一加盟國波士尼亞領土，左邊一小圈是波士尼亞首都塞拉耶佛，其他地方被最主要的加盟國塞爾維亞佔領，塞拉耶佛彷如孤島般和波士尼亞其他地區分離。塞拉耶佛通往機場要經過這條狹長地段，會受到塞爾維亞軍隊砲火的攻擊，但所有物資均由此機場輸入，所以當時以人力挖了一條隧道，可以將物資經由隧道運送進塞拉耶佛，當地人稱此隧道為「希望隧道」（Tunnel of Hope），看到這條像礦坑裡的狹小隧道，可以感受到戰爭帶來的痛苦生活。

這張投影片上面是一張一千元的鈔票，下面那張鈔票的面額是五千億，上面那張字跡不太清楚，勉強讀得出來是南斯拉夫國家銀行發行，下面這張一樣，也是由南斯拉夫國家銀行所發行，大家猜猜這兩張鈔票發行的時間差幾年？順便提一下，上面這張鈔票上的人像左邊寫有Tesla（尼古拉．特斯拉），他是塞爾維亞人，設計出交流電，功能比愛迪生所設計的直流電還強，南斯拉夫以他為榮，所以鈔票上放的是他的頭像。這兩張鈔票上面那張是一九九二年發行的，那年是南斯拉夫聯邦幾個加盟國開始獨立的時候，下面那張是一九九三年發行的，只有一

年的功夫，一千元通貨膨脹成五千億。我問當地年長的人當時五千億能買多少東西，他們說就是一公斤肉，這些都是戰爭所造成的。我從前一直覺得國家要大、人口要多，到了這個地方，我發現國家安定更是重要。現在委內瑞拉的通貨膨脹才八百六十四萬倍，人民生活就已困苦不堪，紛紛逃離到附近國家，而這是五億倍，可想見當時的生活一定更為困苦，所以國家一定要安定。

馬雅文化發源於中美洲和北美洲的墨西哥，馬雅也有金字塔，馬雅的金字塔跟埃及的金字塔有什麼差別？最主要的差別在於埃及金字塔是墓穴，馬雅金字塔則是一個曆（calendar）。馬雅金字塔有四個面，朝向正北、正南、正東、正西，塔有九層，每個面的中間有樓梯，將每個面一分為二，九乘以二是十八，代表馬雅曆一年有十八個月。中間的樓梯有九十一階，四個面共有三百六十四階，加上有一面最高處通到神殿還有一階，總共是三百六十五階，代表馬雅曆一年是三百六十五天。另外金字塔四面共有五十二塊雕有圖案的石板，代表馬雅曆一個輪迴是五十二年。幾年前曾經有人說世界末日要到了，是因為馬雅曆經過五十二年過完後，需要另外建一個新曆，也就是一個新的金字塔，但是最後那個曆建完以後，知識失傳，沒有人會修建馬雅曆了，所以最後那個馬雅曆要用完的時候，有人就認為世界末日要到了。金字塔旁邊有一個球場，左右兩邊在牆上各有一個巨大的石頭圓圈，圓圈中間有一個洞，就像是籃框，只是他們不是水平而是垂直的，比賽的方式是雙方球員要把球踢進對方的石圈才算得分，不能用手，有點像足球。馬雅人認為上帝會化身來到人間，但不知道是誰，因為足球是他們最普遍的一項運動，所以他們覺得神下凡一定會藏身在最優秀的球員裡，最優秀的球員應該是隊長，但又是哪一隊的隊長呢？當然應該是最強的那一隊。所以就有足球比賽，最後踢得冠軍那隊的隊長當場就舉行犧牲儀式，把他送回天上。這些都是風俗文化，不適合評論對錯，以當時人的想法，贏球球隊的隊長是神，可以返回天庭，這是何等榮耀又開心的事，但如果以現代人的想法，贏得冠軍球隊的隊長要送上西天，大概沒有球隊想贏球了。

我們辦一些活動或是處裡一些事情，如果採用的方法有某種說詞，會特別具有說服力。大家記不記得二〇〇六年施明德先生發起倒扁活動，號召紅杉軍示威遊行，要排出納斯卡線，包圍總統府。我猜想多數的民眾並不知道什麼是納斯卡線，但聽到這個名詞，就會覺得這個活動有意義。到底什麼是納斯卡線？在秘魯南邊納斯卡地方，地上畫有好幾幅巨大的圖案，大小在五十公尺到一百五十公尺之間，圖案的線條寬約二十到三十公分，因為是在納斯卡地方所發現，所以就稱為納斯卡線。由於圖案巨大，在地面不容易辨識，必須要飛到天空才看得出來。根據考古學家的研究，納斯卡線應該是出現在西元前兩三百年左右，畫這些圖案的用意有很多種說法，並沒有定論，一個比較多人接受的說法是當時可能發生了一些事情，沒有辦法解決，所以就畫了這些巨大圖案讓上天看到，請上天幫忙解決。民眾可能並不清楚施明德先生排出納斯卡線的用意，但確實是吸引了不少民眾參加。

無法比較的個體

我曾去西藏旅遊，在下榻旅館附近一個喇嘛廟遇見一些小喇嘛，住在那邊幾天下來，和他們有些熟識。有天我開玩笑的問其中兩個眉清目秀的小喇嘛：「你們兩個誰比較聰明？」其中一個小喇嘛看著我，覺得我有些莫名其妙地說：「他是他我是我，怎麼比？幹嘛要比？」我聽了非常驚訝，我在學校教多目標決策的課，最困難的就是不同個體難以評比，例如香蕉和蘋果，怎麼評比哪個比較好吃？小喇嘛完全點出了評比的關鍵：他是他我是我，怎麼比？即使是雙胞胎也沒辦法比，更何況是不同的個體。另外就是為什麼要比？要比一定要有目的，了解目的才能訂出評比方法，這個小喇嘛可真是佛陀轉世。

學生回饋 FEEDBACK

黃于紋
中文系■三年級

此次演講的主題「讀萬卷書，行萬里路」，十分吸引我，從講題可以隱約猜測出此次演講的大概內容，因為我是一個十分嚮往到處旅行，一窺各地風土民情、文化風俗的人，因此在演講開始之前，我就已非常期待，引頸期盼著講者會為我們帶來什麼樣的演講。另外，也令我感到有些訝異的是，高強校長在學術界有著相當高的成就，原先以為高強教授會與我們分享關於管理、領導方面的技巧，或者是人生中的成功經驗等等，但講者選擇了一個如此具趣味性的講題，也更增添了我的好奇與期盼。

演講結束後，我覺得這場演講果然讓我大開眼界，獲益良多，不必親自踏過每個國家，便能彷彿親眼見到世界各地的自然風光與人文特色。玫瑰城、突尼西亞、賽拉耶佛、西藏、賽普勒斯等地的風光映入眼簾，連綿的高山、一望無際的海洋，都令我印象深刻，也嚮往著有一天我的足跡也能踏遍這些地方，不只是像個觀光客一樣走馬看花，更要從中觀摩並學習當地的風俗文化，欣賞各地不同的習俗，並懂得尊重多元文化。

另外，講者也讓我學到很重要的一課，即是凡事不可有先入為主的觀念，以及刻板印象，例如伊朗帶給人的第一印象，可能就是戰亂地區、政局和治安都非常不穩定，是個危險的國家，但其實當地的居民都十分友善，也不如外界所以為的如此危險恐怖，當地人民皆非常和藹可親，待人也很親切和善，面對外來的外國旅客更是會熱情地招呼並且給予幫助。這除了教會我，不可僅用表面的印象，就輕易地對某個人事物做下評論或判斷，應該要親自去了解，以自己親身經歷的所見所聞來定義，而不應憑著他人所說，或刻板印象就評斷了一個國家，或甚至是一個人的好壞。除此之外，也讓我學會了，我們應該要學習辨別資訊的真偽，以及消息來源的可信度和可靠度，媒體識讀的確是現今很重要的一課，因為資訊快速流通，社會上充斥著許多不實的謠言，要如何辨識資訊，並自己去查資料做功課，再去真正理解一件事物，而不是只以片面之詞便全然相信。以伊朗的例子來看，我們是否太過依賴而且相信西方世界的媒體和說法？當我們過於信任某一方特定的資訊來源時，就會造成了諸多錯誤和蒙蔽。

還有，講者提到的另一段故事也讓我印象深刻。一位講者在西藏遇見的小喇嘛說：「我是我，他是他，我們不一樣，怎麼比較？又為什麼要比較？」這句話也一語道破了現今社會中，許多人心裡的迷思。我們常常會拿自己和別人比較，從小到大，比成績、考試分數、比賽名次，甚至到了將來，比成就、學歷、家世背景、經濟能力、職業、外貌等等，窮其一生都在和別人比較，永遠都在羨慕嫉妒他人所擁有的一切，不斷追求自己沒有的，而不珍惜自己已經擁有的。但在與世無爭的西藏高山上，這位小和尚天真的話語，卻已道盡了，可能有些人窮其一生都在追尋的，卻永遠走不到盡頭的追求，與他人永不停止的比較。和他人比較有什麼意義呢，每個人都是獨立而相異的個體，每人都有自己和他人不同的特質和專長，也各自擁有優缺點，何必去羨慕他人有而自己沒有的，說不定自己身上的某一特長，也正是他人所渴望擁有的，也不需去比較，人人皆不同，過多的比較只會造成更多不必要的追求與迷惘。

此外，我也深深體會到國際觀的重要性，現在的確需要好好培養自己的國際觀，充實增加自己的內涵，也提升自我的競爭力，臺灣的國際觀或許還有很大的進步空間，也希望我們有朝一日都能夠走出自己的舒適圈，跨足海外、放眼國際，立足天下。

每個國家都有其具特色的歷史文化，以及一段有血有淚的故事，其中講者提到的這句話，我覺得很喜歡，也非常觸動人心。這句話是，歷史若不能道出真相，不能緬懷過去，勢必重演。"History which does not speak the truth, and does not remember the past is bound to be repeated." 我們必須永遠記得過去曾經發生過的一切，並記取歷史教訓，也必須知道真相，了解真正的事實，如此才能更加珍惜腳下的這塊土地，並且繼續勇敢向前，讓過去的憾事不再重演，緬懷過去，積極前進。

台灣產業創生平台榮譽執行長

楊啟航

現職為台灣產業創生平台榮譽執行長、矽谷天使投資公司董事長、財團法人台灣文創發展基金會董事、益安生醫股份有限公司獨立董事、羅昇企業股份有限公司獨立董事。曾任國立交通大學電信工程系副教授、淡江大學電算系系主任、環保署及交通部專任科技顧問、國科會國際合作處處長、國立高雄第一科技大學教務長及副校長。

曾經協同張有德博士，共同推動臺灣—史丹福醫療器材產品人才培訓計畫（STB），在協助臺灣醫材產業發展上扮演極為關鍵角色；STB計畫選送臺灣的年輕醫學精英前往史丹福大學接受醫材產品設計和醫療技術創業等多項專業培訓，多位醫師返國後也因此踏上創業之路。

楊啟航・演講

驀然回首，雲淡風輕

上一次進學校分享是很久以前的事，所以非常感謝這次的機會。我今年快七十二歲，已經工作了超過四十年，要在兩個小時之內分享生涯這件事對我來講是蠻不容易的事，另外我覺得都講我自己的事好像有點太單調，所以今天要跟大家分享兩個部分。第一個是用我很喜歡的案例來跟大家分享，另一部分分享我自己的經驗。

生涯中的四個指標

首先，我要談談生涯規劃。通常大部分人會想的是，媒體報導這個人很有錢，郭台銘很有錢、張忠謀很有錢，有一些人則是很有權力，有些人就認為有為者亦若是，這是第一個指標，我們通常認為有錢有權有名是成就，我們要追求成功，而成功的人就是這個模式；第二個部分是健康長壽，這也是一個指標；第三個指標是快樂幸福；第四個指標是生命活著的意義。我認為一個圓滿的人生要看這幾個指標，未來的生涯中這四個指標哪一個比較重要？有錢有權有名這件事不是自己能掌握的；而健康長壽，事實上大家平均壽命都差不多，醫療發達後，很多疾病都能解決；而有錢有權有名，也不一定會很快樂，看前美國總統川普每天上社群網站，人家罵他一下，他就要回人家一下，他不見得很快樂，但說全世界最有權力的人，川普應該是第一名。生命要活得有意義，是每個人都嚮往的，所以在生涯規劃裡面，可以自己掌控的是生命要活得有意義這件事。

專注研究的諾貝爾獎得主：田中耕一

我很喜歡田中耕一的故事。田中耕一是二〇〇二年化學諾貝爾獎得主，一九五九年出生，在得諾貝爾獎之前，別人都認為他是一個失敗者，讀書也不是最出名的大學，畢業以後想去Sony，但是Sony不要他，所以他到島津製造所做基礎研究員，非常平凡。田中耕一在做蛋白質的研究，用雷射去照樣品，希望能游離出大分子的蛋白質，這個全世界都在追著實驗，他負責做一個東西叫基質，基質就是負責將樣品混在一起，混合在一起後，再用雷射照射，希望這個混合的液體可以吸收掉一些雷射，讓蛋白質不受到破壞就能夠游離出來。結果有一天，他做這個實驗時不小心把甘油跟很貴重的鈷金屬混在一起，從小就很窮困的他覺得丟掉很浪費，就試著做做看，做了不得了，等於中了樂透彩，一下子讓蛋白質的研究跨了一大步。

但他還是繼續上班做事，突然在二〇〇二年，接到一通講英文的電話，他只聽得懂兩個字，一個字是恭喜，第二個字是諾貝爾獎，他想說這一定是打錯電話就掛了電話，然後十月諾貝爾化學獎得主公告，他媽媽看新聞，想說這個人名字怎麼跟我兒子一樣。從來沒有人想到，一個不怎麼出名的小公司裡的一個小職員，居然可以拿到諾貝爾獎。他的太太是在計程車上聽到先生的名字，也覺得很奇怪，怎麼媒體一直報導？日本內閣開會說，今年諾貝爾化學獎得主是日本人，但沒有人聽過這個名字，媒體在諾貝爾獎公告前會有一個預測名單，化學界都在猜誰會得獎，但沒有人猜到是田中耕一，一夜之間田中耕一爆紅，他是少數只有學士學位，而且還是留級生的諾貝爾獎得主。獲獎後，各界到處接洽他演講，他覺得不勝其煩，從諾貝爾獎領獎回來後的一個大場面上，他說了一句話：Leave me alone. 你們不要再來煩我。他的意思是我不小心獲得諾貝爾獎，這不是我要的生活，他對外也說我不配得獎。諾貝爾獎單位跟他說，我們是經過很長、很小心的評審，你的成就值得拿諾貝爾獎。他的公司股票大漲，專利部分公司原本只給他一萬塊日幣，現在榮耀也來了，他的學校給他榮譽博士，所有的媒體猜他接下來會到東京大學做榮譽教授，到處演講，賺很多錢。結果他拒絕公司給他的升遷，說只想做研究，公司就設了一個特別研究員的位置，讓他繼續做研究。十幾年來他謝絕很多東西，到這幾年又上新聞了，他做出了一個新的研究成果，跟阿茲海默症有關。

我分享他的故事，講他最原始的初心，初心就是想要做什麼的那個心意，他一開始做蛋白質分析研究，但拿諾貝爾化學獎不在他的預期中，所以他還是繼續做研究。他雖然拿到這個化學獎，可是還是做原本想做的事，這就是初心。什麼是初心？席慕蓉認為初心就是生命的本相，不在表層，而是在極深、極深的內裡（初心），它不常顯露，只能透過直覺去感知，但在遇到選擇之時，在不斷地衡量，判斷與取捨時，往往能感知初心的存在。為什麼初心這麼重要，當你要做重要的選擇時，就像田中耕一要不斷做衡量、判斷，他就會感覺That is what I want. 我要的就是這個。

莫忘初心的典範

若我們覺得諾貝爾獎離我們太遙遠，那各位聽過慈善家陳樹菊嗎？她只是臺東一個賣菜的婦人，只有小學畢業，母親過世後她就接手這個菜攤賣菜，她不斷的捐款。捐款好像沒什麼了不起，現在很多人都在捐款，我三不五時也會主動捐款，但在一九九三年，她一次捐了一百萬給佛光學院。她自己生活很簡樸，除了生活必須，剩下的錢都拿去捐款，她是一位極端利他行為者，在二〇一〇年得到富比士跟時代雜誌的肯定，在二〇一二年得到麥格塞塞獎，麥格塞塞獎是亞洲人最傑出的獎，臺灣得過這個獎的如林懷民。她這個極端利他的人，直接將五萬美金的獎金捐給臺東的馬偕醫院，她每天都非常快樂，做有意義的事情就非常快樂，雖然現在擁有富士比和時代雜誌的肯定，但她沒有到處宣揚，依然回到她的初心，做公益。

從國外一路講到國內、到成大。成大資工系有一位蘇文鈺教授，前陣子出了一本書《做孩子的重要他人》，蘇教授知名度蠻高的，除了在成大教書以外，在外面也做一些事情，非常投入偏鄉教育，教偏鄉的孩子寫程式。你從與他交談中可以發現，他不是只站在他已經是很有影響力的立場說話，他說的是，為什麼要做這件事，這就是回到原來的初心。

我的核心就是初心，從這三個人的故事給了我什麼啟發。第一是這三個人都是盡心盡力，沒有忘掉最原先內心深處的初心；第二是他們各自代表一個社會族群，這類的人多，社會就容易進步，不管在各行各業，希望能夠以他們為學習的典範。國際名廚江振誠，他曾在二〇一四年寫了一本書《初心》，那時他在新加坡開餐廳，受到米其林兩顆星的肯定，媒體報導說他的餐廳值得坐飛機專程去吃一餐再飛回家，可是後來江振誠把他在新加坡的餐廳關了，把米其林的兩顆星交回，他要回到他的初心，他覺得每天為了這些人忙碌，絞盡腦汁做新的料理去維持米其林的星級不是他想要的，他認為做料理就是要快樂，不是為了要去比賽拿什麼獎。

一九九五年嘉義有位何明德先生榮獲被譽為亞洲諾貝爾獎的「麥格塞塞獎」，何明德在一九六五年開始就成立了行善團，在地方上出錢出力造橋鋪路，那他為什麼要蓋橋呢？因為曾經有一個新聞，有兩個小朋友在溪水暴漲時過溪被沖走身亡。何明德不希望這樣的事情再發生，他就找了他一些朋友，大家各出一點錢把橋蓋好，後來各地方也開始來找他，告訴他哪裡也需要蓋橋，他就開始慢慢演變成一個行善團，前前後後蓋了兩百多座橋。得了麥格塞塞獎後，他還是非常低調，繼續行善。

這些人都是我的榜樣。我是一個不安分但蠻守己的人，我一九四八年出生到一九七八年這三十年間只有求學目標，我們那個年代是臺灣安定下來，正在起飛的年代。比較會讀書的就拼命讀書，一路讀到博士學位又回到交大教書。然後我三十歲從交大一路這樣教、一路這樣換跑道，我真的從來沒規劃過我的生涯，從拿到博士學位、申請教職，交大跟清華都錄取我，而我選擇交大，後面所有相關的學、產、官經歷就是一步步發生了，有人來找我，或我自己有一些想法，就去做了，所以看起來我是一個很不安分的人。那為什麼又說我很守己呢？基本上，我覺得自己非常堅持「盡心盡力，莫忘初心」，所以一路上做了很多事。我在做這些事情的時候，永遠從我的初心出發，去做這些事的時候，不斷思考，為什麼要做這件事？到底值不值得？我的指標，的的確確跟一般社會上的認知有蠻大的不同，可是這就是我自己的想法。

我覺得我非常幸運，一輩子中有機會參與創一個中央單位，創一個大學，還有機會可以做公益，這也是我主要想跟大家分享的生命經歷。

參與成立環保署為國家一級單位

環保署一九八七年成立，我一九八八年到環保署當科技顧問室的室主任，現在沒有人去回顧當初環保署的成立有多麼特別，今天我們在談臺灣的環境問題，臺灣是在一九八七年決定把環保局升格成國家的一級單位，就是環保署跟教育部、國防部同一層級，那是非常了不起的一個政府決策。因為是國家最高的單位，需要高階文官，所以環保署當時一次招考進來十一位一級主管，環保署當時真的一下子幫臺灣培養了非常多人材，整個新單位的氣氛就是非常拼命、很年輕。再者，我們當時陪環保署第一任署長簡又新一起努力，主要要解決空氣汙染、水汙染跟垃圾等幾個問題。那時我們先從公營事業下手，有很多重工業在南部，所以對中南部來講，環保署的成立影響很大，對處理臺灣汙染有很大的貢獻。另外，環保署最重要的工作之一是環境教育，現在四十多歲的人這一代，可能小學時都有受到當年環保署很多的環境宣導、卡通片、卡通手冊這些影響，我們做的這些環境教育曾經讓哈佛大學的教授跑來做專題研究。臺灣有件事讓我非常驕傲，就是如果外國朋友住到我家，他覺得很特別，怎麼聽到音樂，大家就自動自發去丟垃圾，還會做垃圾回收。臺灣環境教育這麼多年來，留下許多可被稱道的事，一九八七年成立環保署，就是政府在對的時候做了對的事，然後也培養一

● 父母親到校參訪，攝於工學院前

批對的人，也把事情做對了。出來做事，基本上最重要就是要在對的時間，跟對的人把事情做對。我自己走過環保署四年，是非常值得懷念的一段時間。

參與創立國立高雄第一科技大學

我從環保署離開以後就跟簡又新部長到交通部當科技顧問，待了兩年。

有一天，國立高雄技術學院的籌備處主任谷家恆教授突然跟我聯絡，說他要到高雄辦一個大學，國立高雄技術學院，問我有沒有興趣當教務長，我那時候正想離開交通部，就說好，到高雄，在國立高雄技術學院（後來升格成國立高雄第一科技大學）籌備了兩年，帶學生從大一到研究所六年，總共八年。籌備之時，因為校地橫跨高雄縣市，中間穿過中山高速公路，校區被分成兩半，高雄縣及高雄市兩邊都想要這間大學，爭執不下，校地才在高速公路兩側。谷校長找我當教務長，我們一到那邊看到高速公路就傻眼了，後來就蓋了一座高速公路上唯一專屬學校使用的橋。這座橋花用的經費是這塊校地徵收費的兩倍。

● 國立高雄技術學院建校初期與友人合影，背景為校園建地

高雄縣買這塊地大概五、六千萬，一座橋則蓋了一．二億。我們也是少數，不知道是不是唯一，有兩個地址的學校，一個高雄縣、一個高雄市。當時要找記者來採訪、開會，同一份報紙，高雄市的記者要通知，高雄縣的記者也要通知，報社很火大，說你一個學校設立為什麼要請我們兩地記者，我們說我們校地在兩個縣市，我們不能只通知一邊。很難想像為什麼會有這些問題，那我們要怎麼解決這些問題。這麼寬一條高速公路就在學校的正中間穿過，那車流噪音大到怎麼上課？後來我們把公路兩側用土堆疊，變成隔音牆，然後

● 攝於校內教職員宿舍前，以校為家

在上面蓋一座橋作為引道，就從旁邊引道進出，高速公路已經被全部阻隔掉。所以參與創校，把一個學校辦起來，是很有意義的。再者到現在還有一個政策，「地方出地，中央出錢」，地方政府出錢買這塊地捐給中央，然後這一塊地上面所有的國立學校建設都是由中央政府撥錢蓋，我在這個學校七八年間，中央政府大概就丟了四十億來蓋這個學校，不斷地蓋校舍，而後就帶動了學校週邊的地價漲價。

在參與創校的時候，我在當教務長、做管理學院規劃的時候，有些事當時是做對的。當時7-11到處都是，所以我們認為要做行銷流通，那時候我們希望將來全國的7-11、全家等所有便利商店的店長都是我們的畢業生，讀的就是行銷流通系。另外一個系名字大概取的不太好，叫做運輸倉儲，可是我那個時候在做教務規劃的時候，認為快遞、DHL是未來的趨勢，所以我本來是要弄個系專門做物流。結果高雄第一科技大學現在裡面有行銷流通系，很多的7-11、全家的高層人員都念過這個學校的研究所，真的在這個領域的影響很大。而物流的那一塊，我的目標是做國際物流這些，結果被轉成工廠自動化，那個原本的特色就不見了。快遞是把一個東西從A地送到B地，不管這個東西本身的價值，你一頭大象從A地移到B地，或者一封可能價值是五百萬美金的信，把一個東西從A地送到B地，是沒有估計這個東西本身的價值的。可是商流不一樣，從一個產地把東西送到另一地點的物價、價差，是在運輸過程中一直增加的，所以這兩個型態是完全不一樣的，7-11一個店長，要管財務、儲存、怎麼陳列等全部都有很多的訓練，所以我們在做教務規劃的時候，有非常多細節要考量。有很多事情，我們在規劃的時候其實很努力，也不是故意執行錯誤的政策，可是多年後再去回顧這個政策，其實不一定是對的政策，所以又要再去弄個新的政策。高雄工專、高雄海專現在都變成科技大學，我們有很多的專科學校都升格變科技大學，這個政策見仁見智，是值得商榷的，縱使我們很努力把事情做好，但還是事倍功半，長遠來講對臺灣不見得是一個很好的事。

多行公益的意義

這些經歷中，我認為環保署這塊政府做得很對；而創立學校部分，做得還不錯，但整體來講就是出了很多力氣，但效果比較少。另外，特別想分享的是，要做公益。柏楊是一個非常出名的作家，也是報紙專欄作家，寫了非常多本書，可是他也是一個非常純真的人，寫文章批評了政府，所以在一九六七年的時候就因為批評政府出事，被警總抓去關，安了罪名，被判了十二年，他從一九六九年被關在綠島，關了八、九年，後來因為特赦，應該在一九七八年就要被放出來。可是那時，警總說，你服刑期滿了還是不准回臺灣本島，繼續軟禁在綠島，可以自由行動，但不能走出綠島。柏楊被關的時候，國際特赦組織（AI）一直救他，尤其他被放出來還不讓他離開綠島這件事，坊間講是美國政府高層為了柏楊，派一個特使跑去跟蔣經國溝通，這件事情不可以這樣子，所以柏楊是因為AI的會員一直去跟美國政府施壓，才被放出來。放出來後，他住在新北市郊外的一棟大樓裡，我跟他認識就是因

●攝於綠島人權紀念碑原址，腳下現為紀念碑場域

●與所有綠島人權紀念碑建碑委員攝於籌備會議後

為我們住同一棟大樓，他住樓下我住樓上。住進那棟大樓後，我跟柏楊一起當大樓管理委員會的委員，有一天柏楊夫人就問我，AI在臺灣成立小組，問我願不願意加入國際特赦組織，我就答應了。其實如果去美國、歐洲，很多大學裡面都有AI組織，AI深入很多大學，是一個非常有影響力的組織。

後來這個組織在臺灣正式成立中華民國分會，成立的時候柏楊是會長，我是秘書長，我算是臺灣第一任國際特赦組織的秘書長，我們開始運作以後，必須要聽從國際組織很多人指導，才能配合運行。後來我到高雄參與辦大學，加上當時柏楊身體不好，我們就把國際特赦組織交棒，讓其他會員接手。柏楊非常沮喪，他覺得我們花這麼多力氣做人權卻半途而廢。我就跟柏楊說，那我們來成立一個人權教育基金會，因為基金會自主運行，我們就不會耽誤到別人，柏楊很有號召力，他號召了一群非常有聲望的人來加入基金會。這基金會決定為白色恐怖的受害者討回公道，這件事對臺灣來說非常重要。早在戒嚴那個年代，如果拿一本馬克斯的書，就準備進監牢，控制思想的年代。白色恐怖跟二二八有很大的不同，二二八比較講臺灣人受害，其實當初國民黨政府不管大陸人、臺灣人都抓，而白色恐怖是泛指全部涉及的人，有很多非常悲慘的故事。所以我們一開始做人權教育基金會的時候，也是我們發起的初

● 攝於綠島人權園區垂淚碑前

衷，我們要在綠島監獄的前面蓋一座紀念碑，這群人也實在很有影響力，就蓋起來了。現在到綠島的話，可以看到這座紀念碑，這座紀念碑是往下走的，紀念碑的設計者是漢寶德，已經過世了，是臺灣非常有名的美學大師跟建築師。我記得非常清楚，當時我們一群人走到紀念碑旁，漢寶德用手往下指，我們本來講建一個碑，是往上建，在上面刻受難者的名字，但漢寶德手往下指，他說，我們不能在這裡蓋個什麼東西破壞這片景觀，所以紀念碑往下走。我們本來預算是五百萬，他這樣手一指變成五千萬。往下走，中間牆上就是受難者的名字，而且成立一個研究受難者名單的審查小組，因為當時關到綠島的有政治犯，也有地痞流氓，必須要做很多嚴謹的研究確認，現在中間牆上大概已經列了八千個受難人名字。

我們也立了一個垂淚碑，碑文是：「在那個年代，有多少母親，為她們，囚禁在這個島上的孩子，長夜哭泣。」這是柏楊寫在碑上的一段文字。我們當初去做這件事的時候，很多人說過去的事不要去提，柏楊跳出來說「We can forgive, but we cannot forget.」他說受難者可以原諒，可是這件事不能忘記，所以必須要做這個紀念碑。越戰紀念碑上這麼多名字，也是如此，打越戰對不對這是大家可以爭議的，可是不要忘掉這件事。

臺灣從迫害人權的國度，走向自由民主的社會，這是一段值得書寫的歷史，我有機會能參與，除了覺得很快樂以外，我獲得的更多。現在醫療發達，平均壽命八十歲，以後平均壽命一百歲可能也不是問題，我現在七十多歲，是第三人生，大家可能活到第四人生，所以有機會可以做很多的事，或者像陳樹菊這一類的人，一輩子就做一件事，就是把它做好，江振誠出的《初心》

● 與柏楊及幾位建碑委員攝於垂淚碑前

那本書也說「一輩子可以做對一件事就夠了」。

我是一個很不安分的人，我沒有辦法規劃未來，我也是一個隨心所欲的人，人家來找我，很有趣我就答應做了。最早去環保署的時候，我家人就覺得我很怪，放棄高薪的工作去做公務員，可是對我來講，有多少機會可以參與建設國家新單位，這千載難逢啊，辦一個大學也是千載難逢的機會，我換工作不是因為找不到工作，而是碰到不錯機緣，如果不是我跟柏楊住樓上樓下，說不定我會像蘇文鈺老師去做偏鄉教育，所以人生會做什麼，我覺得不太能規劃，緣分到了，碰到不同的人，就會做不同的事，可是我的重點是一定要記得初心，盡心盡力不要忘記當初的初心。

合作創辦STB計畫培育高階醫療器材人才

二〇〇三年，我從國科會處長轉任到了矽谷，矽谷這個組長官位降級，但對我的吸引在於可以碰到很多全世界聰明的人。我所有的工作中這份待最久，待了十年。我在矽谷碰到醫療器材教父級的張有德博士，我們都知道臺灣有這麼多聰明的醫生，那麼多聰明的工程師，為什麼我們沒有高階醫療器材創新這個產業？這讓我和張有德認定，臺灣聰明的醫學院人才和聰明的工程師必須結合。所以我和張有德就想要來解決這個問題。我們兩個就跟史丹福（Stanford）醫學院談，希望臺灣出錢，Stanford 願意接受我們派人去學習。我是政府官員所以由我負責國科會方面的溝通跟程序。我們很幸運，發揮了我們的力量說服了政府和Stanford大學，每年派六個，一半工程師一半醫生到Stanford做一年的訓練。我們對於這些學員只有一個要求，希望你回來就在臺灣開公司，到現在第十一年，我們派臺灣醫療及工程人才到矽谷進行創業家培訓，培訓完回來臺灣開公司，同時Stanford大學派來協助挑選人才。現在這個計畫已經培養了五十個人，十年才培養五十個人，這個是非常高階的計畫，這五十個人已經在臺灣開了大約二十家公司，而且這些人得獎無數，大概國內所有生技相關的獎都被他們得完了。如今我一天到晚就在跟這些醫生和工程師來往，他們會來說他們要做什麼，想要什麼資源就跟我討論。我們把臺灣最好的醫生和工程師送去培訓，我們期待十年磨一劍，能夠創造新的產業，而且還在進行式，我們花很多力氣培養一小群人，有點像半導體產業早期，一小群人撐起臺灣半導體產業，我跟有德是希望我們能夠撐起來一部分的醫療產業。

不忘初心，方得始終，初心易得，始終難守

我覺得以一個七十幾歲的老人來分享給大一大二的年輕人，要接地氣好像不是很容易，因為我講的及做的事情，年輕人不一定有感受。我今天講的生涯規劃是屬於回到原點的生涯規劃，因為生涯很長，紀伯倫說：「我們已經走得太遠，以至於忘記了為什麼出發。」這句話對生涯規劃非常重要，我們常常會因為中途的遭遇而忘記出發時的初衷，墨西哥有一個寓言講，有一些人匆匆忙忙在走路，有一個人突然中間停下來，大家都在趕路，就問他，你為什麼停下來，他回答說，我停下來是

為了讓我的靈魂趕上我。我今天講暮然回首，若向前一直一直跑，很容易會迷失我自己，最後我引用《華嚴經》：「不忘初心，方得始終，初心易得，始終難守。」如果不忘掉最深層想要做的事情，就能從頭做到尾。

為什麼一開始我要講田中耕一，因為他得到諾貝爾獎後，不是享受光環，而是退下來守住自己的初心。聖嚴師父說：「面對它，接受它，處理它，放下它。」其實整段話最重要就是放下它，生涯規劃會希望將來可以做很多事情，但未來有件事情一定可以用到的，就是「放下它」，當你有錢有權有名的時候，「放下它」是一件很不容易的事情，可是假設一開始你就守住你的初心，那你本來就是放下了。

學生問：老師您好，我很好奇老師的背景是理工出身，可是從老師的經歷來看會覺得為什麼去參與創環保署、學校，很好奇為什麼人家會找上老師幫忙，是因為您有什麼特別之處嗎？還是就覺得老師這個人值得投資？因為我覺得老師的經歷很跳tone。

楊啟航回：我的故事是從工作十年以後開始，大家可以看我的工作經歷，我從博士學位到當系主任，成立電腦公司，到大公司當主管，到環保署，到交通部當科技顧問，一路都是做科技相關的事情，我是一直到參與創校的事，做教務方面的工作，才比較不一樣，但我還是教科技的課程，沒有放掉，我一路都在做科技相關，到環保署擔任主任，才參與規劃到不同的領域。例如廢棄物處理最難的事務就是醫療方面，醫療院所的垃圾。我們到德國去參訪他們的做法，假如處理垃圾被愛滋針頭扎到就會得到愛滋，需要非常嚴謹，通常他們將醫療廢棄物放到垃圾桶，整個垃圾桶都封死用1200度的高溫燒掉。所以我講環保署，以及參與創辦大學都是比較有故事性的內容，所以我也是用技術，不同的管理方式去參與，只是我的生涯真的很跳tone，完全沒有規劃。

學生問：老師您好，知道您在矽谷待過一陣子，那邊創業氛圍應該是蠻好的，我想知道哪一些是特別重要但臺灣目前沒有的？還有什麼一些忠告可以給臺灣創業者？

楊啟航回：我真的很想更貼近現在臺灣的現實狀況做出貢獻，我回國後，退休到現在有五年的時間在輔導新創，看過的新創團隊超過三百個。現在看到的團隊，尤其是學校出來團隊，跟我們說要創業計畫的時候，花百分之八十的時間在說技術有多好，說他的技術已經好到可以打遍天下無敵手。我認為臺灣現在最大創業的問題是這些創業人對市場沒有理解，我覺得不能怪他們，因為在臺灣你問大家是否要開公司？沒幾個人舉手，你去Stanford問，每個人都要開公司，因為每個人都是精英，出去開公司賺得錢比做學術、寫論文賺得多，所以他們整個氛圍就是大家都要開公司。因為矽谷要面對全世界，他們對於全世界所有的市場訊息收集得非常完整，所以他們對於解決問題，是從一個沒有被滿足的問題的需求去出發，而且他們了解這個需求在這個市場是夠大的，他們先從市場端去了解問題，然後組成一個團隊，很重視參與解決問題的這個團隊夠不夠強，最後才是考慮技術，如果有多種技術可以解決問題，我會用的方法是最簡單及最低成本的，為什麼？因為大家都用過，已經證實過這個技術是可以解決問題。反過來如果學校老師發展出一個高深的技術，但是產業鏈不一定需要，因為他們只需要最簡單方法及成本就可以解決了，我們在大學對老師的要求是以發表paper為主，當然解決問題時就傾向用很複雜的方式去解決。學校的想法在商業圈是不理想的，所以我們聽得那麼多技術，為什麼一定要用那個技術，到底要解決什麼問題？簡單來講，技術如果是一把刀，我到底是要拿來殺雞？還是進手術房？是要從解決問題端回頭看你有什麼技術。臺灣的現狀就是一直轉不過來。

學生問：老師您好，我覺得您的簡報做得很用心，我想說的是像您這種年紀，又有很多經歷的講者，通常重點不會放在簡報，所以我想問您的簡報是自己做還是特別請人用心去做？

楊啟航回：我的兒子開了一間公司專門做presentation，他雇用了我的外甥女，這簡報是請我外甥女協助我做的，我為什麼要找她做呢？因為她剛剛大學畢業，所以做簡報可以更貼近你們年輕人。我講創業，跟在學生差了有四十幾年的距離，很難掌握。我一年前接到這個邀請，我講生涯規劃與你們有什麼關係，對我來講不知道要講什麼，可是相對來說，就是因為年紀差距太大，所以我不往前講，反而往後講，就講回到原點，比較不容易過時，不然找網紅來講就好。我聽說這堂課的演講者來講之前，會有一組人來收集我們的資料，我很欽佩，我這人是沒什麼資料，所以我很好奇那個小組是到哪裡收集我的資料。我從將官變成校官出國，別人覺得不可思議，但是我覺得I don't care，對我來說錢我夠用就好，拿得多拿得少，或那個官做得比較大，那個官比較小，今天面對的是行政院院長或是總統，我都是一樣的！對我來說那些都不是那麼重要，我們不要被媒體和外面綁架。今天講到郭台銘，我也覺得他很了不起，他有錢、有名、又有權，可能他的初心就是要這些。可是對我來說，我的初心就像是田中耕一，尤其是陳樹菊這種典範，小學畢業，一輩子賣菜，捐錢就是這麼簡單，她每天都很快樂，這就是我要的規劃，這個社會很多這樣的人，不是只看他的成就，而是仔細思考他做了什麼。

學生回饋 FEEDBACK

林子茗

化工系‧一年級

今天講師講到了我們這堂課的名稱生涯規劃，他問了我們一個問題，什麼樣的人算成功？有權？有錢？有名？同樣的問題問不同的人，大家的回答都是否定的，但很遺憾的，大部分的人雖然都不覺得有錢，有權，有名就是成功，但大部分的人的人生卻都是在往這三個方向邁進。講師說，真正的成功是自己掌控自己的生命，要活得快樂、活的有意義。這句話我特別有感觸，從小到大，我都是別人說什麼，我就做什麼，我背公式，我背單字，我讀古文，我學歷史，樣樣都學得很好，爸媽老師也都很開心，但我完全都不知道學這個要幹嘛，雖然有些人會覺得對年紀還小的人說讀書有什麼用還太早，但我覺得不會，因為每個科目、每次學習都有他的目標，提早告訴他，他可以更早確定自己喜歡什麼，哪些能力會是我的專長。

我記得我開始思考人要活的有意義的這個問題，最早是從高中談起，那時候從國中到高中，課業一下子變得很難，我有點適應不來，常常在讀到很晚很累，那時候我就開始思考，我讀這些書有什麼意義，我想從乏味的讀書生活中，透過找到學習的目標與用意，從新找到學習的動力及去了解這個學科真正要訓練我們是什麼。從那時候開始，我讀古文不太在那麼注重那些解釋與修辭，我把重點放在從文章去了解他們的思想，並也提出自己的想法與古人的想法做比較、討論；讀歷史時，我努力地去思考這些歷史人物的每一個決定，如果換作是我坐在他們的那個位置，我會怎麼做。雖然用這樣的方法去理解、去讀這些學科不一定符合當時考試中脱穎而出，但對我來説沒關係，至少我有在思考，我了解我學到了什麼，我覺得這段時間的努力是有收穫的，雖然不一定能體現在成績上，但我活得很有意義。

今天講師也提到了不忘初心，這其實適用在人生的所有事上，當我活在一個有意義的人生，我做的每件事都我想達成的目標，而不忘初心則是一個不斷檢視自己是不是還走在這條路上的方法，經常性地去回想，我當初是為了什麼才那麼努力？我還在我要走的那條路上嗎？永遠記得不忘初心，不要被過程中的財富、名聲、勢力所蠱惑，不忘初心，才得始終；初心易得，始終難守，這也是我人生努力的目標。

臺灣圖文創作者 馬克

本名李含仁，知名插畫家。

曾經經歷創業夥伴落跑，負債千萬，但他面對現實，發現自己還有一支筆。他用那支筆磨練多元的畫風，用「我是馬克」再度創業，為讀者靠腰同事和老闆，將職場上的鳥事以搞笑詼諧的畫風呈現，走出人生的困頓與風雨，療癒百萬上班族的鬱卒心情，成為時下上班族最佳代言人。

馬克・演講

快樂工作學：九條命不如九種心

我是馬克，因為我在網路上的作品主要是給上班族看的，比較不適合學生，所以我比較少到學校演講。平常我對話的對象都是沒救的大人，今天的機會蠻難得的，因此我稍微重新整理了一下，希望能夠跟你們對話。很多人會問馬克是怎麼一路走到現在這樣子，我也思考自己從大學遇到那些人事物直到今天，我發現自己很多的態度、價值觀跟習慣，都是從大學時期開始養成的。我企圖在這堂課裡跟大家分享我每一個階段學到的經驗。其實我的演講像浮雲一樣，有用的東西通常都很無趣，有趣的東西通常比較沒用，今天的演講因為我希望有用，可能會定位在比較無趣一點，只要在這堂課有一句話或兩句話能打動你們，我就覺得今天特別來跟大家見面是不虛此行了。這次演講題目訂為「就算靠腰，人生還是要一直走下去」，這是我一本書的副標題，無論如何，人生還是要往下過。

你眼中的好處是真的好嗎

高中時期我的好朋友畫了一張圖給我，他說這就是我眼中看到的你。這是大家第一眼看到馬克比較衝突的點，因為我的插圖裡人都很小隻，但我其實個子很高。大家對選擇男生的條件都是高富帥，高還排第一個，可是我可以很誠懇的告訴大家，我從小就因為高感到非常自卑，從小被大家當成怪物看，被歧視的情況太多了，直到後來我問了朋友，才發現個子高的人在人生成長過程中，或多或少都曾因為個子高而自卑。我國小畢業就一七七公分，那是多噁心的事，在一群小朋友裡做壞事很容易就會被抓到，買床鋪、衣服也很麻煩，坐公車時只能站在兩個把手之間的位置求生存，因為腳會卡住，有位置也不能坐，坐飛機更是痛苦，飛亞洲坐經濟艙還好，如果飛長程，那真是非常痛苦。所以任何事情要看到全貌，你認為很好的事，所看到的到底是不是確實如此？高有好處，但還有很多在冰山上沒看到的壞處，我也因為個子高，受到許多歧視。遇到事情要反問自己，是不是看到全貌了？真的是這樣嗎？

因禍而福，轉敗為攻

第二個分享的是我創作的一篇漫畫：人生不如意十有八九，剩下的一二呢，是非常不如意的事。這些會隨著年齡跟人生的複雜度越來越多。我想跟大家分享的一個態度是，可以發現你們正處於不年輕也不老的年紀，似乎全世界都在跟你唱反

● 馬克的三格漫畫

調，每天都遇到倒楣討厭的事情。我跟企業、高階主管分享時也講一樣的話，希望你們能在這個年紀就跟他們有一樣的態度。李敖是我在大學時喜歡的作家之一，他這個人跟文章都有些爭議，但他的態度是我喜歡的。我在大學時看過李敖一篇文章，描述遇到倒楣的事，該怎麼辦，我印象深刻，直到二十多年的現在，來跟大家分享。李敖說凡夫俗子遇到事情立刻有苦惱的反應，於是禍上加禍，禍不單行，他用禍不單行這樣的解釋。我遇到禍，我絕不被打倒，這樣一來我就先比別人少了一禍，我的情緒與快樂也不會被奪走，我至少比別人先少一禍，或甚至我還要讓禍本身值回票價才滿意。什麼是值回票價？李敖舉了一個例子，史記中描述管仲，他說管仲善因禍而為福，轉敗而為攻。這是我最欣賞的，「因禍而福，轉敗為攻」這是在大學時就深植我腦內的一種態度，雖然不一定每次都能做到，但這個態度一直陪我走到今天。

兩位恩師的啟發

大學時期我還遇到兩個老師，一個是教我廣告學的老師，他跟你們老師一樣，希望你們多閱讀，能從書中得到一些珍貴的經驗，花錢、靠人脈安排很多課程，去找十二個平常很少在大學裡跟學生對話的講者，就是要告訴大家閱讀跟吸取經驗的重要。我沒有像各位一樣厲害，我從小只愛畫畫，不愛念書，我到大學時修老師的廣告學，老師要求我們每週要讀一本書，是看有益處的書，不是看閒書。那時候受老師的影響，開始每週都閱讀一本書，發現看書是一個能夠很快吸取別人的經驗的好方法。另外當時老師影響我們的是教我們看電影，教怎麼從電影裡看導演怎麼說故事、怎麼布局，怎麼讓一個複雜的內容用簡短的幾個畫面讓人了解。老師讓我們看電影歷史上非常重要的一部作品，後來的黑幫電影都無法超越的經典《教父》。電影一開始，導演只用了六分鐘的劇情，就完整交代了主角的個性、價值觀、重視的點；接著，再用一個婚禮去交代所有家族的關係細節，婚禮會怎麼鋪陳、演繹。那時候我才驚覺原來習以為常看的東西背後有那麼多的算計，每一個畫面的節奏、為什麼要多停一秒鐘、為什麼跳這個畫面跟這首配樂……。從那一天開始我再也沒有辦法好好當一個觀眾，每次看電影，都在想為什麼導演要這樣做，為什麼一個腳本能被一個導演拍好或拍砸，這麼多角色這麼多細節，他們要在二小時內全部解釋完，讓觀眾腦子不昏，讓觀眾覺得被娛樂。這是非常難的算計，那麼多的鋪陳，非常的過癮！

這是我在大學遇到第一個恩師，教會我說故事。我現在創作馬克，就是從那時候開始的。老師還教我「好是最好的敵人」，什麼叫做好是最好的敵人？事情不是只要做好就好，因為有些人做好就認為可以結案了，所以好是最好的敵人，是要把事情做到最好。這也是後來在工作上大家願意跟我合作的原因，因為我會把事情做好，而不只是做完，要求自己做到最好，不是只做到好。

我在大學遇到的另一位重要的老師也是個廣告人、創意總監，也是很厲害的插畫家，當時在各大報社都有他的插畫作品。因為他的關係，開始了我對插畫的憧憬。那時很多大學同學打工都去便利超商、加油站、當家教，我從來不去這些工作，我那時覺得我一定要做我想做的事，一定是能夠為我的將來累積經驗的。所以我在大學時唯一賺錢的工作，是幫報章雜誌畫插畫。

開始我抄了很多作品的風格，我是美術系，最容易的是就是寫實，只要底子夠好就可以畫。那時候我畫了寫實，也畫了一些圖文書，抄一些可愛的風格，然後就一家一家出版社去找編輯問，「我是某某某這是我的電話，這是我的插

• 馬克的手繪插畫

畫作品，如果你們有圖可以發給我做，我會努力配合」。當時老師也有介紹編輯給我，我也直接去登門拜訪，但沒人理我，可是我一直不死心，一直打電話去問。直到有一天，聯合文學編輯打給我，說要交一張插畫，但是有點急，我拿了文章看完後，開始去畫圖，而且畫兩張讓編輯選，那時連酬勞多少都沒有問就交了。但就從那時開始打開了我的知名度，一家一家報社找我，大三大四時基本上各家報章雜誌上都有我的插畫了。我找到自己的熱情，也找到自己的舞臺。

賈伯斯說，如果做一件事情沒有熱情，就會失敗，庸庸碌碌的無法長久。更慘的是，大部分人不知道熱情在哪，請大家用盡各種方法找出來，做什麼能夠讓你開心，能夠讓你堅持下去、樂此不疲。越早找到越好，找到自己的熱情，才能找到自己的舞臺。我念書是學畫畫的，當時大家總認為畫畫很難有未來，直到電腦發明，才有更多機會可以發表自己的作品。到今年是第十一年，我在臺灣是極少數用團隊在創作網路圖文的作者，之前沒有人這樣做。因為我有熱情，努力一步一步建構出舞臺，幫助我自己和我的同事們，找到自己的熱情找到自己的舞臺。我大學時就是遇到這兩位影響我至深的老師，一個教會我插畫的路，一個教會我看書看電影。在當時我簡直太震撼了，我問老師還有什麼電影可以學習，他建議我們去聽一堂演講，是一位很有名的廣告導演名叫David龔。演講當天是個下著大雨的寒流天，我們學校又在陽明山上，那麼冷要同學們下山去聽演講是很有難度的，但是當天我還是去了，全班也只有我一個人去。後來那堂課對我真是醍醐灌頂，這麼厲害的大師，不到三十歲就得到全世界很多的廣告大獎。

謹慎使用正面的影響力

我在畢業的時候，認識了一些編輯。因為我在報章雜誌畫插畫，當時自由時報的副刊總編，和我閒聊，有天他特別多留我一下，說他要離開自由時報，有一個新的雜誌要成立，他要去當總編，他給了我一些建議，還把我帶到編輯室，介紹給其他編輯。而讓我感動的是，我到了他的座位，發現他椅子後面貼滿了我交過去的插圖。其實我是一個沒有風格的人，我的風格就是畫寫實，但這件事給我非常大的鼓勵，讓我覺得自己是一個被編輯認同的插畫家。一個不經意的動作真的可能會對別人產生巨大的影響，他完全不知道這個動作對我有多大的衝擊力。當我在很多畫不下去的時候，我會想到當時他的座位後放了很多我的插畫。如果變成一個有影響力的人，應該要非常小心每一個小動作，會影響到非常多人。我常常跟很多網紅朋友聊天，應該謹慎你的每一個動作，有可能造成很負面的影響，也可能造成很正面的影響，不要濫用能力。我作畫的運氣很好，被很多人認識，也有了影響力。我曾經看過臺下有一個國小生，從那次之後，我的書裡沒有髒話。髒話其實是一個很好用的素材，有時候加一個髒話，作品就會變得很好笑。但是自從我看到有一個小朋友也在看我的作品後，我書裡就沒有髒話了，這是我學到的態度。

辛苦的過程中習得珍貴經驗

我的第一個老闆是一個外商廣告的創意總監，之後他離開了那家公司，自己開了一家本土的廣告公司，我是他唯一一個帶出來的員工，他是我人生第一個跟隨的老闆。但那時候我被他挖角，當下很開心，老大要出去開公司只找我去，這是一件很驕傲的事。當時他說服我去，說要加我薪水等等條件，但真正打動我的，是David龔的工作室就在公司對面，老闆說我可以時常遇到他，並旁聽他的創意課程，於是我爽快的答應了這個工作，但後來並沒有我想像的那麼美好。那一年我只見到David龔三次，第一次是尾牙，很多人，我就在旁邊幫他倒酒倒水；第二次老闆叫我去對面拿一個隨身碟；第三次，好險有第三次，我覺得那一年都是為了那一次。那一次老闆叫我想一個廣告，那時候我們要做一個低鹽雞精的上市廣告，我們死都想不出來，開會也都討論不出來，老闆也沒辦法，就把David龔從對面工作室請過來，問他可以怎麼做。他進來了解狀況後，就拿起了雞精的瓶子把玩一下，不到五秒就想出了一支超棒的廣告影片，後來還得了廣告獎。我真的很佩服他到底怎麼辦到的、怎麼思考的，我們想破頭想了兩天。那次讓我看到了大師思考的示範。可是，David龔始終不知道我是誰。

責任制真的要很責任制，我那時去上班真的不知道什麼時候可以回家，每次離開家去上班，都不確定什麼時候能夠回來。每次只要有提案，就是累了躺在會議室的地毯上休息一下，起來就繼續工作，那時候確實做了好一段日子。所以別人常常問，為什麼馬克畫職場能夠那麼精確，因為我經歷過，我把那時候的故事分享給大家。我還記得有一次我寫過一篇，上班有多慘，可以從下班時看到的景象測試出來。如果下班看到的是車水馬龍，路上都是車、捷運站都是人，那恭喜你是在標準時間下班；當你下班是看到警察在臨檢酒駕，臺北大約是十一、二點開始臨檢，那表示有點慘；但如果你下班看到的是，派報公會在分配報紙，那大概就是凌晨三、四點了，那是我常看到的景色；最悲慘的是你下班看到早餐店在準備要開張營業，清潔人員在路上打掃，那就是早上五、六點。

為什麼我的馬克能夠那麼打動上班族，其實很多真的是在那個辛苦的過程中看到的，我把這些經驗用在我的創作上，在那一年我工時很高，一個人被當三個人用，我的前同事都笑我活該，誰叫我要去。但是我一年後回到大公司，我如魚得水，因為每一個工作我都做過，我得做業務、提案、得面試模特兒等等。在那不算太長的時間中，我累積非常多的經驗，幫助我之後兩、三年一帆風順。轉敗為攻，任何倒楣事都要從裡面學到東西，不要白白跌倒，一定要跌得值回票價。

相信從改變自己開始

我原本在壹週刊擔任插畫家，畫了十幾年的插畫，週刊壓力很大。我聽到的說法是作者會在每個禮拜天把文字給插畫家，你要在禮拜二交出插畫，禮拜三要印刷。我覺得沒問題，禮拜天交文字來得及啊。但我跟他合作五年，作者沒有一次在禮拜天交出文章，我都在禮拜一晚上才看到文字，或禮拜二早上才會看到，當時我還在上班，但我也樂此不疲。我聽過各種有趣的延遲理由，聽過印象最深刻的是，他在非洲旅遊，所以找不到傳真機把文字傳回來。開始面對部落格與當時的網路，那時候我訂了很多規則逼迫自己，比如說固定時間貼文。因為當時網路習慣跟現在不同，大家會去看看不錯的網路作者，沒有更新的話，可能就不會再看了，我怕別人不會再回來，所以我決定每週一三五早上十點一定會更新，而我很珍惜每一個互動，所以只要有人留言我一定會回覆，我一定把握機會跟讀者交流。一開始人數不多，可能一天回十個留言，到後來我要回覆上百則留言，雅虎甚至覺得我是機器人封鎖我。

去年有一個企業請我去演講，他們給我訂的題目叫做「相信自己從改變開始」，那是他們一整年的目標，我也接了。但是上臺後，我就老實跟他們說，其實我沒辦法講這個題目，因為我不相信我自己，各位每天睡覺前訂的鬧鐘，一次訂三、四個，就是最不相信自己的表現。所以那次演講我就改成「相信改變，從自己開始」。

我從二〇〇八年到現在我還在線上，不是因為我創作多好，而是因為我一直不斷改變。從部落格到臉書，又是一種新的創作模式，我猜你們的年紀可能沒有經歷過部落格。部落格捧紅了很多創作者，到了臉書時代，產生了更多代表性的作者，但是到了臉書，寫文字的作者不見了，因為訊息量太多了，沒有人要花時間看文字，而且觀看的工具從電腦變成手機，現在甚至更懶，看的是影片，一代一代平臺的改變，觀看模式也一直改變。我為什麼可以創作到現在，因為每個時代我都跟著改變，到現在用IG，那又是我們老一輩創作者不懂的遊戲規則，我認真研究要怎麼改變，才能生存夠久，必須放棄自己的舒適圈。我現在最常被問的就是臺灣網路生態像馬克這種活化石其實很少見，一般臉書創作者大概兩三年、三四年就掛。馬克講職場，但除了職場之外，我也在雜誌專欄上寫過三國，從三國來講職場。為了研究三國，我看了很多古書，上網找資料；我也寫過各大職業專欄，每寫一種就實地去採訪，我曾經採訪過漁夫、消防隊、模特兒、律師，甚至還採訪過總統馬英九，我是真的跟他面對面聊了兩個多小時，訪問他總統這個職業需要具備什麼樣的個性特色等等。

好運是從不計較而來

我們去公司上班，通常進公司第一個見到的是總機櫃臺，我上班第一天遇到的人就是她，當時我表現誠懇，跟對方微笑說早安，而她看著我，面無表情的不理會我。我覺得可能是不夠大聲，第二天我又微笑打招呼，她依舊沒有理我，當時我有點沮喪，但我決定每天都要和她打招呼。於是我就這樣每天對她微笑，每天對她打招呼。過了一個多月，她終於跟我說早安馬克，我好開心她終於回應我了，後來我們變成好朋友，最後我的離職派對還是她召集的，她現在已經退休了，但我們還是一直都有聯絡。

這個故事的重點是後續。我把這些事情畫到我的漫畫裡，抒發我的一些感想，因為廣告圈很小，很容易猜出她是誰。於是有人留言問我，馬克先生是否在某某公司待過？因為我每則留言都要回，所以我也回覆他，結果就一來一往聊起來了，他說他也在我的前公司待過，想找我吃個飯、聊聊天。後來我才知道對方是臺灣廣告圈的知名人物，他很肯定我的作品，並誇獎我是個優秀的創作者。雖然也有很多人肯定我的作品很棒，但因為是他說的，他還是臺灣時報廣告獎的評審，讓我非常感動。我後來創作馬克很痛苦到幾乎放棄的時候，都會想到他曾經說「馬克做得很好」，他也是我非常重要的貴人。我就是在網路上不計較每一則留言，而接觸到他的。之後很有趣，他甚至每年過年都會給我紅包，有一年，他給了我一張四萬塊的支票，他說這是給我未來成就的基石，但直到現在，這

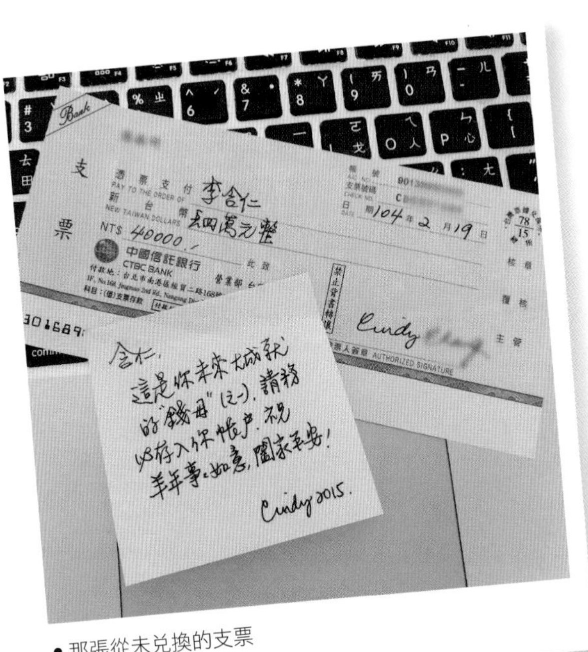

● 那張從未兌換的支票

張支票都放在我的書桌前，我一直沒有去兌現，因為這樣我才能留著這張支票，因為它帶給我的激勵與肯定，遠遠超過四萬元。許多好運是從你不計較而來，吃虧就是占便宜，這句話我大學時也聽過，那時我也不相信，但是到現在，我確實有點同意，很多好運是從不計較而來，如果忙著計較自己是不是吃了虧，很難走得長久的人。我看到很多很厲害的人，他們大多都不是會計較的人，他們懂得付出跟不占人便宜，反而會有超乎想像的收穫。我去回覆每則留言其實是很笨的，我的經紀人認為，這樣很累又沒有什麼好處。

最重要的人生導師

但就在我認識那位廣告界的前輩之後，我們開始有了頻繁的互動，有次他問我，你知道David龔嗎，要不要我介紹你們認識？當時前輩在中原大學任教，David龔也因為他的關係，答應在中原大學教課。於是我毛遂自薦說我是否可以去那堂課上做一點簡單的分享，與同學聊聊在網路上的創作經驗。為什麼我想做這件事？因為我知道David龔也會在下面聽，我是要講給學生聽的嗎？不，我是要講給David龔聽的。我努力準備很多簡報與我得意的創作，我要讓David龔在那一小時內認識我，過程中他不時打斷我，好奇我作品背後的過程，我超開心，這位我所尊敬的大師真的注意到我了。後來，他成為我一個非常重要的導師，他對我毫不藏私的分享三十年來所有的廣告影片蒐集資料，以及他的看法與經驗。跟大家分享幾支David龔做的廣告片來做結尾，也利用這幾支廣告分享創業的基本態度。這支三十年前的廣告，是當時他幫英國鐵路局拍的廣告，當時到巴黎有很多種交通選擇，但可以選擇坐火車，當然搭飛機比較快，但他們希望你能坐火車，所以製作了這支廣告，這支廣告效果超好，得到當時很多廣告大獎。David龔在製作這支廣告時，把飛機從頭到尾搭了一遍，再把火車從頭到尾也搭一遍。飛機雖然快但是要check in，托運行李到了巴黎再到市區，火車位置則是又大又舒服，而且只比飛機慢一點點時間。很多創意不是你坐在家裡就能想到的，你要去走過，你要在整個過程中找到可以拿來當創意的點。這就是為什麼我去找馬克的創意時，一定要去採訪，費盡心思跑到臺東去找船長，都是要去增加體驗才能找到創意點。

另一支是安泰人壽，當時安泰主打世事難料，做了一系列意外，你想像不到的。很多的創意是往錯的方向想，先去布局讓大家往黑暗處去想，最後你再往反方向去做，這是一個態度，創意不是在找答案，而是在尋找可能性，最棒的創意都是從錯誤的地方找出來的。David龔老師另一支很有名的廣告，當時手機剛剛問世，要宣導在電影院不要用手機。基本上創意就是一加一，這邊就打個一，大家耳熟能詳的電影開場〇〇七，跟另外的一就是在電影院講電話的人，把這兩個相加在一起，非常單純又有效果，或是一個有創意的廣告。那時梁詠琪要從香港到臺灣要發片，要拍一個專輯上市廣告，就剛提到的，完全往錯的方向想，那是香港粉絲的心態，希望他不要來臺灣，隨便唱唱就好，這即便到現在應該也很少有人敢這樣行銷，但當時這個廣告這麼嗆，讓大家對梁詠琪印象非常非常深刻。

空中英語教室的廣告則是說有他們有好的師資，會講中文那可以教中文嗎，會講英文能教英文嗎，不一定，那就把會講英文的乞丐跟教英文相加在一起，就是你要尋找的老師嗎？不是的，不是會講英文的就會教英文。很多創意是從日常生活中取材。

有支廣告影片臺灣查不到，是政府在九二一大地震時，謝謝當時幫忙臺灣的世界各國的人或救難隊。這影片非常非常感人，政府找了很厲害的廣告人大概只用三天的時間來完成。影片的想法很酷，用了世界各國朋友的俚語來貫穿。

跟大家分享這些小創意跟一些態度，也聊聊我的恩師。在因緣際會下我認識了David龔，二〇一八年時我出了一本半自傳的書，有很多名人幫我推薦，其中我最開心的是，David龔幫我寫一段推薦序，那是我萬萬沒有想到的，他這個怪脾氣的創意人，卻願意在那本書裡幫我寫一段推薦。我十月出版那本書，當時David龔突然住院，師母不希望大家去打擾他，所以非常保密，我是少數知道他在哪一個醫院跟病房的人，我把這本書拿過去，在他旁邊把提到他的那一段念給他聽。幾天後，他離開了。這位影響我最深的大師，走得非常突然，我在送他的時候，也覺得人的一生其實也很快，我無法像David龔一樣活得這麼精采、用心認真、影響別人。他留在臺灣的最後幾年都在做教學，把他的一切無私分享給年輕的創意人、行銷人，也深深影響我，我畫了一張圖送給他，謝謝他讓身在池塘的我了解大海的事。

最後跟大家分享，認真快樂過每一天，人生很短，不要花一堆時間做一些雞毛蒜皮的事。

● 馬克繪製的David龔

學生回饋 FEEDBACK

張賀淇

材料系■二年級

一踏入講堂就看到一位身穿白T恤搭配漸層丹寧色外套的高挑男子，他是馬克——李含仁。看到他的第一印象：好高喔！和圖文裡面矮小的「馬克」形成很大的對比。我從國中開始關注他的作品，當時是部落格時代，部落格造就了許多知名的圖文作家，例如：彎彎、賴賴&織織……等。馬克在當時也是非常有名的，因為他描繪的職場生活讓許多上班族產生共鳴。對當時的我而言職場生活離我很遙遠，所以我總是以旁觀者的角度品味他的作品。他的作品刻畫出職場黑暗的現實面。雖然黑暗，但是閱讀起來並不會感到沉重，對上班族來說，他們也許會感覺：有人能體會我的感受了！而這些故事都確實發生在講者的現實生活。

關於與人相處，從馬克的作品可以看得出來職場生活並沒有想像中的單純，因為「人」本身就是一個複雜的生物。《笑傲江湖》有提及一段：「……有人就有恩怨，有恩怨就有江湖，人就是江湖，你怎麼退？」大家各自都有自己想追求的利益，牽扯到利益難免會有衝突。此時就會看到人性的黑暗面了。經歷過負債跟被朋友背叛的馬克面對過人性的黑暗，但是他並沒有因此不在相信人性跟朋友。對他而言，許多事有好就有壞，沒有絕對的好與壞、黑與白。仔細想想自己本身也會有不好的地方。也許我們曾對人性感到失望；也許我們曾無法相信任何人，這些陰暗面是為了要讓我們學會保護自己，不是讓我們黑化。這世上仍有許多光明良善值得我們體現。

關於創意，創意讓生活變得更豐富有趣。創意的來源很多，最容易取得的方法就是取材於日常生活。創意可以是看似平淡無奇的日常添加了讓人感到驚喜的成分。有時候覺得長大之後想法創意會被許多規則扼殺，如同被綁手綁腳般讓人感到彆扭不自在。

關於人生，有的人是按照自己的生涯規劃一步步實踐他的人生藍圖；有的人陰錯陽差踏入了原本自己從沒想過的領域，然後在該領域發光發熱（發現自己跟該領域合得來）。重要的是你對現在做的是有沒有熱忱。適不適合跟喜不喜歡並沒有絕對正相關。以我為例，我喜歡可愛的衣服，希望有朝一日能穿著可愛的監獄兔套裝上課，希望自己能穿得像小蘿莉一樣可愛花俏。但事實上我的身材比例不適合穿成那樣。我有屬於適合自己的穿搭風格。雖然沒有到非常喜歡，但是我明白那樣的風格適合自己，能讓自己的優點展現出來。人生啊！趁早去摸索自己喜歡什麼不喜歡什麼，自己適合什麼不適合什麼。這樣才不會走太多冤枉路，畢竟人生就像現場直播，無法剪輯重新來過。

「要積小敗而成大功，非積小成而成大敗」失敗沒關係，要失敗的有意義；倒楣沒關係，要倒楣的值回票價。我一直認為做人不要斤斤計較，因為我本身就不喜歡凡事計較，覺得喜歡計較的人無法成大器。不喜歡計較也許是因為我反應有點遲鈍沒有查覺到被吃虧了（呆笑）。

最後的最後，我化身為瘋狂小粉絲，能拿到講者親筆簽名還有握手合照真的非常開心，講者的手暖暖的（大笑）。能邀請到馬克，我整個人都要飛起來了！這次演講，讓我收穫非常多。

SELF PICK

徐嘉凱

畢業於國立臺灣藝術大學，臺灣新媒體獨立製作公司「SELF PICK」創辦人、導演、編劇，每部作品均在網路上創下百萬點閱率，並獲得海內外創投公司認可，創造近億元的公司估值，且為臺灣第一個進行4K製作的戲劇製作公司。憑藉電影《聖人大盜》入圍第五十六屆金馬獎最佳新導演獎，執導的網劇《Mr. Bartender》、《我們是歐爸》獲選二〇一六年臺灣前十大網劇，並成功帶領SELF PICK榮獲二〇一七年行銷傳播貢獻獎年度傑出行銷創意團隊、第十四屆金炬獎年度傑出十大潛力經理人。

擁有一個成熟的靈魂，始終相信堅持夢想最重要的一件事就是要「勇敢」；勇敢地踏出第一步、勇敢地面對失敗，以及勇敢地堅持下去，並相信自己的（SELF）的選擇（PICK）。

徐嘉凱・演講

越壞的時代下，我們越該做自己

我是徐嘉凱，是電影《聖人大盜》的導演，也是一個開酒吧的老闆，之前拍過一個影集《Mr. Bartender》，公司經費不足的時候，我也自己擔任過《Mr. Bartender》中的演員，以上就是我從小到大做過比較有趣的幾件事情。

《聖人大盜》會在全臺電影院上映，為什麼強調全臺電影院都會上映？因為很多人認為這麼年輕導演拍出來的電影都是草草了事，不會在院線上映。我們這部電影集結兩位臺灣及香港非常有名的監製一起投入資源製作，所以絕對會上映，期待大家支持。

今天想要跟大家分享的是，我如何從想拍電影，到真正拍電影，這十三年來我是怎麼思考、怎麼進行的，可以募資五千萬拍電影，做更多事情，完成自己的夢想。為了這張電影海報，我花了非常多時間跟心力，要湊足一個電影的拍攝，其實非常困難。拍電影就像一場賭博，一場高風險的遊戲，如果要玩，就要有輸的準備，要有二到三千萬的資金周轉。我並不是有富裕背景的人，但我就是慢慢來，一步一步做到我想要做的事情，只要記得最終的目標是要拍電影就行了。很多人都想創業，創業或許會帶來不一樣的契機，但要思考什麼樣的創業是適合我的，於是我開始這十三年的旅程和奮鬥。

創業的開始：有明確的目標

我一當完兵馬上就投入創業，思考我要怎麼活下去。那時我參考了幾間不一樣的大公司，發現大家營收有分為很多種類，因此我決定在公司起步這兩年，要為公司創造多元營收。因為拍片接廣告沒辦法讓我達到想要的夢想，因此除了拍片接廣告，我還開酒吧，很認真研究調酒相關的事情，選擇做很多不一樣的挑戰。到目前為止我總共募資了一億三千萬臺幣，做了很多想要做的事情，以創業家的角度而言還可以。

我從小到大的夢想就是當導演，有些人怎麼知道自己知道自己的夢想的？其實小時候我是一個小胖子，因為身材和其他一些因素，我不是那麼有自信，那時候我的人生目標就是跟大家變成好朋友，為了要跟大家變成好朋友，一定要會說話，所以我一直不斷練習聊天技巧，有天我發現自己變得蠻會聊天、蠻會演講的。國中的時候我報名演講比賽，國三時打進了全國大賽，那時比賽題目是「我的夢想」。我就思考我的夢想到底是什麼，其實那時的夢想就只是希望能交朋友，但那樣演講一定不會得獎，因此為了拿到全國演講比賽第一名，我要想一個很厲害的題目。那時李安導演《臥虎藏龍》拿到奧斯卡金像獎，站上了全世界都能看到的影視最高峰舞臺，幫華人發聲，成為臺灣之光，所以我就說我想當導演！靠了這個題目我拿到全國國語文大賽第一名，這也是我人生的轉捩點，我第一次肯定自己，原來我可以完成一件事情，也由於這件事情，開啟了我對電影的興趣，之後我便一直不斷地付出、不斷的努力到現在，成為一個電影導演。

這不是一個獨特而厲害的故事，也並不是因為自己從小到大看了電影、藝術片後發覺自己有當導演的才華的夢想；這只是我在尋找要怎樣活得更有意義，有沒有什麼夢想適合我去追尋，好不容易找到之後，我努力了十三年。對我而言，可以走到現在有一個很重要的意義，世界上有那麼多好玩、又有意義的事物，但這些事物如果看一個丟一個的話，到最後就什麼都沒有了。但如果可以持續看十三年的話，可能就可以長出一朵花，可以看到手上開出一個世界。我深深認為每個人都是獨特、寶貴且充滿才華的，只要找到一個願意花時間、發揮才華的地方，一定會找到一條很不一樣的路。

累積過去，創造未來

其中我覺得很重要的一點，就是要怎麼樣可以走到現在這個位置，人生分為三階段：過去、現在、未來，我通常從這三個觀點出發。過去到底擁有什麼，讓你們現在坐在成功大學講堂裡，擁有了全臺灣非常頂尖大學的名號，除了這個之外，還擁有什麼？大學系所教導你們的專業知識，也有可能是社團非常亮眼的成績，是校園中的風雲人物，是團隊的領導者，再往回頭看看中學時你擁有了什麼？當時我一直思考，我擁有了什麼？我腦袋很聰明嗎？我發現不是，國中時拿到演講第一名後，我覺得自己好了不起，就跟喜歡的女生告白，果不其然全國第一的頭銜沒什麼用，沒有打籃球也沒有彈吉他帥氣，當下只好就算了，心裡默默說掰掰。但男生一定要記得的是鍥而不捨，要默默地喜歡他，就會發生很有趣的故事。九把刀的書都會跟我們有一些共同經驗，就是那些年我們一起追的女孩，一個功課平凡的男生為了跟那個女生進同一所高中，不斷努力念書，那時我也做了一樣的事情，我不斷的努力，那時基測我只錯了兩題，覺得自己好像也有一點聰明，跟那個女生同一所高中我很開心。但那時我跟那個女生，還有其他幾個同學組了高中先修班，決定先學數學，然後下堂課學微分，我有點看不懂，結果再下一堂嘗試看看帶一些積分，那時我就絕望了。他們要去參加數學、物理奧林匹克競賽，我這個平凡人跟他們是不一樣的。

那時候我才認清事實，我永遠沒辦法在數學、物理、化學中一起往前進，我可能沒這個才華；但是我也有他們沒有的，我是全國國語文冠軍，再者，我可能多一些領導跟組織的能力，所以我去當了學生會長，再多一點是我不怕失敗、不怕被嘲笑，所以我拍了很多奇怪的影片，不斷的練習，我還是會一些東西的，我開始學會了攝影，開始不斷的往前進。我發現我所擁有最與眾不同的地方是，學習能力。我的智商不高，數字上的能力不強，我很多方面都不是頂尖的，但我很會學，還有組織跟統整。因此從大學開始，我看了很多報告、國際論文、期刊、各方面我很想學習的東西，所以後來我才能在酒吧的世界、電影世界當中不斷的優化。所以大家在思考現在跟未來時，一定要思考過去，你擁有什麼，人生到現在二十幾歲了，一定擁有什麼，而不要只是在這裡發睏，思考人生怎麼了，人生的所有都來自於過去擁有的。

第二是未來。從現在開始，未來你想要擁有什麼樣的生活、狀態？（同學回答：我想要跟團隊一起拿到勝利的感覺，像是運動校隊拿到冠軍的感覺；出了社會後想當老師，因為看到學生懂了一個東西會很開心。）

這是非常重要的事情，要想想未來想要什麼，才會知道現在要付出什麼，你現在願意付出什麼來得到未來想要得到的。想要跟一個團隊一起拿到勝利，享受勝利的感覺，所以要付出打電動的時間、其他樂趣的時間。假使我是一個運動員，我願意把交友時間、念書時間都捨棄掉，唯一的目標就是帶領團隊拿到勝利，這個成功機會就非常高；但如果我原本不是運動員，但又想要得到運動方面的勝利，因為過去沒有擁有，那要付出的就會越多。如果你沒有去思考未來想擁有什麼，那現在會有付出的動力嗎？完全不會，因為你不知道未來會有甚麼變化，沒有感受到未來的吸引力。當然也可以不要付出啊，就是坐在這裡聽課，可以打電動、交朋友，做任何想做的事情，但這對未來會有任何幫助嗎？可能不會，因為等將來我們再回頭審視過去，會發現那段時間，並沒有為你積累任何可以達到未來目標的努力。

我有蠻多朋友是台積電工程師，他們過去累積很多，也犧牲了很多，才能順利地畢業到台積電工作。但是，大概就在前幾個月，我有個朋友說他要離職了，我問為什麼？薪水超高，前途一片大好，可以買車、買房。但在台積電當工程師基本上就是換肝的行為。讀書時學了覺得可以改變世界的東西，學了有創意、有價值的東西，但是進到工作當製程，只是日復一日地在做相同的東西、相同的討論，浪費了頭腦才華。我這朋友說他看著其他同學，每個人的薪水也許沒有他高，但日子過得比他好，他覺得自己沒有未來，他看到的未來是到了三十五歲時會卡在某個職等，到了四十歲就會有其他年輕人跑出來。但問題是真的到了四十歲時，又跟上一代的台積電工程師不一樣了，因為上一代的往上有缺，可以一直不斷升上去；但現在沒有，那些缺已經被占滿了，所以升職機會很低。他只擁有一份在台積電的工作，並不知道未來想要擁有什麼。

於是我這朋友選擇了辭職，辭職後他開始思考未來想要什麼。人生需要一些挑戰、刺激，他開始學習很多東西，他跑到美國念書，想到矽谷闖闖，想要創業，去挑戰這個世界，或是跳到新的領域。他說他很後悔沒有想過未來想擁有什麼，只是覺得人生很順遂地往前走，現在不會太累，這樣就好。但人生不是這樣，有一天會覺得空虛，覺得寂寞，懷疑人生真的是這樣嗎？我們存在的當下可以選擇沒有意義的發生，也可以選擇付出一些什麼，為未來多做一些打算，這會變成未來很重要的籌碼、很重要的價值。大家可以問問自己，對於未來，想擁有什麼？對未來的生活，願意付出什麼？如果有的話，把它記下來，透過現在的積累、現在的付出，去創造更好的未來。

我相信現在臺灣的年輕人，都有方法可以找到更大的平臺，舉例來說，那時候剛畢業，沒有人想到我可以變成一個導演，我的電影還拓展到香港、美國，沒有人想過這些，但只要你想要，其實這些東西都可以慢慢做到。問我未來真的想要什麼，我有一個非常非常明確的圖像，我想要在六十歲的時候，在山上有一棟房子，我可以釣魚，我很喜歡釣魚，那是心境的感受。但是人生又不要太無聊，我還是希望

六十歲時有人可以拜訪我，我是一個有演講力的人、是一個有故事的人，我還是可以跟年輕人接觸、一起玩，然後三五好友買酒在湖邊喝，然後每天最棒的事情就是散步兩個小時，看一下天空的變化，然後每年拍一次電影，每次要拍電影有人送我錢。我的追求非常簡單，退休、一樣的人生，但有影響力、完成電影的簡單生活。

人活著是為了行動

為了要達到這樣的生活，其實並不容易，因為每拍一部電影就要花很多錢，所以我年輕時需要更努力，犧牲了所有的生活娛樂，沒有時間談戀愛，沒有時間跟別人瞎鬧，沒有時間去做工作以外的事情。所以遇到我的人都說我是一個工作狂，說我這樣的人生錯過了很多精彩的事情，但我說我其實沒有錯過任何一件事情，因為我熱愛我的工作，我正在創造我的夢想，為我的未來做更多的努力。不然人活著要幹嘛？大家有沒有想過人活著目的是什麼？我日日夜夜都在想，我覺得人活著有一段時間是痛苦的，人活著總有一天會失敗，那個失敗就是人總有一天會往生極樂，但這是我們避不了的。

卡謬有一本書在講希臘故事裡的薛西弗斯，被宙斯懲罰，每天要日復一日地推石頭上山，每次推到山頂又會滑下來。我看這個故事的時候覺得很悲哀，但卡謬說我們必須假設他是快樂的、有意義的，不然就跟他一樣可憐。因為人生就是推石頭上山的過程，達成什麼目標，到了人生的終點，一切又都會滑落下來，什麼都沒辦法留下，我們所達到的一切都是沒辦法留下來的。就算我講得熱血澎派，我要當導演什麼的，這些生活我也留不下來。那人們幹嘛那麼痛苦地活著？每天擺爛、耍廢就好啦，但擺爛耍廢到後來會覺得連呼吸都是痛苦、都是浪費。無論大家聽完這個演講有什麼收穫，我只希望大家偶爾可以想起：人活著是為了行動，人若沒有行動，就等於沒有活著，行動是人當中最重要的一件事情，行動的定義代表你有一個目的要往前，代表你為什麼要推石頭的原因。過去、現在、未來，是我們生而為人最重要的三件事，在這些時間當中，要去思考到底想要什麼？願意為此做什麼努力？我們到底要怎麼邁向世俗定義的成功？一、一個真切的願望，二、一個可行的邏輯。真切的願望是你想要達成的事情，而邏輯非常重要，只有邏輯通了才有可能走到下一步。

對我來說我真切的願望是：「不斷的拍出想說的故事，帶給自己與世界不同的影響，並以此充實地活著。」我從十三年前許下這個願望開始，我便不斷修改這句文字，我每兩週就會重新檢視，對我來說這是我的未來目標，是很重要的邏輯問題，所以我這十三年間修了三、四百次。不斷很重要，如果這件事可以斷掉，代表不是我真正想做的事，我希望我可以持續地拍我想說的故事，我想說的故事，可以侷限任何主題，並且是有影響力的故事，除了對世界有影響力，應該也要對自己有影響力，最終我可以充實地活著。我可以因為憑藉上面這句話，無論每天早上醒來有多累、多開心，都能夠覺得滿足。這三天我過了完全不一樣的生活，第一天我的睡覺時間不到三小時，但是很充實，學到更多事情，睡覺時累到不能再累；第二天，我的新酒吧開幕了，我非常期待並且邀請了很多客人，跟大家聊得非常愉快，喝了超多酒，弄到隔天早上四點；第三天我在床上躺一天完全沒有行動力，宿醉是最痛苦的事情之一，完全不能做事，直到我頭腦可以清楚面對疼痛，才起來再做一點事再睡覺。這三天完全不一樣的生活，每天醒來的時候，我都覺得很充實，因為每一天，我都盡了全力，因為每一天我都用我的願望和邏輯生活著。那我做到這些事情的邏輯和狀態是怎麼樣的呢？大家認為工作是什麼？（同學：維持生存、有更好的生活環境、讓自己不無聊、存錢做喜歡的事情、為了社會貢獻）

團隊合作的協作關係

我思考了很久，我一直不知道工作的意義是什麼，因為我不太喜歡工作，雖然我現在很多事情做，但我從來沒有到任何一家公司工作過。以歷史來看，我們一開始是在勞作，付出勞力作業，農耕打獵等等都是勞作，最終可以滿足我們的生存，最一開始國家還不是那麼重要，部落還不是那麼齊全，我們就是付出勞作維持自我的生存所需，這是我對工作最一開始的定義。之後部落開始出現，國家開始出現，我們發現可以更有效率的分配勞作，有些人可以管，士農工商開始出現，我認為這時才是工作的開始。再往下到工業革命，到更多機械力量出現的時候，大部分勞力漸漸被取代，我們的糧食越來越足夠，生活越來越方便，品質越來越好。我們現在的生活在以前都屬於貴族階級了，那這時我們工作在幹嘛？如果糧食都夠用了，那我們在累什麼？在我們這一代，工作其實是上位者給我們的小小思考陷阱。有一個更重要的名詞：協同作業。我們每個人在做的事情都是協同作業，我們跟別人合作去達成特定目的，而不是為了我們的生存所需，如果你的工作是為了生存所需，請找到一個最好的度量衡，也就是只要工作完這幾個小時，就不用工作了，因為沒有生存的壓迫了，所以可以選擇不工作。但再往下探究，人還是要工作，沒有工作的話，就像這位同學說的，沒有意義了，好吃懶做，一直坐在沙發上也會累啊，放在社交環節上會覺得不夠，人會有滿足其他慾望的需求，這是工作的第二個涵義，但最終會走向協作，跟一群人一起合作。

所以我的公司核心力量就是這樣，一、有一個地方大家可以喝酒聊天；二、有拍片的地方；三，這整個東西是一個虛實貫穿的經濟體。最終我們可以創造一個不一樣的協作關係。我認為的未來是充滿新的機會、新的可能，會被科技所改變。舉例來說，大家認為UBER到底應不應該合法？（同學1：我覺得UBER應該要遵循法規，而不是要政府一直開特例給他們，覺得UBER可以轉型成多元計程車的概念。

同學2：其實一開始對UBER的好評都是從社群軟體開始，有些人說UBER司機比計程車司機好很多，也很守規矩。可是我覺得一開始UBER就做錯，因為他去鑽法律漏洞，企圖把自己包裝成計程車，如果一開始就不走正道，要怎麼喜歡呢。）

我們每一次在創業以及步入社會的時候，都會發現自己做的跟社會不太一樣，包含UBER可能在鑽法律的漏洞，或是沒有想像到的地方，這是我們這世代的人很容易面臨到的問題。一，要繼續在現有體制下努力去包容更多的人，還是要走在體制外，去走一條別人覺得灰色的地帶，甚至可能覺得不妥的地帶。群眾募資爭議性非常大，在於執行的時候都會遇到一個問題，這個專案到底能不能夠獨立成功？有很多專案是沒辦法獨立成功的，最後變成詐欺，刑事犯罪，這其實代表了法律上的漏洞和問題。三百塊的電影票大家要看三千萬還是三十億的製作？事實證明，大部分的人都會選擇三十億的電影。設想一個經濟環境是大眾可以透過群眾集資參與到環節，並且透過贊助電影讓觀眾變成股東，建立起跟國片真正的關聯性，大家也會更有動力支持國片，支持臺灣的創作人繼續走。贊助三百五十到四百塊之間，換到一張電影票，連帶也有百分之一的電影股份，電影賺錢贊助者也可以分到錢，然後再支持到下一個電影，過程中還可以把觀看意見反饋給創作者，參與電影製作過程，甚至選擇角色，增加電影跟觀眾的關聯性。去年我開了一間公司，目標就是要把創作者跟觀眾綁在一起，未來只要電影賺錢就分給大家，但這樣是不行的，因為

法規沒跟上。法律到底是對還是錯?還是是灰色地帶,沒有辦法管到我們的未來?我們的未來已經因為手上的手機而有了劇烈的變化,我們這代有權力去定義這些衝擊的方向,如果大家都不管,我們會越來越不知道怎麼跟這世界相處與接觸,但如願意去了解,其實都會改變我們未來的生活。我只是一個電影導演,到現在還是會被這些東西困住,這世界是一直不斷改變的,改變的力量就掌握在大家的手中。

大家都喜歡UBER,UBER的方向跟概念很棒,讓自駕車有閒置運用的能力,這個出發點很好,而且我覺得不應該消失,以前不能這樣運用反而很浪費。UBER踩了兩個很重要的點,第一是這個世界的資源是被浪費的,第二是我們可以利用科技把這些閒置資源做更好的利用。因為從這兩個點做出發,我就覺得UBER有存在的理由。法規判定任何東西都應該跟上現在科技的思維,因為以前不行利用這些閒置空間,但現在可以。無論要改成什麼,都應該重視科技為生活帶來的改變跟體驗。這個世代要去改變,但改變不容易,因為既有的法規有其限制,但我們還是要嘗試去改變它。學習是這個世代中最重要的主軸,這個時代正在變化,我們的觀念也要學著改變跟著進步。

互動社群與虛擬世界

我相信因為科技的進步,下一代的娛樂會圍繞著互動社群,以嶄新的樣貌出現在大眾面前。娛樂是甚麼?故事是最一開始的娛樂,但娛樂一直在變,之前我們的娛樂是聽廣播，再之後我們改看電視、電影，再後來大家看手機、滑手機、看電腦。每一代都在改變。大家有想過我們下一代的娛樂會以什麼方式呈現嗎？有看過《一級玩家》嗎？這部電影所帶來的世界就是之後我們所在世界的樣貌，大家停留在手機上的時間越來越多，停留在手機時會進入到虛擬世界，虛擬世界很迷人，打開手機滑臉書就可以看到遠在加州的朋友，穿著比基尼在海灘散步；打開IG可以看到最喜歡的貓貓狗狗，可以隨時隨地的切換到任何想去的地方，甚至切換到Netflix、黑鏡看看下個世代的娛樂、科技、社交帶來甚麼樣的改變。這就是虛擬世界，可以選擇的互動，選擇的體驗。只是現在停留在你的眼睛、拿在手上滑，接下來還有AR、VR。下個世代的娛樂是虛擬世界，而這個虛擬世界中有個很重要的事情，叫做IP（Intellectual Property），活在很多的平行宇宙當中，未來是我們可以自己選擇的。未來的娛樂是跨出螢幕、跨想像空間的，需要互動和社群。未來的娛樂是什麼呢？第一要有故事，第二要看有沒有辦法互動。一定會從手機慢慢提升，我們已經慢慢地在進入這個世代了，現在所使用的一些軟體、社群，我們都被虛擬世界拉進去了。

我想要創造的世界會是什麼樣的？我也要做IP劇，怎麼做呢？沉浸式娛樂第一層，真人實境。我是從四年前開始創業，為什麼要拍《Mr. Bartender》呢？要記得一個人比記得他說的話來的容易。拍《Mr. Bartender》公司也沒有預算，很多投資人問我，演這個的目的是什麼？我想要做成一個真人實境秀，我把我做的事情變成

IP，把自己變成主角，觀眾在看的就是一場實境秀，我讓大家知道我做了什麼事情。公司剛開始的時候也常缺錢，需要募資。但就是從那一年開始，走到了現在，很多粉絲跟著我一起成長，看著我的酒吧拍了第二季，看到我做很多不一樣的事，甚至加入我們公司，公司跟很多厲害的人合作。我沒有那麼強大的故事力，但是我把我追夢的過程記錄下來，讓所有人都可以感受到。

改變世界的電影力量

除此之外，沉浸式娛樂有一個重要的點，五感架構，整個城市都是我的影城。真實版的迪士尼樂園，可能去個兩三次就差不多了，但我要做一個日復一日，大家都會去的迪士尼樂園，換句話來說是城市分解版的迪士尼樂園，我把電影裡面所出現過的場景全部留下來，讓大家一同去參與。所以我拍《Mr. Bartender》就把酒吧留下來，酒吧裡的場景也留下來，觀眾可以在同樣的位置上，感受當時的情境。下一個空間要做的是住宿，住宿是終點站，這個故事非常有趣，因此我們會打造一個住宿的空間出來，慢慢的食衣住行育樂，五感的體驗架構。全部落實之後，整個臺灣甚至在國際當中，五感架構就會有個虛實交會點。未來希望將我們的創作做成沉浸式娛樂的劇場，然後配合VR、AR來讓大家體驗沉浸式的體驗。最後沉浸式娛樂的第三層，共創烏托邦，電影有一個魔力，我們就用電影來改變現實。韓國有一部電影《熔爐》，那部影片改變了韓國的一條法案，讓法案變成大眾所期待的。

電影的力量很大，會改變世界。我做的電影《聖人大盜》也是如此，目的是要讓我們之間的距離變近，讓臺灣的文創有新的創業可能，和金融架構的可能性。我的商業邏輯、我的初衷就是不斷的拍片，做一個有影響力的人，然後將來到山上養老拍片，為了達到這簡單的夢想，我參考了科技的演練、商業邏輯、經濟、科技娛樂和商業人才等，組合起來，變成一個可執行的方案，這其實很困難，隨時可能遇到任何問題，例如兩天後就要開拍，本來說好的演員不演了，那對我來說是兩千萬的損失，延拍一天損失一百萬，很短的時間內就要思考接下來人生要怎麼面對，這中間還有發生很多類似的驚滔駭浪。

最後要跟大家分享的是，做夢真的很難，沒有夢想也不見得是不好的事情，只要想清楚未來要做什麼就好，未來不用太複雜，只要選擇的是你想要過的生活，這樣就很好。

學生回饋 FEEDBACK

林家禾

藥學系■二年級

徐嘉凱先生是很年輕的新銳導演，因此演講前就一直很期待，導演那麼年輕，又能夠在惡劣的臺灣影視環境下生存，靠的究竟是甚麼？還有他預計提倡的新概念，「沉浸式娛樂」、「SELF TOKEN」，即使上網看過很多報導還有資料，還是不大清楚究竟他打算怎麼實現，還有這樣的概念是怎麼拼湊的。

「過去擁有甚麼」、「現在願意付出甚麼」、「未來想擁有甚麼」，依照時間點區分，我覺得最重要的是未來你想擁有甚麼，也是徐嘉凱先生今天演講的一大重點「我的夢想」，現在這個年輕的世代，我能感受到身邊的人，最大的惶恐是不知道未來要幹嘛，即使燃起了小小的火苗，也很容易因為各種說詞而又如同風中殘燭般，悄悄熄滅，但徐嘉凱先生從十三歲開始就立定了想拍電影的志向，而且最不同的地方，一般人從小到大會一直換夢想換志向，但他卻是維持一樣的目標，時時刻刻檢查著自己的夢想，甚至每兩周就檢視一次自己的夢想，每一個字都精雕細琢，到現在已經修改了四百多遍，展現了對夢想的認真與堅持。

我最感到驚訝是徐嘉凱先生是個工作狂，他努力了十三年才有現在這樣的成果，成功拍出了第一部電影，過程中捨棄了許多娛樂、交女朋友……，但他不覺得自己錯過甚麼，因為他一直以來都是在做自己喜愛的事，而且這都是在朝他規劃的未來藍圖前進。回頭想想自己，高中也是堅持了兩年半，一直努力維持著好成績，但到學測前已經有點彈性疲乏，再加上，我翻開厚厚的學測志願書，翻來翻去找不大到自己想念的科系，想去臺大，但臺大的什麼系呢？我讀的到嗎？醫學系是我真的想要的嗎？退而求其次，藥學系不會太枯躁嗎？心理的難熬加上現實中的疲憊程度，導致我學測沒有考得太理想，之後想要準備指考，但我更迷惘了，自己到底想唸什麼？而且努力了那麼久，真的好累，所以到了指考報名截止日前，我才決定以個人申請的方式進入了大一不分系。這段過程，為甚麼我堅持不下去，我想很大的一部分就是我沒有明確的目標，一路以來，我都是秉持著要朝最好前進，但是究竟要前進到哪裡去呢？

徐嘉凱導演的故事讓我重新思索了到目前為止的學經歷，即便現在我轉入了藥學系，但其實我還是不確定自己到底喜不喜歡這條路，他最後講的一句話觸動了我，「年輕時多冒一些有目的的風險，勝過沒有目標的活著」，對我來說，當初進大一不分系，就是一種冒險了，家人其實不是很支持，但我就是想選這個，即便我現在是藥學系，我還是要像曾志偉先生一樣，對身邊的事物感到好奇，畢竟我還年輕，想轉換跑道，都還不嫌晚，而且只要最後能找到自己的方向，這些花的時間都是值得的！

對我來說，徐嘉凱導演的演講是給迷惘的年輕人一種力量，相信自己，還有去尋找未來的勇氣。

國際名製琴藝術家
蔡明助

三十五歲時毅然放下一切，遠赴義大利小提琴製造重鎮克雷莫納（Cremona）開始小提琴的製琴生涯，在遊歷歐洲六年後，因為心中對於臺灣這塊土地深深的愛戀，繼而回到了家鄉。

擅長巧妙運用高超的油畫技法，以及華麗的木鑲嵌、貝殼鑲嵌、木雕、銅雕等賦予樂器非凡的生命力，更曾於二〇〇二年榮獲美國職業製琴大賽金牌。近幾年則專注於修復古董鋼琴，讓古琴在各種技法的交織下，呈現出優雅別緻的貴族風格。

蔡明助 ● 演講

重現文藝復興時代的製琴藝術

我除了是專業製琴家，也是音樂家，經常表演，通常坐第一排椅子的要六千塊，最後一排要三千塊，所以想要多賺三千塊的同學請趕快往前挪，因為我上課肯定不悶，坐第一排的人福利比較多。

我姓蔡，名字是明助，明白的明，幫助的助，今天很榮幸來成功大學跟各位同學分享人生經驗。我求學生涯曾經很期待能夠考進成功大學，因為我家就住在學校旁邊，但是因緣際會沒能考上成大，是我人生的一個小小遺憾，不過今天可以站在成大的講臺上，也算是彌補我內心的遺憾，所以恭喜各位有機會在這麼美好的校園，快快樂樂的享受大學生活。

大家平常可能比較少有機會接觸樂器，雖然富足社會中樂器很常見，但是能夠隨心所欲的去駕馭樂器，就需要耐性去培養了。

音樂是人類智慧的結晶

我今天要講的主題環繞在樂器，日常生活裡面觸目皆是各式各樣的樂器，因為太平常了，所以對它沒有特別的感受。樂器就是可以創造音樂的工具，用樂器去創造美好的聲音使我們耳朵得到快樂，這就是樂器的基本定義。那怎麼會有樂器和音樂的產生呢？因為人類喜歡美好的聲音，所以就有人去研究創造樂器。

音樂、樂器本來就是渾然天成，並不是誰刻意去發明它或創作它，它是一個長期下來，人類智慧的自然結晶，音樂本身其實是人類的一個自然的本能，大部分的人天生就喜歡音樂，只是不曉得如何去培養而已。

這個概念跟一般人的認知是不一樣的，男生學音樂通常的動機是想要彈吉他唱歌給心儀的對象聽，所以很多男生學音樂都是從吉他開始。其他少數人是為了強烈興趣而主動去學習！那怎麼說音樂是一個本能呢？音樂何以發源？怎麼會莫名其妙在人類的生活中，就產生了音樂這件事情？一定要先有音樂才後有樂器，為了享受好聽的聲音才去製造合適的樂器，這是一個因果關係。

那音樂一開始是怎麼產生的？最原始最早的樂器和音樂，應該是出現在原始人類的社會。不知多少年前，那時候沒有國家、沒有文字，人類和其他動物還差不了多少，可能就是比動物聰明一點點，每天只忙著如何把肚子填飽。他們必須冒著危險去打獵，平時住在山洞裡面，一到外面去狩獵，碰到的動物都比人還兇，像是老虎、獅子、大象，但是肚子餓不戰鬥又不行。好不容易打到一隻動物，大家回來以後，在山洞外面烤著獵物！能把肚子餵飽當然高興，吃飽喝足後就高興的跳舞，當然那種舞蹈，就是原始的舞蹈，就像現在非洲部落那類的舞蹈，舞蹈時就有人自然而然地拿著棍子敲打木頭產生節奏，這就是音樂的誕生，最原始的音樂就是這樣形成的，打擊樂是音樂的來源，而且不同的人敲打會有不同的效果，心情好跟心情不好，有慧根跟沒慧根，敲出來的效果都不一樣，自然而然就形成敲打聲音比較好聽合規律，就會有人把這些技術傳承下去，隨著時間的推移，這種好聽的技術就一直被積累下來，形成了節奏的內容，這就是打擊樂的概念。

至於管樂是用吹的，發源也非常早，同樣在原始人的社會就已經出現。一開始有人無意中發現，拿一個管狀器物能吹出聲音，然後很碰巧在吹的過程中，又發現有些禽鳥對這種聲音特別有反應，小鳥平常在天上飛，原始人想要吃到鳥肉的難度甚高，因為無意中發現吹管這東西，能吸引小鳥飛來，讓狩獵較容易獲得食物，就激發人類有了動機去研究它。慢慢地又有人不小心將管子挖了洞，又可以發出另外一種聲音，音律就產生了，同樣一個管子多挖一個洞發出的聲音就不一樣了，樂器開始進化。洞鑽的不精準，或是鑽的大一點或小一點，聲音又不一樣，自然而然，耳朵的聽覺就去判斷哪個聲音比較好聽，慢慢調整從一個洞到兩個洞，最後到七個洞，這可能發生在一萬年前。在中國大陸河南省有一個地方叫漯河舞陽縣，那地方小學生在做勞動服務時，在河邊取土要將河堤架高，挖的過程中無意發現一個史前人類的生活遺址，這個遺址叫賈湖遺址，大概是距現在一萬年前的新石器時代的聚落，出土了幾十根骨笛，可以觀察到有許多不同洞數的骨笛，從一個洞、二個洞到最多八個洞都有，一開始笛子就是為了狩獵用，但不知不覺發現笛子洞數不同，音調也就不一樣，更創造出更豐富的聲音。笛子就開始演化了。這個發展的過程很漫長，並非短時間就成熟。整個時空歷程可能經過上萬年，鑽一個洞，這個洞要擺哪裡，透過很多不同的嘗試最後才決定出最完美的音調！這些賈湖骨笛經過碳十四的測試，是九千年前新石器時代的人類做的，是用丹頂鶴死掉後留下的腿骨所製成。之後這些骨笛被送去北京，經過音樂界人士去測試，一開始吹不出聲音，後來經過笛子專業音樂家不斷的研究測試，才發現原來需要有一個特殊的角度才能吹得出聲音。

另外非常奇妙的是七個洞的骨笛發出來的聲音正是我們現在的Do、Re、Mi、Fa、So、La、Si。

這種五個音、七個音的樂器，在中國有實物證據，在歐洲、埃及也都曾經發現過類似的東西，也都是好幾千年前的，研究的結論是五個音階（Do、Re、Mi、So、La）和七個音階（Do、Re、Mi、Fa、So、La、Si）和現今的五聲，七聲音階完全一樣！西方跟東方相距幾萬公里，幾千年前受限於地域交通不便，彼此之間不可能互相溝通交換意見，各研究各的，最後竟然殊途同歸。所以樂器跟音樂的形成是自然的過程，並沒有人刻意去發明，隨著時間跟智慧的集結，慢慢幾千年傳承下來，就形成我們現在成熟的音樂和樂器，也就是所謂的五聲和七聲音階。這就是音樂的來源，樂器是為了製造音樂而產生的工具。

所以其實大家都是天生的音樂家，因為音樂就是一種本能，但是為什麼很多人到後面都跟樂器無緣？認為這是一個象牙塔內的事情，是困難高尚的技藝？所以就沒有耐心去開發培養。所以這些本能就被埋沒了，這非常可惜，想像一下把音樂從我們的生活中拿掉，人生不就很苦悶，生活沒有音樂聽，人生就缺少了豐富的原素。音樂無時無刻在我們生活中，我們習以為常，大家就成為音樂的接受者，而不是音樂的創造者，而其實音樂就是一種本能！九千年前的人類都有辦法做的事情，現代社會的我們怎麼可能沒有辦法做呢？

因緣際會接觸曼陀鈴

我手上這隻美麗的曼陀鈴琴，是我親手製作出來的，我是國際上知名的專業製琴家。

那為什麼我會進入製作曼陀鈴的領域？我是臺南市土生土長的本地人。我家就住在成功大學附近。在我小學時很幸運地就接觸到曼陀鈴這個樂器。五十年前我就有機緣接觸到曼陀鈴，那時候臺灣知道曼陀鈴的人寥寥無幾，我家隔壁就住著一位老先生，我童年的時候，他已經六十幾歲，是一個很古怪的老人，沒有結婚也沒有小孩，養一隻非常大的狗陪著他，每天早上就是遛狗，因為我很怕狗，我看到他家的狗都會閃，但是我對他又很好奇，好奇的不是他這個老人或是這隻狗，而是因為我家住隔壁，從他家裡常常會傳來各式各樣優美的聲音，我就很好奇怎麼會有如此好聽的天籟？我一直以為他跟我家一樣有收音機或電唱機。所以我就常常在他家門口窗戶探頭探腦，次數一多，那個老人認為我這頑童居心不軌！有一天就出來斥責我，說不要在他家附近晃來晃去，我回答他是因為你家裡傳出來的聲音很好聽，於是他就請我進去，這時我才知道他不是放唱片，那些音樂是他演奏的，當下我實在太驚訝，心想說怎麼會有一個這麼有才藝的人，他家裡全部都是各式各樣的樂器，有鋼琴、小提琴、吉他，什麼都有。臺灣早期臺南有很多世家子弟，家庭環境非常好，一生不愁吃穿，原來這人也是如此背景。他可以做他自己愛做的事，早年留學日本學習音樂。那個時代有能力去日本留學可不得了，之後回到臺灣也不用工作，終其一生都在玩樂器，我就是在這種因緣下，結識了這樣的一位奇人，改變了我的一生。因為他沒有孩子，平常生活也無聊，我一放學他就把我叫去，我整天跟他在一起，他就教我玩不同的樂器，也因此在五十年前我就會彈曼陀鈴了。就是因為這個機緣，讓我一生跟樂器結下不解之緣，也讓我的生活一直很豐富快樂。

動手製作曼陀鈴

等到我慢慢長大，畢業後進入職場。隨著年紀越來越大，品味也慢慢轉變。因為演奏需要有優良的樂器，我家是小康家庭，昂貴的樂器可望而不可及，湊合使用劣質的樂器使我的表現空間受限！就一直嚮往能擁有好的樂器。也因此異想天開，何不想辦法自己動手做一把？需求往往是最好的動力，既然對買的樂器聲音不滿意，就自己動手做，這開啟了我的創作之路，當然一開始只是一個想法而已，藝術家的想法跟常人不太一樣，再荒謬的想法，都會想要去試試看。我從此開始了鑽研製琴之路，沒人教，只能瞎子摸象用自己的想法去試作！久而久之就成為一種嗜好。

大學畢業後，開始了職場生涯。我白天在銀行上班，晚上的時間繼續研究製作樂器，而且廢寢忘食專心投入，每天都做到半夜兩、三點，比準備大學聯考還努力，就這樣做了幾年，果然有一些作品出現，我小提琴拉得還不錯，所以就喜歡製作小提琴，後來製作過程就無法避免的面臨瓶頸，某些地方就是不對，我知道我需要更專業的技術突破，土法煉鋼已經到頂了。

我們那個時代跟現在不一樣，三十幾年前電腦還沒有普及，一部電腦跟一間房間一樣大，現在電腦已經普及化，需要什麼資訊直接上網google就有了，那時我為了突破技術上的盲點，就訂閱美國職業製琴家雜誌，雜誌從美國寄來後，專心研究後慢慢有一些突破，但畢竟有些技術還是無法從雜誌上破解……所以那段時間就一直維持著白天上班、晚上製琴的生活。直到三十幾歲時，發現自己對製琴的興趣太強烈了，隨著年紀越來越大，未來幾乎已經可以預見，如果每天就這樣上班無災無難到六十歲退休，到頂大概就是個銀行經理，這是我要的人生嗎？

●古董藝術鋼琴：帝王之聲

我在音樂上有強烈的天賦，趨使我改變人生軌道，而且當時我做的小提琴也有小成，為了圓夢我決心要出國去鑽研這個專業。

以前出國可不是一件容易的事情，我父親是一個奉公守法的公務員，並沒有充裕的經濟能力支持我出國，所以既然我有此想法，就必須自己規劃經費來源。別人上班存錢是準備要結婚買房子，我存錢是為了要出國學藝，那時候我的薪水一個月是兩萬四千多元，每個月我固定存一些錢，下了班又去當小提琴家教老師，晚上回家再繼續製琴，做到凌晨兩、三點，這樣蠟燭三頭燒的生活持續了十年，到了三十五歲，存了將近九十萬元。那時候的九十萬元可以買一戶三房兩廳的公寓，但我沒有把錢拿去買房子，我把這些錢當作出國的經費，當時首選的國家是義大利，義大利有一個城市相當有趣，在米蘭的附近叫做克雷莫納（Cremona），地緣關係就像是臺南跟麻豆之間的距離，這個城市約有十幾萬人，有一個別稱叫「小提琴故鄉」，為什麼呢？因為在Cremona這個地方，歷史上曾經出現一個製作小提琴的巨匠（Antonio Stradivarius）中文翻做史特拉第瓦里，奇美博物館就是以收藏多把史特拉第瓦里製作的小提琴而聞名。奇美博物館當時從世界各地拍賣會收購了各式名貴古董小提琴，其中最名貴的就是由Stradivarius製作的小提琴，國際拍賣價高達一億臺幣以上。另外Cremona曾出現三大製琴家族，前面提到的Stradivarius就是其中一位，另外兩位則是阿瑪蒂（Amati）與瓜奈里（Guarneri），這三大製琴家族所製作的小提琴，到現在為止經過四百多年，還存世的大、中、小提琴大概有幾百把，都是人類的瑰寶，幾乎都是在各大博物館或著名的音樂家手裡，每一把擁有自己的名字，且都價值不斐。奇美博物館裡面就有十幾把，這是我們臺南人的光榮，有許文龍董事長這麼用心地去收集這些琴，那時期的小提琴是人類樂器史上登峰造極的時刻，不管用科學或技術去分析，現代人製作的小提琴，都無法突破當時的水平，所以說十六、七世紀是小提琴最顛峰的時期。隨著工業革命開始求量產、追求降低成本，形成現在大家眼中的樂器，真正的樂器製作是一種藝術，追求的是聲音的極限完美，就跟聲樂和一般人唱歌的差別一樣，一般人沒有經過訓練的聲音叫唱歌，受過訓練的聲樂家唱歌叫演唱，而史特拉第瓦里是樂器史上最偉大的人物，有空可以去奇美博物館參觀他的作品。

出國鑽研製琴圓夢

Cremona這個城市為了紀念Stradivarius成立了小提琴製作學校，這個地方有一半以上的人口都跟製作小提琴有關係，有大大小小各式各樣的作坊，也有幾十位製作小提琴的大師，他們的學生遍布全球，世界各國的人都到那裡學習，我三十五歲時就是去這個地方。因為我訂閱美國職業製琴家雜誌，常常看到Stefano Coniano這位大師的名字，當時很想拜他為師，於是就寫信給他，前三封信寄給他都石沉大海，那時候我是用英文寫，我想說會不會他看不懂英文，因為很多義大利人都不會英文，還是可能沒有收到？後來我就寄了一把製作的小提琴給大師審視。那時候我已經業餘在製作小提琴，這招果然有用，不久他就回信了，他看到我的作品感受到我對製琴的熱愛，他回信問我師承何處？我說我土法煉鋼，沒有任何師承自己做的，給大師品鑑。在義大利製琴最高桂冠，我們中文叫大師，比博士還值錢，我運氣不錯，大師精通英文，他要是不通英文我就慘了，我就必須耗費更多時間學習義大利語。他在跟我溝通的過程，覺得我有慧根。因為沒有師承自己也能研究出這樣的作品，他說他願意收我為學生，所以我就毅然決然把銀行的工作辭掉，那時候我在銀行已快升襄理了，那個時代能在銀行算是不錯的職業，是金飯碗，生活安定、待遇也不錯，這個取捨的心路歷程也蠻痛苦的。後來我就帶著十年來的積蓄九十萬元出國去了。我在義大利前前後後經過了六年的時間，九十萬撐不了六年，我在第三年的時候就把九十萬用光。雖然我已經節衣縮食過著非常貧苦的日子，每天都是在工作、學習，頂多去附近義大利的大嬸大叔們家唱唱歌、喝喝小酒，其他的花錢娛樂我一概沒有。我很努力學習把一天當兩天用。跟我一起學藝的還有十來位國際學生。他們都很會過日子。義大利生活節奏很鬆散，早上睡到自然醒，九點、十點開始工作，十二點多就去吃午餐，吃完午飯再睡個午覺、喝喝下午茶，四點再上班，一到六點一哄而散，開始吃晚餐唱歌跳舞喝紅酒，他們吃飯的時間比工作時間長，這就是他們的民族性！工作只是手段不是生活的目的。我的同學們就是過著這樣的日子，該吃飯的時候吃飯、該玩的時候玩，裡面只有一個怪人就是我，早上六點就起床，然後工作室一個人都沒有，天氣又冷，等到他們來上班的時候，我已經工作三、四個鐘頭了，等到中午他們吃飯，我隨便混一餐就又開始回來工作，到五點吃完飯他們去喝酒我

就學習油畫和鑲嵌工藝。所以我學習的時間等於是他們的三、四倍，我三年學習下來的實力等於他們學十年的效果！我的恩師是一位好人，是我一生貴人。到第三年我阮囊羞澀繳不出學費，就跟他報告說我受限於經濟必需中止學程回家，等我存夠錢再回來學習。他就笑著問我說你存九十萬存多久，我說我存了十年，他就開玩笑跟我說，哇再十年，你已經五十歲了……所以回去肯定行不通，他說我在這裡學了三年，我的努力他看著眼裡，他一生所教的學生，沒看過這麼努力的人，他欣賞我的學習精神。在義大利人的眼中他無法理解我為何如此努力，他說如果我中途放棄，在職業製琴的領域，就像有一顆未來的明星像流星一樣殞落。大師鼓勵我，給我一個機會，他說我這三年學習的內容已經可以作為他的事業夥伴。所以第四年開始的時候，我們就改變關係，由師徒轉變為事業合作夥伴，所以第四年我正式進入他的團隊，開始職業製琴，但不是我自己獨立銷售。我的作品交給我的恩師，因為他非常有名氣，他成為我的經紀人，替我銷售作品。另一方面，他也是義大利非常有名的博物館古物修復專家，所以他也傳授我這方面的技術，像是修復油畫或骨董，所以後面三年我就跟著他、製琴給他，跟著他在歐洲各地一起修復古蹟、教堂。前三年我花光九十萬，但是後三年我的學習是免費，而且還開始有好的收入，這就是我在義大利那六年的經歷。第七年面臨人生重大的抉擇，我應該留在歐洲呢？或是去美國？還是回臺灣故鄉呢？

其實那時候回臺灣，是我最後一個選項，因為我的專業在臺灣非常冷門，冷門到幾乎沒有市場，到目前還是沒有市場。我這個行業在臺灣沒有同業、沒有工會，找不到同伴。畢業後，我回到臺灣一年的時間，我在臺南奇美博物館為樂器館維修古董樂器，不過工作時間不長，前前後後大概幾個月的時間，為什麼會離開這個崗位呢？因為在奇美博物館修復骨董的時候，我也在創作，我開始有不同的想法，因為我在歐洲師承的Stefano Coniano大師，他本身就是一個非常有名氣的藝術家和製琴家，他藝術方面的造詣也非常強，維修骨董，主持過很多的古蹟，教堂、壁畫的修復工程。

而我對樂器的興趣特別濃厚，所以在博物館工作時，我對於古董樂器特別有興趣。因為維修，有機會將它們拿出櫃子近距離觀察結構，修復過程甚至需要把它們打開來，可以審視所有的細節！那時候我就由衷的讚嘆，為什麼現在的科技那麼發達，做出來的樂器卻是如此粗糙？以現在的科技來講樂器是退化，不是進化，手機是一直在進化，但樂器是在退化，樂器從九千多年前就已經出現，經過這麼漫長的演變過程，到十七、八世紀，藝術創造非常的興盛，進入樂器的巔峰，製作出來的樂器最質精，不但樂音優美，還有各式各樣的藝術裝飾，在博物館裡面看到的古典皇家樂器，令人嘆為觀止！擊節稱讚！

手工製作的價值

像是米開朗基羅、拉斐爾、達文西這些大師巨匠，那時候藝術家除了有才華去創作，沒有成本、時間的觀念。像米開朗基羅的大衛雕像，米開朗基羅費了幾年的時間去雕刻，作品精緻到血管似乎有血液在流動，肌肉充滿張力，藝術造詣登峰造極不愧是大師之作。米開朗基羅為何能專心製作？因為當時貴族非常支持藝術，米開朗基羅有梵諦岡教皇的支持，讓他可以潛心創作，在這樣的背景之下，他沒有後顧之憂，所以創作了永垂不朽傳世的鉅作傳承迄今。

為什麼手工技術製作的樂器很有價值？主因是條件嚴謹製作精良技術性高所以無法量產。而且必須擁有專業才華的人方有能力製作。而現代的樂器講求高效率低成本的大量生產。

樂器由藝術品轉為工業產品。古代的藝術家為了一個作品耗費多年的時間，十年磨一劍。我當年被這些博物館藏品所震撼！為什麼十六、十七世紀那時候有如此強的藝術能量？為什麼現代科技發達，產品卻是那麼陽春缺少內涵？當然時代背景不一樣，把時間對照一下，歐洲十六、七世紀，文化最興盛的時候，同時代在中國發生什麼事情？Stradivarius的時代就是吳三桂的時代，那時候的人有這樣的文化精神去創作藝術作品，工業革命後講求量產。手工技藝就慢慢失傳了，文化傳承也斷了。

我油然產生一個有趣的想法，是否能由我來銜接這個文化斷層？這是一個多麼有義意的使命。

跨領域的藝術展現

這使命包含了不同專業領域的結合。

第一個是製琴的專業：我在臺灣獨立研究了十年的時間，在義大利鑽研六年的時間，前後十六年培養成熟的專業。如果還要加上藝術的元素去裝飾。

第二是油畫的專業，第三是鑲嵌的專業，一把琴必須用到的裝飾藝術，除了油畫以外還有鑲嵌的技術，鑲嵌、油畫都是極為專業的藝術領域，多年才可以培養出傑出的人才。那為什麼歐洲文藝復興的時候可以做成，反而到我們現在二十一世紀科學發達反而沒有人去做？因為這三個領域必需結合，方能製作出這樣的藝術作品。三個專業領域都要花費十年以上的時間去養成，有那一個人能擁有此三大元素條件？而且除了這三個領域還不夠，還有第四個領域，因為樂器本身除了是藝術品，還有一個最重要的功能性任務，樂器必須發出悅耳的聲音，一把琴藝術裝飾是加分，基本條件是必須足堪重任的演奏樂器。那怎麼評估這是一把優質的演奏樂器？自己必需會演奏。沒有演奏能力不可能製作出極品的樂器！也就是說這個文化傳承必需結合製琴專業、油畫專業、鑲嵌專業，還要有演奏的專業，才能完成這個文化傳承的使命。

• 青花瓷

學過吉他的人……很多學三個月都放棄了，學三年可以有一些水平……要上臺專業演奏，臺上十分鐘臺下十年功，要製作出這樣的作品，需要擁有這四項專業，每一項專業如果都能找得到合適專家合作，整合成功，作品是可以完成，但價值將是天價！

但很幸運的我在人生歷程中不知不覺中養成了這些條件。我從小對樂器有強烈興趣，小學時期就會彈曼陀鈴了，在成長過程裡鋼琴、小提琴、曼陀鈴、二胡等多元樂器，都在不知不覺中就養成了，所以演奏方面我本來就會了，第一個專業我突破了。然後我花費了總共十六年的時間養成製琴技術！值得一提的是我從小繪畫就非常好，我在小學五年級就曾經得過在西班牙馬德里舉辦的國際兒童畫比賽的世界金牌，所以我一生中得過兩次世界性大獎，第一次是五年級的時候，得獎作品名為「夕陽下的赤崁樓」我記得很清楚，那是我人生第一次上報，我贏得世界兒童畫競賽的金牌獎，在早上升旗的時候，校長就廣播說我們請蔡明助同學上來，然後就頒獎給我，獎品我還記得是一本國語字典和一盒利百代鉛筆，這樣就打發我了，那時候還很開心，現在想一想好像不太對，太廉價了吧！

東方首位職業製琴大賽金獎

藝術家有一種獨特的欲望叫創作欲……人類有很多種慾望，比方說口腹之慾、其他物質上的慾望，藝術家的慾望很特殊，有靈感就想要儘速轉化成作品。那時候

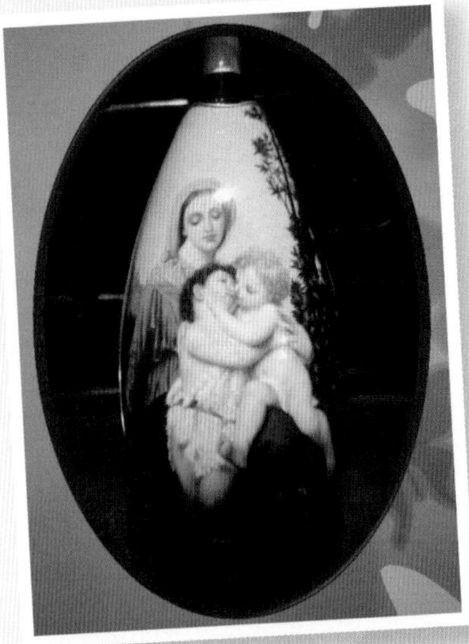

• 2002年世界桂冠金獎作品

我為奇美工作，晚上突然想要做一把藝術曼陀鈴，心動不如行動，馬上就付之行動。幾個月的時間，製作了一把得意作品，並以這把琴參加美國職業製琴大賽，這個比賽從十九世紀開始，每三年舉辦一次，第一屆到現在已經有一百五十多年，每三年會產生一位製琴界的桂冠金獎得主，而我在二○○二年就以這把琴打敗全球的職業製琴參賽者，成為東方第一位獲得這個獎的人，這是我個人的一個殊榮，也是我因為興趣，長期努力付出所獲得的一個回饋。

俗話說技多不壓身，懂很多技術不會壓死你，反而是為人生加值、加分，一樣的時間裡兩種人，一個拼命玩電動，一個拼命學語文，五年以後打電動的賺到肌肉炎和老花眼，學習語言的已能琅琅上口溝通無礙。進入職場後，會發現人家比我懂得多，專業比我強，所以請年輕的同學務必要記得，時間是最寶貴的資產，一定要將時間用在最關鍵的地方，小心的使用每一分鐘，規劃有興趣、想要學習的事物，並且切實的付諸行動。

學生問：我想問古董琴會比較有價值嗎？

蔡明助回：古琴不代表就是好琴，比方說人會老嘛，老人不代表就是好人，壞人變老也是壞人，因為琴如果在當初製作設計時就是不好的琴，那一百年後，也只是更不好的古琴而已，所以價值只在它是古董，如果是好的琴，在製作時很精良，本身就是一個藝術品，一百年後，是更有值錢具功能性的骨董藝術品，甚至可能成為館藏進入博物館，所以好琴跟古琴不能混為一談，這是不同的概念。

學生問：請問您當初辭職前往義大利學習製琴的時候，是怎麼說服家人的？

蔡明助回：不用說服啊！有求於人，才要說服嘛，要別人出錢給你去，才要說服，所以我要花了十年的時間存錢，因為我知道我的家庭環境無法提供我資金出國，但我的父母親不會阻擋我，只是擔心比較多，認為我三十幾歲上班上得好好的，存錢為什麼不去買房子、交女朋友，他們是勸說比較多，最後我要去的時候，還是支持的。

學生回饋 FEEDBACK

鐘翊瑄

外文系 ■ 一年級

在老師的演講中，我能感受到老師的人生就像是其創造出來的作品一樣，時時充滿驚喜。在老師的人生故事中，我看見的是當代臺灣人走闖異地的韌性，也在他身上看見一個人的生命是如此多變與曲折。從一位在銀行上班族，到躍升國際的著名藝術家，實在很難想像，老師是用什麼樣的心情毅然決然地離開臺灣？又是怎樣在人生地不熟的異國獨自生活多年？

何謂成功人士？我覺得比起這樣的定義，老師更喜歡以「藝術家」來定義自己吧，而回頭看看自己，我所缺少的，就是老師那份「說走就走，勇於挑戰」的瀟灑。我覺得在這個網路爆炸中生長的這代年輕族群，世界各地的樣貌皆可信手捻來，對於「異國」缺少了浪漫的想像，到國外生活變成天馬行空的幻想，我們甚至不敢跳脫舒適圈，在截然不同的環境下生存，變成我們遙不可及的想像。我們害怕離開習以為常的世界，害怕嘗試與探索，對於夢想，我們更少了放手一搏的勇氣。在我看來，年帶著九十萬行走天涯的蔡明助老師，必然有強大的求學力量與決心，使他踏上名為藝術的這條路。

「運用時間去做最大的價值，幫助自己成長。」——這是蔡明助老師在演講最後反覆給我們的提點，我相信花短短幾年在歐洲全心全意地磨練的老師，比誰都了解、也體會過時間運用的重要性。這讓我想到一句英文諺語——“Time will tell.”，我想，世界公平地給予世人時間，而你所擁有的，從來不是時間白白送上來的，你所眾多大師製作出來的曼陀鈴中，他讓自己的曼陀鈴充滿自己的色彩，讓其擁有能夠表現「蔡明助」的特色。

想要擁有的能力、生活，甚至於生命價值，都必然是自己運用「時間」一點一滴挖掘而來的。如何在有限的時間裡充實自己，也將是一個值得學習的課題。這世界同時也是不公平的，每個人所擁有的天賦不盡相同，也許我花大半輩子去磨練琴藝，所彈奏出來的作品，說不定還不如一位五歲天才兒童。我覺得每個人對達到一項才能巔峰所必須付出的努力不同，有人天生就擁有超凡才華，有人卻要一步一腳印慢慢達成，但在巔峰如何開創自己的一片天空，這又是另一個值得反覆思索的問題。就如老師的曼陀鈴一樣，在

國立清華大學電機工程學系
特聘講座教授
吳誠文

現職國立清華大學清華電機工程學系特聘講座教授、國立成功大學敏求智慧運算學院講座教授、工業技術研究院資深副總兼首席技術專家。曾任國立成功大學副校長、國立成功大學旺宏電子講座教授、工研院前瞻指導委員會（ARAC）委員兼TAC-ICT主席、行政院科技會報首席評議專家室主任、國立清華大學積體電路設計技術研發中心主任（創立）、國立清華大學（研究）副校長等諸多職務。

也曾是風靡全臺的第一代巨人少棒隊的王牌投手，長期致力於晶片設計與測試技術研發，為IC設計與記憶體測試界龍頭，以學術價值與產業價值並重，貢獻卓著，在國內學術界及運動科技領域持續發光發亮。

吳誠文・演講

走不一樣的路

大學這段期間，可能是思考人生意義、探索未來職業生涯方向、發展專長領域等最關鍵的時期，我也走過這條路，但在面對抉擇的時候，都不是太好抉擇。我想你們也會有這樣的問題，每個人狀況都不一樣，如何選擇自己要走的路，每個人心裡發出的聲音也都不同，在這跟大家分享我的心得，這個心得或許不是值得學習的，但是可以當作參考，參考就是當我遇到那種情境我該怎麼做。人生有很多個階段，各階段各方面都可能要抉擇，重點是，那我的人生要什麼。

學習歷程・回到故鄉

我是臺南人，小學念博愛國小，就在成大旁邊，國中的時候因為打球到了金城國中，在現在的臺南市政府附近，高中念臺南一中，然後到臺大，研究所是在加州大學念電機電腦工程，在一九八八年初加入清華大學電機系。我到清大冠冕堂皇的原因很多，可是其實最重要的是，清大有一個很漂亮的棒球場，是那時候全臺灣唯一有內野草坪的球場。我在清大兼任過一些行政工作，然後二〇〇七年一月借調到

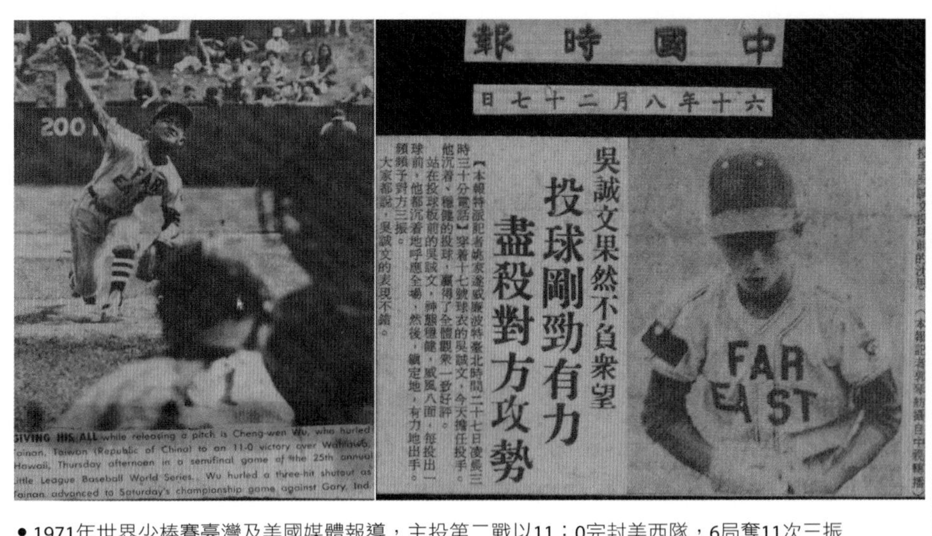

GIVING HIS ALL while releasing a pitch is Cheng-wen Wu, who hurled Tainan, Taiwan (Republic of China) to an 11-0 victory over Wahiawa, Hawaii, Thursday afternoon in a semifinal game of the 25th annual Little League Baseball World Series. Wu hurled a three-hit shutout as Tainan advanced to Saturday's championship game against Gary, Ind.

中國時報

六十年八月二十七日

吳誠文果然不負眾望

投球剛勁有力 盡殺對方攻勢

【本報特派記者姚家逢威廉波特臺北時間二十七日凌晨三時三十分電話】穿着十七號球衣的吳誠文，今天擔任投手。他沉着、穩健的投球，贏得了全體觀眾一致好評。

站在投球板前的吳誠文，神態穩健，威風八面，每投出一球前，他都沉着地呼應全場，然後，鎮定地，有力地出手。頻頻予對方三振。

大家都說，吳誠文的表現不錯。

• 1971年世界少棒賽臺灣及美國媒體報導，主投第二戰以11：0完封美西隊，6局奪11次三振

工研院擔任系統晶片科技中心（SOC Technology Center）主任和資訊與通訊研究所所長。拿到博士學位要回國那時也考慮要回臺南或到臺北，但因為我的研究是在半導體、IC設計與測試方面，而在一九八〇年代，臺灣的半導體產業剛開始發展，重心就是放在新竹，所以後來還是決定到新竹了。其實過去三十幾年來我一直就很想回到故鄉，終於在今年八月回來加入成大。

一九七一年八月二十八日我們在美國威廉波特拿到世界少棒冠軍，那次比賽我投第二場，第一場和第三場都是許金木投的。

最近幾年我在打軟式棒球。軟式棒球因為比較安全，從小朋友到老人家都可以打，規則和硬式棒球都一樣，只是球不同而已。它雖然是軟式棒球，厲害的投手也可以投到一百五十公里以上的球速，不過它算是休閒運動，而非專業競技型運動，適合所有的年齡層。

運動數據分析對選手的幫助

去年球季結束後我跟大聯盟球星陳偉殷在清大辦的

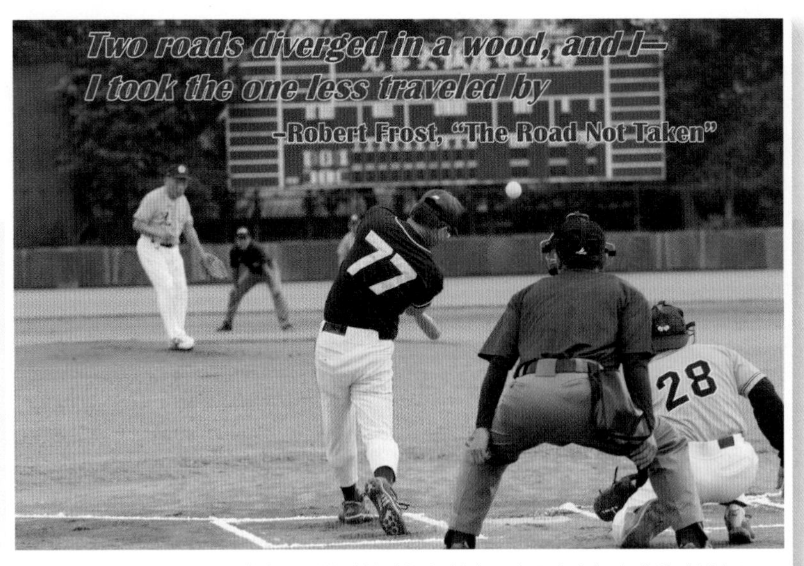

● 與臺灣職棒之父洪騰勝董事長以軟式棒球投打對決，畫面上方打上我的演講主題

一個講座上對談。陳偉殷在那年球季當中碰到一些問題，不過也讓他開始發現數據分析很重要，因為他讀了別人分析他的資料，顯示了過去幾個球季他的好壞球數的分布情形。雖然所有的好球都是進到好球帶，那為什麼有的比賽被打得很慘，而有的比賽又投得不錯，可以壓制對手，其中有很多因素影響表現，而他發現針對不同的打著，投球進壘時的位置分佈便是一項重要因素。去年我也跟陳偉殷聊到，為什麼主場表現那麼好，可是到客場常常被打爆？他說他也不曉得，他覺得主客場的設施、訓練、待遇也都一樣，大聯盟球場對客隊都很公平的。唯一的差異是，他如果敗投，為了懲罰自己，他就會在比賽後自己在那個球場跑十圈。棒球球場是很大的，他跑十圈；可是如果贏球的話，他就不懲罰自己，就跑五圈就好。我後來想想這樣不對，就開玩笑對他說，投手下盤很重要，比訓練上半身肌肉還重要。如果在客場敗投為了懲罰自己跑十圈的話，下一場回主場下盤就強了，表現就會比較好；可是主場勝投以後只有跑五圈，下一場到客場去表現就不理想，所以應該是每場比賽後都要跑十圈才對。

臺灣之光：威廉波特少棒賽

我念博愛國小時加入學校的少棒隊。當年少棒這麼盛行，是因為一九六八年那時候紅葉國小棒球隊是臺灣省少棒賽的冠軍隊，是臺灣最強的球隊，結果打贏從日本來訪問的當年的世界少棒冠軍隊。那時我們的棒球協會就覺得，既然我們都能打贏世界冠軍隊，為什麼我們不自己組隊參加比賽，所以隔年（一九六九年）就出現了金龍少棒隊。金龍是全國明星隊，現在已經從日本職棒退休的郭源治，就是那一年代表臺灣去美國威廉波特打世界少棒賽。金龍隊在世界少棒賽拿到冠軍，讓我們信心大增，第二年拿全國冠軍的是七虎隊。七虎隊是南區的明星隊，但沒有拿到世界冠軍。第三年是一九七一年，我小學六年級。那時臺南市不包含臺南縣，光臺南市就有十一支少棒隊，比現在的臺南市還多，少棒的風氣十分興盛。然後我們臺南市代表隊就贏得南區冠軍，臺南縣亞軍，所以南區明星隊裡臺南的球員就占了一半以上，另外還有來自嘉義高雄等。

後來南區代表隊拿到全國冠軍，就到清華大學集訓。遠東區比賽是在臺北打的，我們接著拿到遠東區冠軍，然後又到清華大學集訓。到美國去，在賓州威廉波特市比賽，我投第二場對美西夏威夷隊，以十一比零完封勝。美國時間八月二十八日決賽，最後延長到第九局才以比數十二比三贏得世界冠軍。回到臺灣來，那時還沒有桃園機場，只有松山機場，也沒有空橋，下了飛機後就每個人上了一輛吉普車，從松山機場一直遊行到總統府，當時經過中華路還有中華商場，路邊歡呼的民眾人山人海，非常熱情！

後來我跟一些隊友一起上了金城國中，還繼續打了兩年球。國二升國三時，我們是臺南市冠軍隊，但是在南區的比賽輸了，拿到第二名，結果臺北的華興中學就到我們學校來挖腳，我的隊友就全都跑去了。我本來也想一起去，但有個老師說我身高不夠，打球沒有用，不過他覺得我的成績還可以，要我留下來讀書，搞不好還考得上大學。因為當年打球沒有什麼好出路，最好的出路就是青少棒拿冠軍的話，可以保送體專，畢業後可以當國小體育老師；不然如果打得更好，青棒成棒還可以去合庫、中油、台電，國營事業的球隊，也是一份工作。打球的出路有限，所以我們老師勸我留下來唸書，我父母也叫我不要再打了。為了不讓我父母擔心，我當時就聽他們的，那是我人生第一個重大的抉擇，但我當時非常難過，其實到現在都還很喜歡打棒球。因此，國三我就沒有再打球了，開始專心念書。

轉打從文，專心念書

我們當年讀金城國中時，學校很小，一個年級才六個班，六個班裡有三個升學班三個就業班，就業班就是反正沒有要升學學校就不管了，俗稱放牛班，老師也不會在乎學生成績。有些學生也許因為家庭因素，上學有一天沒一天的，學校也不一定能掌握。那一年，我們三個升學班考上臺南一中的只有六個而已。我國三時開始認真念書，那時候全校排名的模擬考跟複習考總共有六次，一個班大概六十幾個人，三個班一百八十幾個參加模擬考，我第一次考試好像是六十八名的樣子，最後一次是全校第六，有機會可以考上臺南一中，到了聯考時我則是全校成績最高。我下定決心念書後是真的很用功的，同學們都沒想到我可以在一年之內拼上來。我上臺南一中後，高一時，同學說因為我是國手，所以選我當副班長；到高二的時候因為成績不錯就當選班長，高三還當選模範生。高三畢業時累計成績是全校甲組第二名，當時一個年級有二十個班，甲組我記得好像有十三個班，我是甲組第二，後來就到臺大去了。在臺南一中時很可惜沒有棒球隊，因此我參加了田徑隊，那時候一百公尺跑11秒8左右。到臺大第一天就加入棒球隊，大四時拿到大專盃冠軍，冠軍賽我是先發投手。一九八一年大學畢業服預官役，當兵兩年之後工作不到一年就出國，拿到博士學位回臺灣接著就參加臺大校友會棒球隊及清大教職員壘球隊，又繼續打球。

通常高一不分組，是為了讓你有一些時間思考，這麼多的學科裡，我最有興趣的是哪個方向，然後思考將來的人生會走那條路，雖是這樣講，可是大部分的高一學生不會思考這些。我國中受到國文老師影響蠻大的，所以我對文學蠻有興趣，也喜歡寫文章。高一我每個科目程度都蠻平均的，只是特別喜歡文科，很多人看到歷史地理就沒輒，因為不是日常生活的經驗，常常會錯亂，例如人名跟朝代兜不起來或者地區的物產人文景觀混餚，但我還好，我不是拿著書死背，而是看懂它。國文英文我成績也都很好，數學生物雖然沒有特別喜歡，可是也不覺得困難。我本來是想要走乙組，也就是文科。高二要選組時很掙扎，因為我父親是老一輩的觀念，認為當時比較賺錢的個人職業，不是法律就是醫學，因為在日本時代臺灣人比較被允許能做，且比較賺錢的就是那些，其他容易賺錢的不被允許。我爸爸覺得我念中文系的話，不但找不到工作，搞不好也娶不到老婆，應該要念丙組，但我對醫學沒有興趣，所以就跟他商量念甲組好了，至少找工作不用擔心。但我高二成績剛開始有點差，那時候還有點抗拒覺得這不是我的興趣，數學段考還曾經差點被當，看到發下來的考卷分數有不小的打擊，好像覺得跟自己負氣的下場自己活該承受。既然自己選了這個，雖然沒有興趣，但我就不信不能把這個東西做好，我開始試試看多下一點功夫，慢慢就發現數學其實也很好玩，物理、化學、數學就是很重要的甲組學科，從那時候一直到高三，那些科目的成績就越來越好。

興趣可以培養，成就感增加樂趣

當你學習新事物時，要去發現有趣的點，不是想像說興趣天生就會有，有時候是因為做了，會了，有成就感，才發現其中的樂趣。很多興趣都需要開拓，開拓了以後，連上關係，就努力去試試看，有成就感後那東西可能就會跟你連結一輩子。不過如果做得很好但還是沒有興趣，就也只好認了。做得好，通常會得到讚賞、感謝，因此會有成就感，可能就是快樂的來源；但如果別人都嫌棄、批評，就不可能會有成就感，也不會快樂。而要得到讚賞，一定是要用心的。因此興趣也是可以慢慢培養出來的。我到高三時，因為努力，成績慢慢進步，同學也會讚賞，這些成就感慢慢就會累積，造成正向的循環，也就會更努力。在旁人看來就像是，你對這些科目都很有興趣。

我讀臺大電機系時，對文史哲還是很有興趣，大一時會去旁聽文學院的課，同學笑說，免假啦，是去看女生的。看女生當然也是重要，但我那時候真的是很喜歡文學、哲學跟歷史相關的課，一直到大二因為必修課非常繁重才放棄。我有一個同學，大二時轉到外文系，我很佩服他，我比較沒有勇氣。幸運的是，我雖然沒有轉系，但到大三、大四，跟高中時一樣，慢慢發現電機課程越來越有趣。到大三時我就認命了，覺得應該好好地把電機的課程修完，於是慢慢就發現其中的趣味，學懂學通了就會有成就感，慢慢的正向循環，成績就逐漸上來了，後來才有信心想再念研究所。大學畢業時本來想就業，早一點幫父母分擔家計，只是我運氣好，考上教育部的公費留考，不需要造成家裡沉重負擔就可以到美國念研究所。我在UCSB一年就考過博士班的Screening Exam，不但拿到碩士學位，也成為博士班學生，但是當時教育部公費給兩年，我想可以再待一年多學一點東西再回國就業。正好我未來的指導教授那時候在找研究助理做晶片設計，我修過他的課得到班上最高分，專長也符合，於是就擔任他的研究助理。當時本來想說已經拿到碩士學位，再學一年就要回來，但第二年結束時我的研究有了不錯的成果，老師就幫我找到經費負擔我後續的學費，又繼續給我研究助理津貼，於是我就留下來，拿到博士學位才回到臺灣，進入清華教書。

我是沒有想過會來教書的，那個時候是因為拿公費出國的關係，規定要回來工作。當時臺灣的產業還沒有像現在這麼多樣化，也沒有這麼進步，當年的業界聘人都還沒有要求博士學位，只有像中研院、工研院等研究機構有少數博士研究人員的需求，不然就是到大學教書。我在教書做研究的時候，慢慢就發現到自己的特性，我不太喜歡走別人走過的路，反而喜歡嘗試別人沒有做過的事，我也不曉得是我天生個性如此，還是後天培養的。像是我國中本來是一個受專業訓練的棒球選手，可是卻拐個彎，選擇升學而沒有和大家一起加入國手雲集的華興中學棒球隊。到了高中選組的時候，班上常在一起成績比較好的同學到丙組去了，我選擇的路也和他們不一樣。在人生當中走不一樣的路，其實是有不同意義跟做法的。像各位到了大學這個階段，選擇的機會更多了，而且現在各系的選修課比重大幅增加，也已經很多樣化了，要做決定的機會比從前更多，抉擇就更加困難。

創造令人認同的價值

走不一樣的路說穿了就是追求創新，而創新需要創造力，也就是能夠做first-of-a-kind的能力。想法很重要，可是創新不能夠只有想法，如果想法不能實現也是沒用的，所以走不一樣的路是實際去走而不是用想的。那創新要創造的是什麼呢，不是只有idea，要創造新的technology、新的product、新的市場、新的議題、新的事業或甚至是新的產業，就是以前沒有人做過的。可是你創造的東西會不會有人欣賞？覺得你創造的東西有價值？所以要創造什麼呢？歸根究底就是創造價值，對你自己的價值和別人的價值，要得到別人的認同，就是要創造對別人的價值，創造價值的能力就是創新的能力，first-of-a-kind。所以，知跟行都要有，這樣才能創造價值讓別人受惠。

那價值是什麼呢？價值來自於需求跟不可取代性，這兩點缺一不可，如果需求很高，但是大家都會做，你沒有比別人強的地方，那也沒用，因為很容易被取代。反過來若是你很厲害，在某些點很強，做的產品又比別人好，但這個產品卻沒有市場，沒有人需要，那也沒有價值，只有自己高興而已。所以不可取代性跟需求這兩個要素都要符合才會有價值。這概念我們從音樂的角度看可以稱為廣陵絕響，曲子太棒了大家都想聽就是有需求，你又彈得這麼好，沒有其他人可以彈出這種令人如痴如醉的感覺，所以不可取代性非常高，你就很有價值。可是，如果你琴藝絕倫可以彈非常複雜艱難的曲子，但是這種曲子沒有人喜歡聽，那就叫曲高和寡，能夠創造價值的機會有限。如果需求很高，但你琴藝很勉強，就叫濫竽充數，只能混口飯吃。就像我吹奏薩克斯風，知道薩克斯風在軍樂隊裡是必要的，軍樂隊強調氣勢，如果人數不足就很難看，所以有時候要湊人數。但老闆可能跟你們說：「吹得好的八百，吹不好的五百，不好的不要亂吹，做個樣子就好，跟大家一起動就好像你也在吹。」這叫濫竽充數。人家八百你五百，所以價值就不高，如果亂吹就更糟糕了，成了蛙鳴蟬噪就毫無價值，價值的差別就在這裡。所以創造價值就是洞察需求並創造不可取代性，也就是創新（first-of-a-kind）。

人的價值其實就是如此，你們未來想要過好的生活，就要提升自己的價值，看所學的東西，是不是社會需要的，如果只是為了成績好看而胡亂選課，以為成績好可以保障你一輩子，反而失去價值而得不償失。其實成績好頂多只是混一張入場券而已，進到一個地方工作，如果到了年終人家給你打考績丙等，這樣還有未來嗎？重要的是思考怎麼幫自己找到一個對的、有需求的知識領域，並且要把它學好，比別人好之後才有不可取代性。否則如果別人比你好的話，老闆為什麼要聘你，你就因此被取代掉了。或者你可以多學一兩種新知識，一兩樣別人沒有的新技術，那你的不可取代性就可以提高。你專業領域所有的重要課程你都學得很完整，別人只要缺一個兩個，你就贏他了，這是談人的價值。當然人所創造的物品也是一樣的，不管是產品或者是藝術創作，要看看你的作品有沒有市場，有沒有需求，你做的有沒有比別人好，那就是作品的價值。

科技改變傳統運動方式

接下來我們要談運動科技。運動員跟學業之間有沒有衝突？我其實是一輩子都沒有放棄過棒球的，雖然大家看我的工作一直在學術領域，其實我一直都還在打球，並關心臺灣棒球運動的發展。

投手投的球是好球，但裁判判壞球，非常倒楣的投手。一顆球被誤判好球或壞球，整個比賽可能就有很大的影響，有時候差一個球，比賽就以相反的結局結束了，這對投手、打擊者都不公平。這確實是裁判的問題，但是大聯盟的裁判要做到非常準確的好壞球判決也很困難，因為球速實在是太快了。棒球規則裡好球帶是有規範有定義的，在本壘板的上方有個無形的框框，寬度是本壘板的寬度，高度大概是打者站好打擊姿勢後，從膝蓋上面到腹部跟胸部間的橫膈膜的範圍，所以這個框框其實並不大，業餘的比賽大概會擴大到胸部，及多一個球左右的寬度，稍微放寬一點，職棒比賽就比較嚴格。

為什麼現在我們把AI放到棒球比賽裡？今年三月的時候，波士頓大學的一個講師發表了一篇跟運動科技相關的文章，分析大聯盟主審裁判的好壞球誤判率。大聯盟用很準確的雷達感測技術追踪球的軌跡，去抓球通過本壘板上方時在好球帶或周邊的落點。現在美國大聯盟的賽事轉播大概都有那個框框在畫面上，就是用機器來判斷球有沒有進到好球帶，而機器已經做得非常準確。從大聯盟的資料庫裡可以統計出，整個二〇一八年球季，大聯盟的主審裁判誤判了三萬四千多個球。主審裁判的bad call ratio，就是誤判率，表現最差的都是資深的老裁判，因為五、六十歲的主審相較於年輕時眼睛已經沒有那麼銳利了，反應也沒有那麼的快。

一般大聯盟投手球速可以達到一百五、六十公里，一般人可能很難想像那有多快，一百五、一百六的球是怎麼樣的感覺？我們校隊的投手，大概一百二就了不起了，一百三以上大概就有機會可以打職棒了。沒有練過棒球的人，球速一百公里大概就打不到，有練過的一般業餘選手，一百二的球大概還打得到，臺灣職棒投手一百三、一百四是很普遍的，一百五是比較強的了，但在美國大聯盟可以到一百五、一百六，球速快到那個程度的時候，好壞球要判得準的確是有難度的。所以判決最準的裁判都是年輕的，三十幾歲的年輕人，他們剛進到聯盟當裁判，經驗、經歷都是菜鳥，判球更小心謹慎，老的裁判有時候會倚老賣老，很喜歡把抗議的投手趕出場，誤判時投手或打擊者雖然跳腳，但也不一定敢講話，怕被裁判趕出場。

波士頓大學這篇文章今年三月發表，當時春訓還沒有開始，在大聯盟造成震撼。那時球季快要開始了，大聯盟就委託了一個獨立聯盟叫大西洋聯盟進行測試，研究使用雷達及AI（稱為機器人主審）判定好壞球。因為使用AI機器人輔助判定，所以常常看到雖然球已經接進捕手的手套了，但裁判還在等機器人判定好壞球。這個robot umpire是一個科技公司做的系統，這個系統針對每個球都有紀錄，裁判如果判好球可是其實球沒有經過本壘板上方虛擬的好球帶框框，或者反過來，那就是誤判，這個好壞球誤判率是這樣算出來的。實驗完全由機器人來做，靠雷達的訊號來偵測球的軌跡，還有相機來決定框框的位置，決定球有沒有經過本壘板上方的好球帶，是AI軟體在運算，然後透過無線通訊傳到主審的手機，手機再傳到主審的藍芽耳機，等於robot在跟裁判講現在是strike（好球）或是ball（壞球），以此決定裁判的判決，除非是很明顯的機器的誤判（此時主審裁判可以主觀改正機器的判決）。

機器誤判率現在已經比真人裁判的誤判率低了，大約在百分之五以下，而真人是百分之七以上。機器誤判有時是訊號受到干擾，比如那個球已經很明顯暴投了，機器還判定好球，這時候裁判知道這是機器的誤判，不會跟著照判。

大西洋聯盟從七月ALL-Star Game（明星賽）開始實施，一直到八月的時候美國報紙USA Today頭版就討論實驗狀況，大家對實驗結果都相當滿意。裁判覺得壓力減低了，因為誤判會被公布會被指責，裁判壓力很大，有時候真的不是故意的，但這方法讓壓力減輕了，所以很可能將來，美國大聯盟也會採用這種方式。這對球迷來講差異不大，會發現誤判率降低了，大家都會覺得比賽比較公平。

運動科技提升選手表現

這是新的科技進到運動裡面，AI已經跟我們所有日常生活都連結上關係，是跨領域的衝擊，因此我們跨領域的教育需求也越來越大。大西洋聯盟如果執行成功，決定持續下去的話，其他的職棒，也會慢慢採用這個方式。這不是只有判決好壞球的應用而已，很多感測技術有多元的應用，像是都普勒雷達，高解析度攝影機，還有RFID等，已經用在很多的職業運動。例如美式足球裡面以及球員的防護墊肩上裝這種RFID tag，球場的訊號讀取設備可以讀取tag傳回來的無線電波訊號，就可以同步偵測、定位及記錄球跟選手的軌跡，完整記錄整場球賽的情境細節，賽後就可以利用這些資料分析球員與球隊的表現。大數據分析與AI運算可以讓我們看出球員一直以來的的表現，甚至估算球員未來的表現，分析不同球隊不同選手的戰術等，這些例子說明我們應該提升並善用運動資料分析的能力。

我們國內的運動選手大多還在用老方法訓練，但國外已經嘗試把科技加進來，進步就比我們快。以前世界少棒聯盟的比賽，常常都是美國小朋友打輸我們在哭，因為我們用高強度的訓練，使用更多、更長的訓練時間，所以容易贏他們。美國人是不會讓小朋友長時間訓練的，但為什麼現在冠軍常常是他們，那是因為他們現在用的訓練方法比從前進步了。

現在已經有些感測器技術非常成熟了，就好像運動員的MRI核磁共振掃描技術，可以把選手看得一清二楚。這是早期的國防技術小型化與商品化，把原來的彈道追蹤都普勒雷達用到棒球場追踪棒球，那家公司叫Trackman，在大聯盟與小聯盟所有的球場都裝設這些設備。臺灣目前也有兩個球場有，一個是臺中臺體大的棒球場，另一套是富邦悍將買的，裝在新莊棒球場。我們希望多培養科技與運動人才來做運動科技，將不同領域的人才整合在一起，做很多有效的應用。

大聯盟最近又發現過去這五年來的比賽，因為打擊進步得很快，全壘打數目一直在增加。科技是非常重要的，除了打擊全壘打增加以外，也發現大聯盟的投手球速變快了，超過一百五十公里球速的投手，明顯變多，現在連高中生都可以投到一百五十公里，在美國已經非常普遍，都是靠引進科技協助訓練。前一陣子王建民受傷之後，球速還可以回來，也是在復健之後靠這一類技術幫他分析訓練，知道問題，知道需要怎麼加強，且避免再度受傷。而且這類技術現在已經便宜到一般的球隊都買得起，我們不應該一直傻傻的照傳統的方法，跟著前人的腳步在走，沒想到其他人用了新的技術，很快就超越我們了。

Garmin是臺灣人創辦的美國公司，研發總部和生產都是在臺北汐止。他們研發的訓練分析儀是把感測器放在球棒的底部，揮棒的時候可以重現整個揮棒的軌跡。那個感測器是加速規（G-sensor），至少三軸的加速度計，可以重建整個立體空間的軌跡。球棒的形體長度是固定的，所以底部的運動跟球棒運動是可以還原的，所以整個揮棒過程資料全部都可以記錄下來。教練可以在旁邊拿著手機或平板，看選手揮棒的即時資料及以前的數據，再做比對分析，甚至可以預測選手到底是在進步還是在退步。選手也可以直接播放看到自己的資料，所有的資料都是透過無線通訊傳遞到手機或平板。現在這一類的器材已經非常的多，資料感測部分除了選手身上的穿戴式裝置及運動器材上的裝置，在運動場館裝置的攝影機也非常重要，從這些攝影機就可以重建所有選手的動態資料，不只是棒球投手與打擊者，其他運動也可以，可以重建訓練及賽事的動態軌跡。

投球的時候，手的速度決定球的速度，力量是由手的動能傳遞出來的。整隻手再加上出球瞬間手掌的相對速度，例如出手那一瞬間手腕的相對速度是43英哩，再加上手的絕對速度40英哩，球速就可以來到83英哩。球速再加上球的旋轉速度與角度，這些數據都是投手很重要的資料，現在用攝影機及AI軟體就可以蒐集分析，這是拜科技進步之賜。我們學運算學AI，不一定要去學習所有的理論，但是至少這一類的工具，可以做很多的運用。臺灣很多大學的體育系，慢慢都要轉型，要跟其他領域合作，選手的水準才能提升，利用新科技來幫助提升。學校教授要做研究，也是要想辦法融合科技，已經不能只走傳統那條路了。

影像縫合讓球賽轉播更精采

影像縫合這個技術，球場上有二十八架高解析度的攝影機，這些攝影機是固定的位置、固定的角度，完全不動，但是要靠一個軟體技術，創造出虛擬的攝影機，可以在球場的任何一個角落，用任何一個角度去看目標。本來電視轉播職棒球賽的時候，用四到六部的攝影機，攝影機越多導播越麻煩，因為攝影機都要有攝影師操作，沒有經驗的攝影師，看到球打上去了，只拍天空但沒有看到球，因為攝影師不曉得球飛到哪裡去了，找不到球，即便有經驗的攝影師也要全神貫注，才能球一打出去，鏡頭就可以跟得到球。可是現在有AI，就可以訓練機器攝影師。我們不是要指揮個別的攝影機，而是用很多臺固定的攝影機，把整個球場用很多的角度通通拍下來，用軟體把這些影像縫合起來，然後給導播一個虛擬的攝影機，可以隨時用任何角度掌握球場裡的任何事件。

影像縫合不是說把二十八架攝影機全部弄成一個畫面而已，而是視導播的需求而決定的。從前導播要把播出的畫面接到哪一臺攝影機，要跟那個攝影師講，命令那臺攝影機要轉哪個角度、照哪個對象，如果攝影機沒跟上，精采的畫面就沒看到了。當然也有可能導播本身就是菜鳥，也會把球弄丟了。以前重播要找帶子，所以都會停一下才看到那個精彩的全壘打重播，已經又一兩個出局數後，才看到全壘打重播，那是因為導播或助理在找帶子。但現在不需要，因為有虛擬的攝影機，這虛擬的攝影機是軟體，在任何一個時間點用任何一個角度，隨時都看得到任何一個已發生的事件。這麼多攝影機其實角度與焦距範圍都不太一樣，可是球場任何一個點總是有幾個攝影機可以照到。

所以當我們看到選手衝刺本壘，從後面看不知道他到底是被觸殺還是安全進壘了，轉另一個角度後，你可以很清楚看到球已經到本壘板上捕手的手套裡了，他還沒到，就是明顯的出局。球場上所有的裁判都有可能誤判，是因為裁判是一個人，眼睛只能看一個角度，可是很多狀況是換不同角度看的話就完全不一樣了，所以常常因為誤判就起了爭執。現在大聯盟跟臺灣的比賽，一場比賽內各隊都可以有幾次的挑戰裁判判決，挑戰判決時就會去調不同攝影機拍攝的影片出來看，由裁判長陪同裁判一起確認。現在機器進步了，使用虛擬攝影機就可以從任何角度、位置去看，也可以靜止及播放慢動作。當然作為一個選手，也要體認到自己的資料已經被很多的感測器蒐集了，所以最好自己也要能夠跨到別的領域去尋求協助，才能好好運用這些資料。

大家知道英特爾（Intel）是賣IC、CPU的公司，可是英特爾現在已經在走一條跟其他公司不一樣的路。剛剛提到的大聯盟明星賽使用的虛擬攝影機是他們設計的，此外還有根據那些攝影機拍攝的內容製作的大聯盟比賽電玩，市場非常大。美國小朋友去看大聯盟的球賽，很崇拜那些明星球員，除了去看比賽外，回到家還可以和那些球員一起玩電玩棒球賽。早期棒球比賽的video game都是電腦繪圖，用電腦軟體畫出來的，現在是用那麼多攝影機拍攝真人的影像，所以是立體真人的影像製作的遊戲內容。使用VR眼罩，就像真的在跟明星選手一起打球一樣，這種東西小朋友就是愛不釋手。

台積電跟英特爾在比晶圓代工，現在台積電在晶圓代工的技術已經超越英特爾，但英特爾有長遠的其他計畫，開始走一條不一樣的路，他們一直想做系統開發。二〇一九年屏東燈會的無人機表演就是英特爾做的，包含從晶片到系統的研發，它的價值是在整個系統。他們準備在東京奧運展現另一個系統，針對選定的賽事、運動員做即時預測，例如跳遠、跳高等田徑項目，在過程中就即時更新預測結果，例如選手跳到半空中就知道落點在哪裡，這就是利用相機加上AI技術的展現，它可能會轉變整個運動的產業。我們手機拿起來就可以看賽事直播，任何時候、任何地方都可以看，不一定要到酒吧裡跟人喝啤酒看大電視，也不一定要回家跟老婆小孩搶遙控器，因為在FB、YouTube等社群網路上看直播，還可以跟好朋友及不認識的網友討論共同支持的對象。討論對球迷來講是很重要的，所以現在這個產業的進展，非常快速。

運動科技到電玩娛樂

現在運動相關的電玩，可以是真實影像記錄一場比賽下來後，再去研發創造出許多即時互動的電玩產品。像是真人VR的效果，可以選一個喜歡的明星選手，跟大家一起玩，這就是AI促成的創新的產業，不是用動畫製作，而是真人，跟真正的明星選手在那邊比賽。如果了解這些技術後，就可以演變出很多新的發展。如果只要老老實實做半導體製造，當然做代工是可以的。可是英特爾因為也了解運動產業，就跨到這個領域來，知道運動的專業是什麼，就有無限發展的空間。當然運動只是其中一個例子，還有很多其他領域，例如醫學、人文等，還有我們在工學院的範圍裡就有非常多的領域。你只要跨出去，就是走跟別人不一樣的路，跨出去後的世界就變得非常寬廣，這是現代整個世界的趨勢，我們從教育的角度就要給學生這樣的思考和機會。

Amazon原本是一個網路購物平臺，但演變到今天已經是全世界最大的一間雲端服務公司，大家可能不知道它也買下很多網路頻道做運動賽事的轉播，例如它跟NFL（國家美式足球聯盟）簽約，在FB、YouTube上轉播運動賽事。他們在國家美式足球聯盟的球場上放很多相機及無線感測訊號讀取設備，在球和每個球員身上放置感測器，可以抓出很多準確的數據，包含動態的定位、速度等資料。球場那麼大，但科技可以達到英吋等級的準確度，就都是靠這些感測技術，包含相機、雷達，或其他不同型態的感測器材。

全球運動產業每年有一・三兆美金的產值。臺灣每年的GDP還不到〇・六兆美金，折合臺幣大概是十六、七兆，可是全球光運動產業就一・三兆美金，大概是臺灣經濟的兩倍以上。而且全球的運動產業還持續在成長中，所以很多人苦守原本的專業領域，一輩子做一個專業領域，但如果這個專業領域的需求沒有想像中那麼大，或甚至在萎縮，會很辛苦，但試著跨出去就知道，整個世界有那麼大的產業是跟科技相關的。產業大就表示有很多需求，有很多人願意付錢，科技人願意跨出去做應用，生涯也就更為寬廣。

價值來自於需求與不可取代性

所以柏克萊加州大學（UC Berkeley）這幾年成立運動科技的碩士班學位學程，這就是跨領域應用。MIT的管理學院都是往「錢」看的，看賺錢的機會在哪？未來有沒有生意可做？他們辦運動數據分析研討會已經十幾年了。史丹福商學研究學院也是，他們所辦的運動創新研討會（Sports Innovation Conference），就是把運動和科技結合，創造新的商機。所以如果沒有走不一樣的路，運動永遠只是運動，但運動跟科技、跟創新結合，一條不同的路就走出來了。這不同的路要靠不同領域的激盪，所以當你在提升自己的價值的時候，要注意是否走一條不同的路。不要以為學長或大家都是這樣做的，你也只能這樣做，那如果前人把整個領域都占滿了，你怎

• 2016年巴西里約奧運史丹福大學幫美國拿到28面獎牌，其中有15面金牌

麼辦？你能不能創造自己的領域？

光講史丹福大學就好了，二〇一六年的奧運在巴西里約，史丹福是拿最多獎牌的美國大學，共二十八面，除了學術頂尖，創業也是全世界頂尖，連運動都是全美第一。而且史丹福沒有體育系，這些頂尖的運動員都有自己專業領域，將運動跟其他專業自然的結合就是如此。大學能提供跨領域人才學習的環境，學生就能有機會走不一樣的路。

我只是用運動這個例子，說明它可以結合一大堆新的科技產生創新的應用領域，如物聯網、AI、5G、機器學習、感測技術、雲端運算、大數據分析、沉浸式媒體等。這些全新的技術如果能夠與運動整合發展，對運動產業很有幫助。當然你不一定要全部都精通，但是要能跟不同領域的人互相認識、互相了解、互相合作才能整合發展。

因為要面對世界的改變，我們在教育上也需要更加努力。我們希望能幫成大創造新的未來，成立一個School of Computing，就是敏求智慧運算學院，這學院除了既有的課程內容不會改變，我們要培養來自各院的學生，如果有適合做跨領域的，來學這個AI運算的知識，將來可以跨出自己原來的專業領域，走不一樣的路。這個學院將來也會招收自己的學生，要求學生去學不同學院的課，跨到不同領域去講不同的語言。這叫「雙語」的成大，類似同時學會專業的語言跟運算的語言，跨領域學習，從應用開發到實作的能力都要有，希望未來能將成大各個領域與智慧運算做連結。

我再三強調，價值來自於需求與不可取代性。創造價值就是創造需求與不可取代性，當年美國的甘迺迪總統就是用極度開創性的登月精神做沒有人做過的事情，把美國的科技推到頂端，美國因為這種精神發明了半導體、電腦、網路這三個東西，改變了全世界。今天我們就是希望以走不一樣的路的登月精神，把你們送上月球再平安送回來，我們就在地球等你們！

學生問：想請問您有沒有想要做，但還沒達成的事？

吳文誠回：我對自己設定的人生目標，並不是說有很偉大的未來，我只是在任何一個時期都努力完成一個階段性的目標，因為人生都是一個階段一個階段串聯起來的，沒有完成一個階段很難看到下一個階段的目標。所以，長遠的未來，我其實並沒有，但是抵達這一站以後，下一站的目標是什麼通常都會有。就像你們進來成大以後，下一站通常大家都會到哪裡去？你可能要上研究所，可能要出國，也許有些人說我要去創業，總是要有設定的短期目標，有了目標就有力氣往前走。我剛剛說有些抉擇存在，就是到有些站以後，你要往哪個地方走，有時候選擇跟別人走不一樣的路，你會發現不同的世界。可是像長遠的目標，例如我未來一定要當總統之類的，我不可能會這樣設定，因為未來充滿太多不確定性。這個階段我的短期目標就是到成大來，幫助成大、幫助我的故鄉臺南做一些不一樣的事，讓大家可以走不一樣的路，我設定的短期目標我會努力去做，我不會想未來長遠目標，所以到目前為止我都覺得還好。我當然也有想要做但沒達成的事，但那些都不是人生的大障礙，例如某些考試失敗，無法選擇自己喜歡走的一段路，無法得到資源而錯失機會等等，但那些都不是那麼重要，那也不影響我的人生目標。我的人生目標是每一個階段把該學的學好，把該做的做好，就會抵達設定好的一站，然後就會有機會選擇更精彩的下一站。

學生問：副校長您好，我想請問一下您說興趣不一定是天生，是可以慢慢培養的，那您會不會怕嘗試了那條路，然後變得沒有興趣或遇到一些困難？

吳文誠回：有可能，但通常這種狀況是沒有盡到全力，一有挫折就放棄，然後怪罪說不是自己的興趣。像我這幾年開始演奏樂器，我不是有音樂天分的人，但是我告訴自己如果我不努力學好，這個東西就不可能變成我的興趣，所以我花了很大的功夫在學，那我就設定自己的短期目標，意思是，我的目標是讓別人可以覺得聽你演奏已經不是噪音了喔，至少他覺得你還不錯，只要別人接受你，你就會有成就感，就會快樂，就會變成一個興趣，就會持續。可是很多人沒這種耐心把一個事情學好喔，就會沒有興趣、就放棄。所以我建議是，你選一個東西你一定要好好地做，做到可以讓別人欣賞，你就會有成就感，它就會變成你的興趣！

學生回饋 FEEDBACK

陳竫沂

物治系■三年級

在繳交上星期的課前作業時，對於老師的經歷便感到非常好奇與佩服了，究竟怎麼做到同時在這麼多個領域都有屬於自己的一片天地呢？而在短短兩個小時的講座中，我得到了解答。

與預期的不同，老師對於自己所喜歡的到底是什麼也曾經徬徨或迷惘過。也曾在自己知道喜歡的是什麼後，卻也得考慮外在的條件，例如家中的期望、經濟因素，而不得放棄自己最喜歡的事情。但老師告訴了我們一段話「我認為興趣不是大家想像中天生的，而是做得之後有成就感，才逐漸發現有趣的地方。」的確，人的開心很多時候來自成就感，有了成就感就更願意投入心力，進而形成一個正向循環。因此，我認為不論在什麼時候，我們都應該對於嘗試保持積極的態度。多方嘗試、多多嘗試一些不一樣的東西，才會知道自己喜歡什麼、不喜歡什麼。

另外一點我十分敬佩的是，老師對於自己所熱愛的事物的堅持。好比棒球，雖然因為未來發展，老師在國中便沒有繼續往棒球這條路繼續走。然而，不難看出，任何時候都惦記著自己喜歡的事情——棒球，一輩子都沒有放棄過。即便到了現在也會抽時間去打棒球，甚至將自己所學專業應用在棒球上；好比文學，雖然高中選組時因為父親的期望，放棄了文組選擇了理工組。但是老師仍然廣閱文學，將許多文人的作品與精神化做自己的養分與楷模，陪伴著老師。我們很容易喜歡上一件事情，但是在自己的人生中又有多少的喜歡是我們願意花一輩子去堅持的呢？

老師在講談的過程中，曾對於自己的人生經歷下了一個很貼切的註解——「我好像從小到大，都喜歡走一條別人沒走過的路呢！」生在這個年代的我們，可以選擇的空間變大了，但也因此在要做選擇時會更加困難。在人生的種種分岔路口，時常因為擔心自己所選擇的是不是一條錯誤的路，然而，現在回頭看看，好像沒有任何一條路是錯的、沒有任何一段人生經歷是徒勞無功的；相反地，即便走在路上時，常因旁人的一些言語、評論而懷疑自己當初的抉擇。但現在回首看看，每一段經歷、每一個決定都是那麼的珍貴且不可取代。期許自己在未來做決定時也可以不要害怕，追隨自己的心，即便是一條人煙稀少的道路，也勇敢的堅定前行、邁向自己的目標！創造出專屬於自己的未來！

球學聯盟執行長 何凱成

哈佛大學經濟系及心理系畢業、二〇二〇年中華民國十大傑出青年。

青少年時因為家庭因素到美國求學，但很快就適應了美國的教育模式，喜歡不同的運動，雖曾經因為美式足球受傷，但不屈不撓仍努力回到場上，最後甚至申請進入了哈佛大學讀書，擔任美式足球的跑鋒。回到臺灣後，希望能翻轉臺灣的教育體系，因而創辦了球學聯盟，引發學習動機，用比賽鼓勵學生讀書，創造價值，形成善的循環。

何凱成・演講

讓運動成為教育的一環

我叫何凱成，但大家叫我Cheng就可以了。每個人在做任何事之前，一定有個動機，成立一間公司的動機，大家會覺得是要賺錢，我不是說這不對，但我個人覺得，任何的創新跟公司的成立，最重要做的是一件事，就是去解決問題跟創造價值，解決的問題越大，創造的價值就越大，那我們成立「球學」這家公司想解決什麼問題？我們從二〇一三年成立到現在，都圍繞在一個使命，就是讓運動成為教育的一環，我們一直都相信運動是教育的骨幹，一個完善的教育是身心靈都要健全，這就有點抽象，如果今天我們要把這句話變成一個數字會怎麼呈現？就是我們的願景，是希望臺灣，甚至是全亞洲參與組織性運動的運動人口，可以從現在的百分之一提升到百分之五十。這是一個什麼概念？現在大部分的學生，高中、國中一下課都去補習。如果我們希望這個數字可以呈現，我們要做的，簡單說就是要能夠摧毀補習班、消滅補習班，那有什麼辦法可以做到這件事？就要從改變更多家長的觀念、學校的觀念開始。我相信如果我們的學生下課後都是去補習或考試，我們的學生怎麼會知道自己是誰、擅長什麼或興趣是什麼。大部分學生都是到了大學選科系，或出了社會之後，才開始思考我到底是誰、擅長什麼，所以很重要的是，如果我們越早知道自己擅長的領域跟能力是什麼，相信更能幫助各位在探索過程中有很大的啟發，這就是我們堅持跟想做的事。因為我們相信，讓更多人可以參與球隊運動，可以學習團隊精神、品格、領袖能力、紀律。我們是專注服務球隊，我們相信不斷地去幫助球隊解決問題、創造價值，球隊就有更多資源，那有更多資源，就會有更多的運動人口，也代表有更多人可以學習到這些重要的價值觀，那怎麼會有這樣的想法跟動機？我覺得必須要從我個人的故事開始說起。

上帝為你關了一扇門，同時會幫你開一扇窗

我在臺灣出生，從小就是一個很不喜歡讀書，但很喜歡運動的小孩，我數學都是考不及格，都是二、三、四十分，那個時候，就算我不擅長功課、數學不好，但因為我非常喜歡運動，我在國小就開始打籃球、田徑、排球，有不同的運動項目我都會參與，我在十二歲的時候，父親因為肝癌過世，而母親在我出生不久就患有精神分裂症。我記得印象很深刻的是，我那時候什麼都不懂，是個很天真的小孩（我現在也是個很天真的小孩），父親雖然罹患肝癌，但我一直很相信父親可以痊癒，我相信只要我把該做的事做好，我父親的生命就可以被挽救，他去世的前兩個月，住進臺北的仁愛醫院，我每天下課做的第一件事情就是衝到醫院去陪伴我的父親，在他過世的前兩天，也就是前四十八小時，他進入昏迷的狀態，眼睛閉起來沒有任何意識，我一樣是下課以後去醫院陪伴我父親，印象很深刻那時候是一九九九年三

月二十九日晚上九點四十分，就像一部電影，我跟我姊姊、大姑，在我父親身旁，看到他心跳的監測器，噗通噗通噗通到慢慢變低，我嚇死了，衝到病房外面大叫，「醫生、護士，來救我爸」，醫生、護士衝到病房，只跟我還有我姊說「還有什麼話要跟你父親講，趕快說吧」那時候我爆淚，跟我姊就是跪在醫院的病房，我爸瞬間打開眼睛也開始掉淚，我看著他的眼睛，只說了一句話，我說：「爸，不用擔心我和姊姊，我們會好好的。」這句話一直到現在，我都覺得不只是單純的一句話，是一個承諾，一輩子的承諾，到現在我做任何事，我思考的是，「When I'm doing this, am I making my father proud?」我有沒有讓我父親榮耀。

當我父親過世以後，我以為惡夢結束，但其實才剛開始。不久後我母親因為精神分裂症變得更嚴重，被送到精神病院，我和我姐，其實本來要被送到臺灣的孤兒院裡，但幸運的是我的姑姑，也就是我爸爸的妹妹，住在美國喬治亞州，願意無條件收養我和我姐去美國。雖然當下我並不想離開我母親、臺灣，還有熟悉的環境，但我打從心底到現在都萬分的感恩，他們願意無條件收養我和我姐。我就這樣去了美國，那時候二〇〇〇年，我十三歲，我一句英文都不懂、不懂美國文化、沒有任何朋友，就這樣在美國的鄉下，開始一段新的生活。我是全校唯一的華人，問我有沒有被霸凌，絕對有，而且常常發生。到美國，新的開始讓我覺得有兩個很大的文化衝擊，第一是我在臺灣是數學白痴，但到了美國以後變數學天才，我發現原來不是我的問題，是整個教育體系的問題。到美國七年級的數學，是臺灣二、三年級在學的數學，臺灣填鴨式的教育讓小孩都覺得自己很笨，但其實完全不是這樣子的，我真的相信如果臺灣的小孩去美國，每個人都變天才，所以真的覺得自己笨或不足的話，你必須要跟自己講，這不是真的。第二個衝擊是，美國的國、高中兩點半就放學，沒有人去補習，因為根本沒有補習這個產業，大家放學後就是去參加課外活動，參加球隊、找工作，就是因為這樣，我開始打美式足球、繼續跑田徑、打籃球還有棒球。為什麼這麼多種類？因為在美國運動是分季節的，不同的季節有多方位的運動選擇，可以參與不同的項目。

美式足球帶給我的人生啟示

大家有看過美式足球嗎？這個運動你要帶著頭盔、盔甲，是一個暴力的運動，我必須要講這是一個「legalize crime」，合法的犯罪，就是你可以在球場上把對手幹掉跟殺死，這是被鼓勵的。若是去看籃球比賽，是防護員在旁邊，而美式足球比賽，每一場比賽旁邊都會有一臺救護車，就是預備任何的緊急狀況，救護車我就坐了兩次，蠻好玩的，因為開得很快，很快就到醫院了。我打的位置是跑鋒，責任就是要帶著球達陣得分，所以首先是要把球握住，緊緊的握住，像抱住自己的小孩一樣那樣握住，教練常常會比喻，就像是要帶著這個小孩回家達陣得分。所以當跑鋒持球時，其他十一個人就像是想要把你幹掉，這些人每個都戴著頭盔、盔甲，每個都比我高、比我壯、比我黑，所以擔任一個跑鋒無時無刻都要做選擇，不管我是要用跑的、用跳的、用繞的，甚至用撞的，我都要做一個決定，並且持續往前，哪怕是錯誤的決定，總比沒有決定來得好。

我在運動場上學習到這很震撼的一課，也運用在很多的人生領域，其實大家都可以很忙碌，但忙碌不代表進步。我今天拿著球要往前，我可以一直做很多閃躲，左右搖擺，但這些閃躲跟移動不代表我的生命有往前進。回到剛剛講的，補習跟學業這一塊，我發現大部分在亞洲的學生，不是在補習就是在補習的路上，但我那時候剛到美國的體驗就是，因為打美式足球，一場比賽大概有七、八十次的進攻，而我接受的衝撞大概是二、三十次，我學習到的其實就是「站起來」。因為二、三十次的衝撞，我每次不是被撞倒在地上，就是屁股在地上，所以我要學習怎麼站起來。我十年級在高中打美式足球時，當地媒體做過一個簡單報導，我有把它記錄下來，在球場上面的競爭、壓倒，都是最真實的，每天在那邊衝撞，通常大家看到就會想到受傷。但很幸運的是，過去我人生最大的挫折困難變成後來最大的祝福，為什麼我有機會打美式足球，就是因為我爸媽從來不在我的身邊，不然我很難相信為什麼有家長看到這個運動，還會讓自己的小孩去參與，太暴力了，我也萬萬沒有想到當我參與了以後，我所得到的，已經超越人生的傷痛。

講到受傷，這聽起來很變態，但我現在好喜歡受傷，因為我發現每個挫折跟傷痛，都是可以讓我更強壯的過程。我受過最大的一次傷是在十年級的時候，一場籃球比賽讓我左腳十字韌帶斷掉，現在還可以看到這個傷痕。我記得那時候是要過半場，有個防守球員在我前面，我要躲過他，所以我使全力加速，用我的左腳「make a cut」要往右走，在那一瞬間，感受到一個聲音「啪」，我痛到不行，甚至躺在地上，心裡想著「完蛋了完蛋了」。隔天早上去看醫生，確認是十字韌帶斷掉，通常十字韌帶斷掉可能就結束一個運動員生涯，這對當下的我是很大的衝擊，因為運動對我來講不僅是得到很大的歸屬感，更重要的是，這是讓我可以連結和被接納的一個地方。而在那一瞬間，這一切都被剝奪了，所以我也開始理解到很多事情不是理所當然的，很多被給予的東西不是理所當然的，也慢慢的學習到，如果這一輩子沒有真正的失去，不可能會珍惜，因為當你真的失去，才會學習到，原來我之前所有擁有的能力、機會和資源，不是永久的，當你知道這些東西在任何時刻會被剝奪時，你才會感恩，才會珍惜每一秒。我在十年級的時候，剛好在那年的二月看到一個美國大學某位跑鋒的影片，那個影片震撼了我，但同時也鼓勵了我，那影片中的跑鋒，拿著球跑，別人就是想把你幹掉，我是斷一根韌帶，而那影片中的衝撞讓他斷了三根韌帶。運動場上是很真實的，有能力就上場，不管你父母是誰，或你認識誰，永遠得靠自己的實力。這個過程，一定會有衝撞和受傷，這個傷發生以後，我記得在他還沒有開始做復健前，他對著全部的媒體說：「我的夢想是，希望之後可以打職業橄欖球」，他對大家說：「我一定會回來」。那時候，我看著他，這句話讓我很震撼，這個人好厲害，我跟自己講，如果他可以，那我也可以。我開始瘋狂地追蹤他做的事情，和他的新聞來激勵自己。

凡殺不死你的，必使你強大

我印象很深刻的是，我開完刀的第一天，帶著拐杖回到家裡，非常沮喪、非常徬徨、非常憂鬱，那應該是我這一輩子最憂鬱的一次，因為我不知道可不可以再回到球場，和我的朋友一起繼續參與我熱愛的運動。那是我最擅長的東西，但卻在一瞬間被剝奪，我躺在我家後陽臺，看著天空，我不知道該做什麼，所以就向神禱告，我說：「神，我不知道我可不可以回得來，但是如果運動真的是你要我繼續走下去的路，我會給予祢我的全部，我會付出和犧牲，我只希望祢可以帶領我，讓該生的發生，阿門。」禱告之後，我就開始瘋狂地復健，分階段性，一開始開完刀，左腳和右腳的彎度有很大的差異性，所以第一個要做的就是，讓我左腳膝蓋的彎度跟右腳一樣，我必須先完成這第一個階段，才能進入第二個階段，慢跑，之後才可以快跑。

因此我一直想辦法要讓膝蓋的彎度恢復正常，但就是無法達成，我和復健師說：「我想要趕快回到球場，你要做什麼都可以。」他就跟我說：「好，咬住這個毛巾」並抓住我的左腳說：「只會痛一下下」，然後把我的左腳彎折「嘶」，痛死了！但痛完之後，我的腳就可以彎了。雖然這是一個很小的故事，但我發現那些疼痛和挫折，永遠都是短暫的，都是一瞬間的，只要撐過去了，那個成長是一輩子的。我們每個人都有很強大的一面，那個強大是要付出代價跟犧牲的，那些代價和犧牲，最後會回到一個選擇，就是你願不願意去承擔這個短暫的痛苦跟傷痛，若當下選擇不相信或放棄，就不可能會見到成長，因為這個體驗、這個過程是沒有捷徑的。這件事情發生以後，我不斷地去復健，我就像一個小寶寶一樣，重新學習怎麼走路、慢跑、快跑，最後重新回到球場。

我六個月後戴著護膝回到球場，十一個對手看到我的第一句話是「attack his fucking knee」（攻擊他的膝蓋）。我的父母從來沒在我身邊過，我沒辦法去叫我爸我媽來救我，我面臨了選擇，我可以請教練來救我，我可以跟教練說我不幹了，請他換我下場，但這不是我，所以我就選擇，我跟你拼了。在這個過程中，我每天碰到的都是恐懼，如果要有勇氣，絕對避免不掉恐懼，很多的決定都在一線之間，每個人的生活層面都會有很多的擔憂跟擔心，但最後的祝福和價值永遠都在恐懼的另外一邊，只是願不願意跨過去。我們每個人都有強大的一面，要擁有這強大的一面，一定要經歷過很多的恐懼和徬徨，越正面的人經歷越負面的情況，而越有智慧的人經歷過越多的患難，越有耐性的人每天都是經歷讓人越沒耐性的事。生命很奇怪，永遠是用不同的方式，才可以得到正面的東西，就像白天我們要工作，晚上我們就需要睡眠，因為我們要復原，我們被創造出來，就是這樣的模式。我戴著護膝又回到球場，卻整整花了一年半的時間，才百分之百的恢復，我發現我花了一年半的時間後，竟然可以跑得比之前還要快，跳得比之前還要高，甚至不用再戴護膝，就比之前更有爆發力，我就深深的體會到，一直到現在都是我生命中很重要的一句話：「凡殺不死你的，必使你強大」，這句話不是我講的，是我高中和大學的教練常常會分享的，光聽這句話感受不到力量，但真正去體會之後就會發現，這句話是對的。另外我也學到很重要的概念是，「Never let what you cannot do interfere with what you can do.」就是絕對不要讓你無法做的去影響你可以做的。在我成長過程中，其實我不僅英文比別人落後十三年，那一瞬間我的韌帶斷掉，運動表現和水準也落後別人很多，如果每天只專注在想我還有多少路要走、我還有差人家多遠，我永遠不可能追上，所以我專注的事情，其實就是每天一步一步，把該做的事情做到最好，不知不覺就會超越了很多人。

你帶來了什麼價值

回到球場以後，我是十二年級，正好碰到了升學的壓力，那時候我不希望我的姑姑和姑丈還要負擔我的學費，我希望利用美式足球比賽，當作我的門票，讓我能夠拿獎學金進大學，但問題是我一個華人，在美國的鄉下，有哪個大學的教練會知道我是誰、有什麼樣的能力？所以我做了一個升學影片，把這個影片、成績單和一段故事，拿去申請學校，就拿到了大學獎學金。在美國，他們去定義一個人的價值不是按照考試成績，考試成績代表的只是你聽、讀、寫以及你的思考能力，他們真正看重一個人的價值，是這個人的品格、領導能力，更重要的是，他的熱情和才華是什麼，考試代表的是你進入的門檻，但更重要的是你真正帶來的是什麼價值。當一個十三歲的小孩一句英文都不會，卻可以在六年內學會英文，甚至打美式足球，這對他們來講，就是一個很有意義和價值的故事。另外，在美國申請大學要考SAT的考試，滿分一千六百分，那我一千零七十分其實是一個非常爛的分數，我的數學還可以，但英文很差，那時候只有四百一十分，我有可能是哈佛大學有史以來，SAT成績最低的一位，如果是的話，我對這件事情感到榮耀，因為我不覺得成績是最重要的，I really don't believe that. 其實進入哈佛這個學校是超出我的想法的，我從來沒有把它設定為目標，因為對我來講太遙遠了，怎麼可能期望一個英文都不懂的小孩，五年內要去哈佛，crazy talk! 怎麼可能！但我覺得，當你不斷專注每天可以做的事情，就能把它做到最好。

我一直以來都有一個習慣，就是每天睡前看著鏡子，很誠實地問自己：「Cheng，你今天有把你得到的機會做到最好嗎？」如果有做到，就打勾，但如果一段時間都沒有做到，我就會去檢討和思考，每天這樣累積，不知不覺加起來，也許一年、兩年看不到變動，但三年、四年、五年，就像一棵樹的生命，前面兩、三個月看不到這棵樹的成長，但這棵樹的成長其實無法從外表看見，而是你內心的樹根，會紮根的越來越深，而且當你三、四年都不斷規律的在做正確的事情，生命會變得更有養分、更強壯，五、六年以後，你可以影響整座森林，讓其他人也變得更好，我個人覺得這是沒有捷徑的，但我相信每個人都可以做到。這個故事傳出去後，連當地人都有點嚇到，因為我讀的公立高中，百分之五十的學生畢業後是不去大學的，所以哈佛對他們來講也是一個非常遙遠的學校，甚至他們那時候還為我做了一個有趣的報導。因為我SAT成績沒有很好，所以我高中讀了五年，我的英文真的很糟，所以他們建議我去多讀一年高中，才能把SAT的成績拉高，我花了五年之後，才有機會進入哈佛，然後打了四年的美式足球，參加四年的校隊。必須要講，進入這個校園真的是超乎我的夢想，覺得不可思議，甚至我到現在都懷疑，他們是不是犯了一個錯誤。

打了四年的美式足球其實有很多瘋狂的故事，在哈佛裡，一個美式足球球隊有一百個球員，總共有三十三個位置，分享其中一個故事：**Want to win? Burn the ship.** 大學比賽的時候是在禮拜六，當週的禮拜二早上六點我們會去重訓。那週我們要跟賓州大學比賽，是我們要到賓州大學去，不是他們過來哈佛。厲害的教練，不一定教你怎麼做事，而是可以啟發你，甚至讓你相信你撞牆都不會有事。我印象很深刻的是，那個禮拜二，我們一百個球員走進健身房，就看到健身器材上都貼著一張「火燒船」的照片，大家都很疑惑，想說這是什麼，開始重訓之前，早上六點，教練就非常有精神地集合大家開始講故事：各位，一五二四年的時候，有位將軍帶著他的軍隊到了一個小島，然後跟他的屬下說，把船燒了，**burn the ships**，這些人看著他就說，你瘋了嗎，他說：「**Do it! Burn the ships!**」就把船燒了。全部人開始抱怨，開始擔憂要怎麼回家，而將軍看著他們說，「你們唯一可以回家的方式就是，把島裡面的人幹掉，然後拿他們的船回家。」就像現在一樣，我們那時候沒有半個人講話，然後突然一瞬間，隊長開始起鬨：「沒錯！這次我們對上賓州大學，我們要把我們的巴士給燒了！然後拿他們賓州大學的巴士回來哈佛！」他這樣一講，全部人開始跟著起鬨，我們球隊的傳統是一個人在講話的時候會舉起右手，然後one、two、three，burn the bus! 這個畫面一直深刻地印在我的心裡。如果每天起床或做任何事情，your back is against the wall, you can only go foward，你只能往前，所以我從臺灣到美國後，從來沒有給自己後路，從來沒有給自己放棄的選擇，當放棄不是一個選擇的時候，心態會完全的改變，因為通常做一件事情，大家第一個會想的是，失敗了怎麼辦？但對我而言，人生從來沒有失敗，只有成功和學習。真正的失敗只有一個，就是放棄，只要我放棄，就是真正的失敗，而我唯一可以放棄的方式就是，我無法呼吸，只有我死去，才是結束的時刻。這件事一直教導我到現在，真正有領袖能力的人不是最懂的，是能去承擔最大的風險和犧牲自己的，因為追隨者都會去追求勇氣。

• 2007年哈佛與耶魯大學比賽畫面

運動跟教育如何並進

在大學打了四年美式足球，當時拿了兩座冠軍，站上哈佛的球場時，會感覺自己像一個軍人，使命就是奉獻自己的生命來贏得勝利，所以我好喜歡自己身上的疤，因為當你去做一件創新和對的事情時，沒有辦法期望別人不誤會你或沒有任何傷痕，這些傷痕都成為我人生中最好的回憶。我在大學時期，認識了很多學長、朋友，其中一位是歐巴馬時期的教育部長 Arne Duncan，也曾是哈佛大學籃球隊隊長。他曾經被問過說：「為什麼美國都可以培養出這麼優秀的領導者？為什麼這麼多人想去美國讀書？你們是怎麼做到的？」他說：「除了軍隊以外，培養未來領袖最重要的領域就是運動。」因為只有在運動時，人可以學習到團隊合作、品格、紀律、正面態度這些價值觀，所以當更多的人有參與球隊的時候，整個社會、產業就會有更多人懂得怎麼互助和團隊合作。我對這件事情感到很大的興趣，所以我就去探索，發現美國有很多報導，美國的企業家、老闆、高階主管，百分之八十都是曾經有打過校隊的，不一定是大學，很多是高中，更重要的是不僅僅是男生，女生也一樣，因為要怎麼去塑造和培養女生跟男生競爭，或追求卓越，最好的方式就是通過運動這塊領域，我們可以看到在美國很多的女性企業家或老闆也都有運動的背景，而且比例更高，高達百分之九十五。我就開始思考，為什麼在美國參加運動的人，最後雖然不見得成為職業球員，但都成為各行各業的領袖，相對的，臺灣為什麼不行？我發現一個很關鍵的點其實就出現在我們求學階段，在美國，運動跟教育是並進的，但在亞洲是分裂的，要嘛就是運動，像體育班之類的，一天訓練六到八小時，要嘛就是追求學業，而且是過度追求學業到變態的程度，所以要怎麼期待一個人的興趣才華、身心靈健康可以變好，這是無法的。當我意識到這件事情，我回頭看自己的故事，就是大家常有的疑問：為什麼要回來臺灣？因為那時候我有很深的使命和感觸，如果像我這樣一個孤兒，什麼都不懂，但因為被給予了那樣的環境跟機會，就可以有這樣的體驗跟成就，我相信臺灣的小孩也可以，重點是要好的環境跟機會。所以當時候就想回來亞洲，翻轉跟改變整個教育體系。問題來了，要怎麼做？這是不實際、很瘋狂的夢想，對嗎？

創立球學是為了解決問題

球學是在二〇一三年創辦，第一個問題是，你過去創業過程中是怎麼堅持的？我跟公司現在真的都沒有活著的理由，但不知道為什麼，公司還在，我也不知道明年還在不在，後年還在不在，但我發現到一個創業最關鍵的點是解決問題，追求金錢絕對是重要，但金錢永遠是一個來自於解決問題的附加價值，如果你解決問題可以幫助人、讓生命變得更好，這樣的產品和服務，人家一定會付錢。我們買的東西，手機、電腦、交通、車都讓生命變得更好，所以才去購買，所以如果這個邏輯是對的，那我就相信，解決越大的問題，就是創造越大的價值。這幾年在做什麼？其實簡單來講，就是每天在吃大便，就是每天都很有挫折，但現在都變成最重要的養分。我是到二〇一八年開始才變得更具體，接下來應該會有更多的故事繼續散播出去。

● 2019年第一屆球學聯盟冠軍賽，中正高中現場爆滿

用比賽鼓勵學生讀書，引發學習動機

去年我們成立了一個高中籃球聯盟，叫「球學聯盟CXL」。大家有聽過HBL嗎？我們是另外一個高中聯盟，我們跟HBL最大的不同有三點。第一是我們的比賽都是主客場制，所以比賽都是在校園裡面打；第二是，我們的比賽有個學業規範，所以如果學生球員的成績沒有達到一定的標準，我們全部禁賽；第三是我們會跟學校收報名費，要培養學校有使用者付費的概念，經營自己學校的運動風氣，跟經營自己的球隊品牌。去年成立後，總共有二十七間學校，橫跨六個區域，臺北、新北、桃園、臺中、彰化跟高雄。今年的成長幅度很大，去年在成立球學聯盟時，我個人被拒絕了三十八次，三十八間學校拒絕。我一直都相信：Rejection is a part of life.。講到學業成績這部分，可能是大家比較有興趣的。我們在第一週的時候，看了全部學生的成績單，很誇張，我就很好奇我們的學生到底是發生了什麼事，學校到底發生了什麼事，所

以那時候我就去做了拜訪，去了解到底是發生了什麼事。大家都比較知道的現況是，體育班的學生是不讀書的，但很明顯的，這不是他們真正的意識跟動機，於是在第一週我們禁賽了一百個學生球員，但到第十七週，這個數字下降到三十八。換句話說，百分之六十的學生的成績是大幅提升，其中一個球員當時分享成績大幅提升，連他的教練、他的家人，甚至是他自己都傻眼，他自己都不敢相信可以做到這件事。

所以我發現到一件事，我們的學生需要的不是方法，需要的是動機，當他把想要上場打球這件事當作是一個動機的時候，我們甚至不用去推他、罵他，前面就算有一道牆，他都願意去衝撞，因為這是他想去做的事。很多小孩沒有動機的原因，是因為沒有找到自己的興趣、自己擅長的才華，很多學生都不擅長考試，考試真的不是一輩子，但如果我們的學生有更多機會去參與不同的活動，唱歌、畫畫、美術，甚至電玩，有任何一方面的才華，我相信都可以發展出一條路，而除了體育班，大多數升學導向的學校還有另外一個層面的挑戰跟壓力。我一直都相信，運動打球會促進學習，讓你成為更好的學生，當你成為更好的學生，絕對會成為更好的球員，這兩件事應該並進且不衝突，重點是時間管理跟專注，在不同的時間做不同的事情，發展才可以更多元。過去沒有這樣的環境，但我們決定跳出來做這件事情，目的就是希望創造一個新的環境跟體系，成立一個新的遊戲規則，加入我們的學校都要遵守一模一樣的遊戲規則。

孩子的進步帶來善的循環

在這短短的一個賽季，一百四十三場比賽中，我們看到了學生的進步，也看到很多學校硬體設備的進步。我們曾經拜訪一些偏僻、缺乏資源的學校，但因為把比賽帶進了校園，給學校一個新的動機整合資源，從PU地板變成木地板，甚至很多的家長加入，我想說不是沒錢沒資源嗎，怎麼突然有錢有資源了，我想學校不是沒錢沒資源，而是願不願意投資在運動上面，而前提是必須要意識到動機和價值，才可以讓更多的投資進來。但要改變的第一個是觀念，第一屆的球學冠軍賽在中正高中，當初看到整個場館是爆滿的非常感動，學生們擠破頭想要進來看這場比賽，還有很多的學生在外面進不來，很多家長是第一次看到自己的小孩打球。學生進來了、家長進來了，還有很多的校友，校友很多都是很有成就的，也是因為比賽而回到了校園。所以當家長和校友進到學校後，資源就跟著進來了，中正高中當時的校長真的是開心到不行。繼續這樣延續可能會發生什麼事情？學校會開始經營自己的主場，學校以後可不可以自己賣門票？可以產業化啊，學校也可以開創週邊產品、Logo、T-shirt。當有人聚集時，就可以看到資源，很多廠商其實都會想要進校園贊助，比賽如果球迷夠多就會有轉播，有廣告的收入，還有可能有校友捐助。美國大學都把畢業校友當作是一輩子的客戶，到哪裡都會找到你，希望校友捐錢。這是對的，因為在學校的目的，還有老師，還有教練，全部都是希望學生成為更好的人，那有很好的成就時，就該回饋，這是對的邏輯跟模式。

雖然是我們做的是高中籃球，但我們希望把這個模式建立起來，複製到別的領域，其他的階段，甚至國中、甚至大學，我們要讓人數提昇，就會變成一條龍的概念，有更多的人參與，才會有觀看性，才會有消費性，這個是必須進入校園去改變的。這件事情雖然聽起來很荒謬，但是對的，機率也非常低，但絕對需要嘗試！失敗不可怕，重點是不去嘗試，因為不去嘗試一件事情，永遠不知道可不可能發生。我一直很喜歡這句話：A dream you dream alone is only a dream. A dream you dream together is a reality. 你的夢想真的可以幫助其他人變得更好，你在做的事情不只是為自己，當然為自己非常重要，必須要先為自己，做的事情可以帶來好的價值，幫助週邊的人變得更好，只要答案是肯定的，keep going，可以帶來價值，就絕對可以創新。

剛剛講的是籃球，為什麼美國大學的環境那麼注重運動？因為比賽可以聚集那麼多人，大家進來都要買門票，帶來很多的經濟，還有社交的價值，對學校來說是很龐大的一筆收入，所以美國大學籃球教練一年最高的薪水可以有九百萬美金，就是因為創造了很多價值給學校，所以學校非常知道怎麼經營球隊，有門票、週邊產品，甚至贊助、廣告，還有剛剛講的校友捐助。但這是籃球，我自己打的是美式足球，所以我個人更想看到美式足球場上滿滿的觀眾，一場比賽總共會有十萬人，我相信未來這在亞洲可以發生，但這個發生的前提是我覺得要從臺灣開始，因為我們文化非常的開放，我們會去接受新的東西，我們要把這個建立這個模式，然後推廣到全亞洲，把市場做大，把觀看性提升，才有機會創造這樣的價值。「讓運動成為教育的一環」這個使命雖然從一開始就定義，但到現在才比較清楚，慢慢的從一個聯盟擴張到讓更多學校和家長可以參與和投入，所以這件事情其實不是我個人的夢想，是一群人的夢想。

球學創造的商業規模化和價值

大家會問說球學做這些事怎麼生存？幸運的是等等我可以和大家交流，在二〇一三到一六年這個階段，我花了我自己全部的儲蓄，要別人相信你之前，你要先相信自己，要先願意犧牲跟投入，我投入我全部的儲蓄，完全沒有很清楚的商業模式，那時候家人都覺得我瘋了，甚至覺得我把哈佛的學歷丟了，但對我而言，雖然我也不知道要怎麼生存，但我知道一件很重要的事情是：只要給我時間，我會想辦法！而就當沒有後路，且放棄不是選擇的時候，創造力會很強大。一六年到一九年，我們拿到了兩筆投資，從一九年到現在，我們又進入了另一個階段，所以在一三到一六年，我拿自己的儲蓄建構這個舞臺，就是有一個很明確的想法，但還沒有任何產品，一六到一九年這個階段，其實就是要去建立一個符合市場的產品。我們花了三年的時間，一直到一八年才創造了這樣的聯盟，也符合了市場的認證，但在下一個階段一九年到二〇二一、二二年，也就是在接下來的三年，我們很大的任務是要去認可這個商業模式、這個價值。創造商業規模化和價值，這是我們下一個階

● 與同樣相信球學的投資人合影

段的挑戰，每一個階段看的點都不一樣，我知道大部分現在在臺灣創業第一個問的是怎麼賺錢？怎麼去生存？這不是不重要，但我覺得更重要的是你的夢想是什麼？要去解決的問題是什麼？解決的問題越大，可以創造越大的價值，而且大部分的問題都是在很多人的抱怨裡面，如果可以解決別人的抱怨，那就是創造價值。

這十四個人中，我們的投資者蔡崇信，他買了NBA的籃網隊，大約二十三億美金，花了十億是買了球館，重點是他曾經也是運動員，那不管是他，還是好市多的張嗣漢、黑人陳建州、展逸的張憲銘、林書豪、富邦的蔡承儒、威盛的陳主望、還有UBS的Dennis，這些人過去的背景都是運動員，因為運動也幫助了他們很多，所以他們希望在亞洲也可以看到這些事情，所以很重要的是，大部分人都要先看見才會相信，很少人是先選擇相信才看見，但創新不可能一下子就看見，所以要先選擇相信，才有機會看見。

我一直很相信觀念改變了行為才會改變，行為改變了文化才會改變，但重點是觀念要先改變，我一直都不相信華人沒有辦法跟美國競爭，我相信有一天我們可以打敗NBA，但重點是我們的基層，我們的教育要提升我們的競爭力、提升我們的信念，這一定要一個過程，但如果不開始，三十年後我們還是在原地。一旦有一個傻子先嘗試，才可能會有其他人覺得這是一件可以做的事。如果只想要做一件讓百分之百的人認同的事，不要去做，因為比你更厲害、更有資源的人都會去做，要去做第一個嘗試的、第一個願意冒險犧牲的，這樣才會開出一條新的道路，就算沒有成功，最後也會有一個非常寶貴的經驗和過程。

學生問：我認為創業是一件非常困難的事情，我想知道在創業前三年你做了什麼樣的準備與嘗試？

何凱成回：我一直都很相信最好的學習就是你通過「做」而學習，就像今天如果要學習創業，沒有什麼最好的準備，我每天的動機都是回歸到去解決一個問題，但我其實從來沒有想過要創業。我大學畢業的第一份工作是在美式橄欖球聯盟，第一年在紐約，第二年在北京，但在我選這個工作之前，其實我有被錄取兩個在華爾街的工作，薪水都是在六位數起跳，我那時候問自己：我這麼年輕，難道我就要開始追求金錢嗎？我覺得我想要追求的是開心、喜悅、刺激的學習，因為在這個階段是希望通過不同的體驗來成長，如果進了大公司，可以每天飛來飛去，有好的飯店住，但是我不想要每天早上起床不甘願地去工作。我大學暑假時曾經歷過，我去做房地產想賺點零用錢，所以曾經在大學暑假兩個月賺過六十萬，那時候我意識到，我有這些錢，有好的宿舍住，就算有這些資源，但我還是有種空虛感。所以我就跟自己講說：我以後做的事情要有意義，這件事也影響到，當時我有三個工作可以選，但我選擇追求夢想，我問自己的問題是：二十年後，我回頭看，如果我沒有選擇夢想會不會後悔？絕對會。所以我在做很多事情的決策過程，包含現在，我都會問自己，如果活到八十歲，這個決定會不會讓我後悔，這是很關鍵的一個點，我的邏輯不是在怎麼準備自己，而是在怎麼追求我所信服的。我第一年在紐約，第二年在北京，在北京那時，我的夢想是要去成立一個職業的橄欖球聯盟，但在追求這夢想的過程中，發現到公司外商企業其實沒有真正在解決當地的問題，當時那個環境大家都是在創造補習產業，沒有人在往另外一條路走。我相信運動幫助了我，我也想去幫助別人，就這麼單純，沒想到就這樣不斷地走到現在。我可以很誠實地說，一直到現在，我絕對沒有後悔，因為加入一家大公司可以看到他天花板在哪裡，就是最高層級是什麼，但如果走一條沒有人創造過的路，沒有依據，也不知道天花板是什麼，相對當然也有一定的犧牲，但重點是那個價值、那個空間是沒有界限的。

學生問：你好，我有個弟弟是打高中籃球校隊，他現在有點不知道未來該做什麼，我可以怎樣幫助他？

何凱成回：那很正常，就是讓他繼續嘗試新的東西，很多人到甚至三、四十歲都不知道自己要什麼，我很幸運的是因為我經歷了這些過程，我很清楚知道自己想要什麼，我覺得這是最大的祝福，我永遠會鼓勵別人去追求自己真正的興趣跟擅長的東西。興趣就是就算不給我錢，我還是要去做，還是願意去嘗試，當你追求興趣，會發現自己越來越有熱情，發現熱情以後，會不斷讓自己變得更好，而且當你的能力跟熱情可以幫助其他人變得更好的時候，就會開始有一種使命，但在產生使命的過程中，要先去了解自己是誰、擅長什麼。所以鼓勵他多去嘗試自己的興趣，也許家長、社會可能會講說這沒有未來，這沒有錢賺，所以這是需要勇氣的，在過程中一定會有衝擊，一定會有人不看好，一定會有人誤解，尤其在臺灣、亞洲這樣環境衝擊會更大，但也因為如此，我們更需要勇氣去嘗試。

學生問：請問有沒有考慮把足球納入規劃項目？

何凱成回：足球以後一定會，但我覺得很重要的，要發展任何運動的前提是，學校一定要有硬體設備，一定要有球館，我們從籃球開始就是因為大部分學校都有室內球館，如果要發展棒球或足球，前提也是一樣，學校要有足球場或棒球場，在臺灣的環境比較有這樣的限制，所以足球可能會是比較後面的階段，但我相信也是很重要的，因為足球也是團隊運動。

學生問：目前聽到球學主要是從目前已經是運動員的學生，然後去影響他們，像是設立成績條件，讓他們可以邊打球邊學習，那還是很多在高壓求學環境中，被課業壓力追著跑的學生，他們其實可能不是不喜歡運動，但是他們的師長不給他們機會，不知道球學有沒有針對這個問題想過，未來怎麼從另外一個角度切入，影響更多學生？

何凱成回：我們把問題分成不同的階段，這就像一個雪球，要越滾越大，任何事情的產值永遠都是從最小、最不起眼的開始，所以我們現在能做的就是從各校的籃球隊出發，最直接性幫助的就是這些學生，如果他的學校有加入球學聯盟，就是已經有機會，他可以擠破頭去參加球隊。講到雪球的概念，我們現在的學校數量成長到百分之七十三，比賽數量也提升，有包含美國學校，美國學校是兩點半下課，但臺灣的高中是五點下課，換句話講，如果這些學校要到美國學校比賽，他們就必須請兩到三堂課，請假這件事情會有衝撞的就是家長會有聲音，會覺得為什麼要讓小孩請假去參加這個比賽，我們給老師的觀念是，你可以想想有幾個學生在第七、八堂課還有專注力的，我覺得沒有，還不如提早離開教室去運動比較有意義，回來以後再做功課。所以我們想要給予老師一個觀念跟勇氣，要先去拯救一些人，這些人不多，但通過這一小群人成為破例的衝勁，讓這些人先被拯救，被看到成果，而且這些人加入球隊變成更好的人的時候，就有機會讓更多人更認同、更相信、更願意去改變。甚至如果有更多人開始有這些觀念之後，接下來政府只要去改變政策就可以了，但如果是從政策改變，但基層的行為跟文化沒有改變的話，那就沒有效果了。最大的改變和翻轉永遠都是要從最小、最不起眼處開始，一個學校可能有兩千個學生，我們先從三十個人開始，這三十個變好後，會讓學校更認同，讓更多人想要加入，家長開始相信之後，也會和其他家長講，這樣翻轉才會越滾越大，所以我們從來都不會去聚焦在不相信的人，我們只會專注在相信的人、已經認同的人，讓這些人去使不相信的人信服，不是我們去說服，我們就只要專注在服務那些已經相信的學生、家長，讓他們變得更相信、更投入，讓他們的力量去影響其他人，這是我們的邏輯。

學生問：你好我想請問，因為你有要創業的想法，任何創業都要有第一筆的資金，那你是有以其他條件來說服那些贊助人，還是以球學這個觀念來說服他們？

何凱成回：我剛剛有講到我們分了三個階段，一三到一六年我是用了自己的儲蓄，將近一百五十萬臺幣，簡單講就是完全投入，真的是把船都燒了，在二〇一五年十二月的時候，儲蓄真的是零。非常幸運，在那時候我拿到第一筆投資，但問題來了，怎麼拿到這筆投資的？所以我一直都相信，當你很想要去做一件可以幫助人的事情時，全宇宙都會幫助你，我知道這非常抽象，但我真的很相信有這股力量的存在。在一五年二月的時候，我有報導一個我的故事和我正在做的事情，那時候還沒有商業模式、沒有產品，團隊也沒有很完善，但這個故事一被報導出去，我的投資人蔡崇信看到了就直接聯繫我，那時候我真的緊張到快要尿褲子，因為，第一我不知道跟他講什麼，第二是那時候我其實很仰慕阿里巴巴跟馬雲的故事，我覺得他講的話很激勵我，我就跟團隊講說，我們有一天一定會跟阿里巴巴碰面，但沒有想到會這麼快就有機會跟他們碰面。當下我很緊張不知道該怎麼做、該講什麼，難道我要說：「Hey, Joe你好，我的公司沒有商業模式，我們團隊沒有很完整，by the way我們還沒有服務跟產品，你要投資我們嗎？」但我真的就是這樣講，然後他還真的投資了，我發現到了一個聰明投資人，看的早期階段絕對不是你的商業模式，他看的是你這個人，因為他是投資「人」，不是投資商業模式，如果你這個人有正確的動機和熱情，不會放棄、想要去解決這個問題，資源一定會跟著你來。這就是我覺得在臺灣創業和在美國創業有很大的落差，在美國有很多的創意，包含Facebook、IG，這些一開始都是沒有商業模式的，但是在臺灣創業的大部分人思維都是，你要怎麼賺錢、要怎麼獲利，所以我要講的是，也真的很幸運碰到蔡崇信願意相信，當他投資以後，其他八個人也都投資了，所以我就覺得很多時候，你要做一件事情真的到把你逼到一個界線，但只要願意往那個界線一直去嘗試，真的會有好事發生，但前提是真的要完全相信這件事。所以拿到這筆投資後，在去年我們才成立了球學聯盟，過程中其實我們嘗試了很多東西，我們的商業模式在變、團隊在變、產品在變，但從來不變的是我們的使命，所以我覺得你如果要去思考的話，要往最根本的原因，因為最強大的公司譬如Apple、Facebook，他們都有很強大的使命，阿里巴巴也是，所以我覺得一個最強大的公司是要背後可以講一個很好的故事，並且能夠去解決一個很大的問題，很幸運的是剛好有這樣一個串連，連結到這些人讓他們相信，那我們現在正在募第三人投資，我們在下個階段要做到的事情就是把商業模式建立起來。

學生問：你剛剛有提到你到一些高中邀請球隊加入球學聯盟，但是有幾間是失敗的，那是怎麼說服某些學校，以及他們拒絕的原因是什麼？

何凱成回：印象很深刻被拒絕了三十八間學校，那被拒絕主要有三個原因：第一，學校沒有場館；第二，學校沒有辦法給予經費；第三，也是最大的原因，就是家長們反對。那怎麼去說服？我個人覺得就是勇氣。如果今天去問所有的老師，我們的教育體系有沒有生病？全部都會跟你說有，但是重點是誰願意去反抗這個觀念、跟家長做溝通，這都需要很大的勇氣。所以第一年我比較採取尊重的方式，但我發現很奇妙的點就是：我去拜訪了那麼多學校，其實學校是蠻封閉的，因為有些學校的主任跟老師會覺得這個很棒，應該很多人會想加入吧，也有很多人覺得太困難，應該不會有人想加入，每個人的觀點都是誤以是整個市場的觀點，所以當你不去探索，不去一個一個問的時候，很容易被誤解、被影響。所以我覺得就算被三十八間拒絕，但全臺灣有五百一十九間高中，如果需要我就五百間都跑，就是這樣的一個執著，才能去探索一些東西出來，很幸運加入的那些學校可以認同這個理念，因為大家都覺得身心靈健康，讓小孩多運動是對的，而且其實老師們也很想看到這些效應，但大部分學校怕的都是家長。

學生問：家長反彈的原因是什麼？

何凱成回：就會覺得讓自己的小孩去參與運動會耽誤到學業，功課會無法進步，耽誤到學業或補習的時間。我個人覺得補習真的是監獄，因為第一去到那邊你是學習怎麼考試，第二是剝奪了可以培養其他興趣的時間，還有家裡親子之間的關係跟時間。我認為大部分家長不支持的原因，是因為沒有看過自己小孩打過球，或看過自己小孩開心、卓越的那一面，這就是為什麼辦比賽要在主場，目的就是希望促進親子關係，讓家人有更多機會可以看自己小孩打球，而且如果更多家長了解到我們聯盟是有學業規範這件事，我覺得大部分都會支持。

學生問：你好，因為我是經濟系的，我想問為什麼你當初想選經濟系？是巧合還是有什麼目的？另外我想問你在大學中，從什麼課程或從什麼學習模式中得到啟發？對你創業有什麼幫助或想法？

何凱成回：念經濟的原因其實我一開始真的沒有想清楚，就兩個原因，第一個是覺得我以後想要從商，那哈佛沒有商學只有經濟，第二個原因是我的隊友大部分都是經濟的，就這樣。但現在如果叫我去考任何經濟的考試，我可能寫不出來，因為學科訓練的是邏輯思考的方式。那什麼樣的課程促進我創業？我個人認為是心理學，因為人的動機會影響到行為，所以我的思考邏輯都是回到最根本去了解人，當你可以了解人和人性的時候，就可以創造價值，因為可以會知道什麼東西是十年、二十年都不會變的，當了解到每個人的渴望和需求時，才知道怎麼樣去提供這樣的產品。當我還是個學生球員時，一個禮拜要花四十個小時在球場上，所以我們選課都會精挑細選，在哈佛有個「shopping period」，就是shopping的意思，有兩個禮拜的時間，可以去任何的課跟任何的教授交流，教授會把這個學期全部要做的事情列出來，有些學生就很認真，會覺得這個文章有興趣我要來讀。但我們運動員很簡單，我們只看兩件事情，走進教室第一看有沒有亞洲的女生，為什麼是亞洲女生？如果這個課有很多亞洲女生，我們掉頭就走，因為在哈佛裡亞洲女生聰明到不行，他們會把整個課的成績拉得太高，就算我們怎麼努力，都會墊底，但我反而相反，我會想跟他們接觸、交流，拿他們的功課跟我的隊友分享。第二我們會看的是，有沒有很多球員穿得很邋遢，為什麼要看這個？因為運動員都是早上五點半、六點就要運動，訓練兩個小時，到學校報到不可能有時間去打扮，就會很邋遢，通常運動員都很願意幫助彼此，所以我們看的就是這兩件事情，就比較踏實。至於其他我有沒有學到什麼，我學到的就是團隊合作，因為球隊要訓練四十個小時，真的沒有時間去把所有的章節都看完，那時候我在每個科目會組一個讀書會，譬如一個課可能有四十個學生，可能要看四十篇文章或四十個章節，我就會分配，然後跟每個人說要把這個章節讀完，並寫一個摘要寄給我，由我來整理，每一個人只要做一個，但可以得到其他三十九篇的摘要，而且我會把每個做的人的名字列出來，有問題就找那個人。我組織了以後花很少的時間，但大家都有整個學期全部要的資料，就發現那個學期大家的成績都很高，最後還有人想要跟我購買這些東西。這些事情我覺得都是回到，怎麼去運用這些方式讓自己可以學到東西，怎麼選課、怎麼去搜集這些資料。

學生問：我想請問在第一屆球學聯盟是怎麼去找學校的？是針對有體育班的還是球隊的？第二個問題是你說球學聯盟有學業的規範，是指成績進步，還是有一定的分數？

何凱成回：只要是有室內球館的學校我都去找，不是體育班或非體育班的差別，因為我覺得如果我們要去建立一個新的體系就要打破定義，我們的定義不是按照體育班或非體育班，而是有沒有室內球館。那怎麼拜訪？開車，停車，敲門，教練好！就是這樣，被拒絕了，就再拜訪一次，就是不斷的，一個一個敲門，一個一個拜訪。學業成績那一塊，這個不是我們球學決定建立的，是跟二十七個學校的教練、主任討論完，共同決定的。簡單講我們有四個條款，只要符合其中一個就可以比賽，第一個是科目要三分之二及格，及格的定義一般生是六十，但如果是體育資優生或原住民就是四十；第二個是班排名要三分之二以前；第三個總平均要五十分以上；第四是總平均要四十五分以上，給一次警告，第二次就是禁賽，但只要總平均低於四十四分以下的就是禁賽。簡單講就是這樣的一個規範，雖然不完美，但一定要先建立，我們要先開始第一步才能慢慢成長跟進化，我個人也意識到其實六十和四十是對我們體育資優生和原住民的歧視，為什麼今天是運動員或原住民就要被定義我沒有辦法表現得比別人還要好，我覺得這個心態從小就建立的話很可怕，會養成一個不好的心態，會覺得出生不公平、資源不豐富，期望別人來幫助和捐助。這個觀念會產生很負面跟抱怨的心態，因為當成長過程中，沒有人去給予補助或幫助，會覺得別人虧欠我、別人應該要幫助我。所以我們發現到這個問題，我們就開始給學生一個觀念就是說沒錯！你出生可能就是不公平、家庭環境就是不好，但是相信我，給我三年你可以成長、可以追上，我覺得這個競爭力是來是於勇氣，這才是教育。回到心態層面，你相信自己做得到，但你還願意付出，一開始出生可能不公平，但我相信大部分人在死亡結束的時候都是公平的，所以如果在最後你還停留在原點，絕對不是家長的問題，而是你自己的問題，出生可能是比別人退後幾公里什麼的，死掉時還在原點的話，那要去檢討自己。學業規範要回應到心態，我在過程中其實也被很多教練責罵，說我太殘忍，說這些小孩就是要追求興趣跟才華，這樣不讓他上場打球，剝奪他唯一的興趣，這樣太殘忍了，我就會說，如果他到高中這個階段了，他的唯一就是運動，這才是最嚴重的問題，如果他在高中只知道運動是他唯一的出路，那小孩之後一定完蛋，所以要在這個階段，就要讓他知道還有其他方面是要加強和補足的。如果到他出了社會才發現，就太晚了，而且會更痛苦，我們在對抗的就是這樣一個觀念。

學生問：謝謝，那我有一個建議就是前面同學提到會不會把足球納入球學的某一個項目，因為我個人在國中也是踢足球的，我有一個建議是可以往五人制的室內足球先找起，因為臺灣的場地實在是不多，但五人制的只要在比籃球場大一點就可以執行。

何凱成回：很好的建議，這個建議已經收到有五、六次了，是非常有可能的。

學生問：我有朋友在美國也是在校隊，我發現美國和臺灣運動員不一樣的情況是，美國的運動員有更大的榮耀感，你成立了球學要在高中裡推廣，你認為該怎麼培養學生的歸屬感和信心？

何凱成回：我覺得就是回到主客場，你在自己的母校打球，朋友、老師、家長看得到你打球，在你贏得勝利後會給你掌聲、會尊重你，就會有歸屬感跟榮耀感。如果比賽都在學校外面，老師、家長都看不到，甚至不知道你在球隊裡，這樣就很難產生連結。所以我覺得榮耀感的培養，在於人與人之間的認可以及接納。我相信這已經開始在產生效果，去年賽季的時候已經看到，榮耀感和歸屬感永遠是當地文化成立才有，這跟場地有很大的連結性。

學生問：我想請問，你投資的時候是有人願意相信你，就贊助你資金，可是在你一無所有的時候，親朋好友極度反對你，要怎麼說服他們相信？

何凱成回：我一直都很相信最好復仇是強大的成功，簡單講就是要證明，這個過程中一定會有很多誤解。我大姑一開始是強烈反對，因為他覺得我不踏實，這應該是要等到我四、五十歲有穩定的工作和家庭後才去做的事情。但我問他一個問題，我說：「大姑，你覺得你最榮耀和最恨的事情是什麼？」她說：「最恨的事情就是你選擇待在臺灣，那最榮耀呢？也是你選擇在臺灣。」所以代表她的觀念也開始改變了，她也意識到我的執著是真的希望可以創造價值，這是絕對需要時間的。大部分的家長都是希望小孩子好的，這點絕不容許質疑，但是小孩必須要有勇氣，要能夠堅持，過程中一定不會很舒服，但你回頭看時，會很感謝自己撐過去。你可以站在山上，看著這個視野，會覺得真的很值得，這個過程讓你了解自己是誰，極限在哪裡？尊重跟放手也是一個家長需要有的觀念。你的爸媽會很強力反對嗎？

學生問：是不會，他們很尊重我，我只是很好奇，因為剛剛有提到好像有剛開始是反對的。

何凱成回：我覺得最愛你的人永遠會第一個先阻止你，動機是想要保護你，但你要往內看、往內問，這個真的是我想要做的，因為你不是為他們活，而是為自己活，這個人生是屬於你自己的，不是別人的。

學生問：剛剛有提到你在海外求學時，有遭到霸凌的經驗，我想請問如果我們未來也有機會到海外求學的話，會建議我們用什麼樣的心態面對類似的事情？

何凱成回：在美國絕對有歧視，但我對任何歧視的想法是，永遠不要去想說要避免這件事發生，相反的，我會往內看。當初他們說我講話有口音、長相奇怪，我會先去檢討自己對不對，如果是對的，那我就接受，那然後該怎麼辦？進步啊。霸凌和歧視一定是不對的，但我們不能停留在只是不希望這件事情發生，而是一定要進步。有能力的人一定要阻止霸凌；而受害者不要讓自己停留在受害者的角度，如果一直卡在受害者的框架裡，那永遠無法跳脫，而是希望即便發生了，還是要能掌握自己的快樂、自由。為此必須學習原諒，真的最困難的事情就是學習原諒。當你可以原諒他人和原諒自己，才有辦法去成長。在這個過程中我發現，我會願意去嘲解自己了，這就是成長。我知道霸凌的階段不太一樣，只是我現在有這樣的意識了。當然更重要的是要阻止霸凌，但受害者永遠不要讓自己一直是受害者，不然永遠沒有辦法塑造強大的心理。

學生回饋 FEEDBACK

張廖家瑜

外文系■一年級

清爽的平頭，精實的身材和爽朗的笑容，標準運動員的形象完全體現在何凱成先生身上，但當他一開口，流利的中文和英語能力以及條理分明的演講顛覆了我對運動員的想像，此時的他是一位創業家，懷抱著明確目標的球學總監。而我想，這也是何凱成先生推廣「球學」的目的吧！臺灣的填鴨式教育讓運動常常和頭腦簡單、不愛念書連結，但受到美國開放教育的他正在推翻這既有的刻板印象，他要讓全亞洲的老師、家長和學生們知道，運動並不是學習的絆腳石，運動反而是教育的一環！

何凱成先生讓我最尊敬的地方是他將每一份患難都視為上帝的祝福。父親的早逝和媽媽的精神疾病並沒有讓他從此灰心喪志，因為這樣的困境反而讓他有機會在很早的時候就接觸美國的教育，甚至使他有機會進入哈佛大學就讀，達成了很多人一輩子都無法實現的目標。而美國的教育觀念也從此影響何凱成先生的一生，將運動成為教育的一環也成為了他畢生的志業。

美式足球場即戰場，場上的激烈廝殺往往讓傷勢嚴重超乎預期，在高一的一場比賽中何凱成先生的十字韌帶斷裂，這樣的傷足以摧毀一個運動員的生涯，但他卻靠著努力不懈地復健換來奇蹟似的痊癒！他說了一句令我印象很深刻的話：「痛苦和傷痛都只是一瞬間，但成長是一輩子的，如果你選擇放棄，你就永遠無法見證成長。」這句話給我很大的提醒，將每一次的挫折都化為前進的動力，每個階段發生的困難都不是偶然，他讓我相信，只要相信自己能做得到，就一定做得到！

哈佛大學的美式足球隊帶給何凱成先生很大的啟發，球隊教導他的不只是體能上的增長，更重要的是他學會了團隊合作和領導能力以及破釜沉舟的精神，只要有了明確的目標，那怕是錯誤的決定，也總比沒有決定好！關於創立球學聯盟，何凱成說，他的人生沒有失敗，只有成功與學習！因為當退路不再是一個選項時，你的人生就注定只能往前，遇到困難就想辦法解決問題！試著每天問鏡中的自己，是不是今天也全力以赴了呢？的確，我們的每一份天賦和能力並不是理所當然地存在的，也許有一天它就突然消失不見，我想，我會努力把自己所擁有的每天都發揮淋漓盡致，永遠不要讓自己後悔！

懷抱著明確使命，努力不懈永不放棄，帶著感恩的心面對每一天是我從何凱成先生身上學習到的美好特質，何凱成先生的演講激勵人心，他的演講真正地用生命影響了生命，企盼我自己也能延續這份生命故事的感動，用我的故事影響身邊周遭更多的人！

亞洲三鐵一姐
李筱瑜

國際知名的優秀的三鐵運動選手。曾在十七歲時因為自主練習跑步而遭逢車禍，有嚴重創傷，一度下半身癱瘓。但靠著驚人的意志力，努力復健，不僅又考上體育學校，二十五歲開始接觸鐵人三項，以業餘選手身分橫掃國內賽事，是罕見的全能型選手。更在二十九歲時出賽亞運，三十五歲跨入職業選手生涯，並在日本超級鐵人賽連續稱霸三年冠軍，同時也是首位晉級職業組夏威夷世界冠軍賽的亞洲選手。四十一歲完成澎湖鐵人賽事後告別職業鐵人生涯，重新為人生的賽程配速。

李筱瑜・演講

不設限，才能突破極限

其實我昨天有一點失眠了，想說要跟各位聊什麼呢？我高中時以為我人生到三十五歲應該就差不多了，沒想現在已經四十幾歲了。各位在國小的時候有沒有寫過一個作文題目「我的志願」，我記得我國小的時候畫畫題目就是要畫出未來想要做的職業。通常普遍的價值觀就是想當老師、律師、醫生。那時候我才十二歲，我的第一個目標是我未來要當老師，所以國小五年級時，加入臺南縣的游泳隊。我是在臺南長大的，我高中常常騎摩托車在臺南吃美食，那時候就立下了要當老師這個志願，所以我從十二歲就想好，我未來要拿到保送甄試，要一路到師範大學，長大之後出學校要當老師，這就是我的人生規劃。

被美術耽誤的體育選手？

但是我又非常熱愛畫畫，所以在學校時我並不是在體育班，而是在美術班，但早上是去縣市游泳隊訓練。所以國小階段時，我既是美術班學生，又是縣市代表隊的游泳選手，一路往這個方面發展。那為什麼我會離開游泳隊呢？因為如果要拿到保送權，基本上就是在這個項目裡，不管是個人或是接力項目，成績都要很頂尖，才能保送高中和大學。但在某一次接力賽時，教練突然把我從四百公尺自由式名單中的第三棒剃除，那我保送高中怎麼辦？我當時非常生氣，決定離開游泳隊。但是現在回想了一下，也許那是我另外一個不錯的方向，那之後我就專心畫圖，後來高中進後壁美工科，每天都是一直畫畫。

但我骨子裡還是非常熱愛運動，下午下課之後，覺得吹著微風在路上跑步非常舒服，所以都會從後壁跑回新營，然後買個飲料喝，再從新營跑回後壁，當時沒有GPS這種科技產品，所以其實也不知道跑了多少公里，但是因為我非常熱愛跑步、非常熱愛運動，所以常常不管颱風或是下雨，我都在跑。結果某一天我在路上看到一群人他們穿著運動背心，身上有號碼布，在路上跑得很開心，而且那天下雨，可是這群人一邊淋雨一邊跑得很開心，我想說有什麼事情讓他們那麼開心？原來那天有一個路跑賽從白河跑到嘉義。那時候我把這件事情記在腦中，後來有一天我也嘗試從新營跑到嘉義，那時候沒有GPS所以我也不知道有多遠，我身上就帶了一百多塊，想說跑到那邊後可以坐公車回來，就開始我一個人的探險之旅。

那時候的省道幾乎都是稻田，跑到白河時，看到一整片稻田，微風這樣吹來好舒服，那時候是冬天，天氣有點涼涼的，跑著跑著看到白河的牌子之後，我醒過來的時候就在醫院了，原來我跑步的時候，後面有一個騎車巡田的阿伯，可能巡田巡得太認真，沒有看見我在跑步，就從我後面撞下去。救護車來的時候我有睜開眼睛，看到旁邊怎麼有一個人，後來就又昏過去了，到醫院過程中，反覆的經歷醒來、昏睡。當再次醒過來的時候，我已經在家裡的床上，那段期間我大概在床上躺了將近快三個月的時間，左半邊身體是不能動的。

意外也無法打倒的意志

這發生在我十七歲的時候，我一個這麼熱愛運動的人躺在那邊，醫生跟我媽媽說以後這個孩子可能就這樣了，我躺在那裡聽到這段對話，眼珠子不停的打轉，淚就滑落下來。想我連高中都還沒有畢業，這樣未來怎麼辦，我能夠想到的就是坐著輪椅去賣玉蘭花，另一個就是去賣彩券，現在的話可能還可以賣口香糖或手工餅乾。不停地想我未來的路會不會就這樣了，不停地思考，不停地在黑暗中打轉，想法很負面，講出來好像不太好，當時甚至想要結束自己的生命。因為我只有十七歲，我不想要過這樣的一生。

但某一天，我想起來上廁所，發現我的身體有疼痛的感覺，所以想到以前曾經在書局，看過一本書叫做《復健醫學》，那時候其實看不太懂，什麼骨骼、肌肉、神經、復健等專有名詞，可是那裡面有一句話特別有印象，那句話是說，肌肉神經只要是有痛覺，其實都是可以恢復的。我想說我應該試試看，雖然會疼痛，但試著做一些身體的活動。我們家家境並不是很好，所以沒有條件送我去醫院，家裡能夠做的就是順其自然，就讓這個孩子這樣吧。但我並不想這樣過一生，所以我告訴自己再怎麼痛都得站起來，再怎麼痛都得忍受，因為要站、要躺，都是你自己的決定，而且有痛覺就是有希望的。能夠從沙發上坐起來，到能夠站起來走路，我花了很長的一段時間慢慢的復健。平常大家看到我的跑步成績，一定以為我從小就是運動員，四肢健全，然後一路順暢地走到這步，其實不是，我要跟大家分享十七歲時這段創傷，希望當大家遇到挫折或困難，不管是身體或心靈，能夠做的就是去面對、克服，不去逃避，面對跟克服是很重要的課題，勇敢的去面對所面臨的任何困難。

順利回到體育的路上

經過了那段時間，我再回到學校，那時遇到很多很友善的人，因為我一、兩個學期沒有到學校上學，本來應該要留級，但那時老師說，幫我把兩百多堂的曠課全部都申請通過，讓我能夠繼續升學，繼續參加甄試

考，但畢竟好長的一段時間沒有上學，考試都沒有考上，我姊姊丟了一本臺北體專的考古題給我，問我要不要去試試看。我國小是游泳隊，游泳這種東西一學會就不會忘，所以儘管有一段很長的時間沒有游泳，但考試我還是通過了，最驚訝的是我連學科也過了，因為美術班的學科跟普通科的學科是完全不一樣的，試題我幾乎都是猜的，最後竟然還可以六十分過關。術科考試也是很奇特，當時有三專生跟五專生，五專生招收了不少的學生，但三專生只有一個名額，以我的身體狀況我要如何去爭取這個名額呢？答案很簡單，就是只有一個人報考，就是我，所以學校也沒有選擇，我就錄許了。

我就這樣因緣際會考上了臺北體專，考上臺北體專也剛好變成我的復健之路。我那時候左手都還是麻的，左腳其實不太能做彎曲的動作，可是生命的歷程就這麼順利的銜接上了。進入臺北體專後，早上練游泳，中間都是學科，到了晚上還要練游泳，先前車禍的那段期間因為不能動，明天行程就跟餵豬一樣，從早吃到晚，進體專時，體重是人生的最高峰六十八公斤，因此目標就是要減重。三年的時間過去，我畢業時的年齡

就跟在場的各位差不多，二十二歲。通常體育生畢業後就到健身房當教練，我畢業第一份工作是在圓山大飯店當救生員，再到圓山大飯店的頂樓當私人教練，再來就到臺北最大的健身中心當私人教練。

那時候我有一個願景跟目標，我想要成為一個非常、非常棒的私人教練，我想要讓每一個學員都在我的訓練中，達成他想要的目標，不管他是要苗條的身材或美麗的大腿。然而，我的工作時間從下午三點到晚上十二點，中間除了一小時吃飯，完全都沒有休息，每一個學員進來就是不斷的上課、上課，可是如果一個教學品質是每次我看到學員，我才花幾秒鐘去想課程，這樣教學品質肯定不會好。那時候我想，這是我想要做的事情嗎？因為跟我想要帶給學員的方向好像不太一樣了。

要為自己的人生做些什麼

所以我到書局看書，看很多各方面的書，譬如說，看一個女生獨立去環遊世界或是走過沙漠，尋找自我；或是有人從專業領域去做各方面的發展，去觸動其他的人。我那時候是看了一本運動的書《重返豔陽下》，那本書現在應該不好找了，他的封面是一個光頭癌症的病患托著他的頭，眼神遠望，看起來好像毫無希望的一個人，這人是美國自由車選手，叫藍斯阿姆斯壯，非常好看的一本書。看了這本書之後，改變了我對自己的想法，這位藍斯阿姆斯壯得了睪丸癌，必須做切除的手術，但是因為癌細胞不斷地在身體擴散，所以他必須退下職業的生涯去抗癌。他抗癌的過程非常辛苦，希望重新獲得健康的過程，我回想到自己躺在那裡，想要重新要回到正常生活的那個階段，有那麼一點點相似又熟悉的感覺。後來他不只是抗癌成功，恢復了健康，他還回到了美國職業自由車賽場上，並拿到七屆環法冠軍。我很疑惑，他身體遭受那麼大的破壞跟如此的低潮，怎麼能夠再回到高峰，而且不是一般的高峰，是世界的高峰，是怎麼辦到的。

我在二十三歲時看了這本書，我開始思考，我要為自己的人生做點什麼，我是不是也要為自己的人生做一點改變？當時的我覺得只要能夠正常走路、正常上班，做一般的活動就都覺得非常滿足了，但是看過他的書之後，帶給我不一樣的世界、不一樣的觀感，原來一個人可以做這麼大的轉變，所以我開始試著挑戰鐵人三項。我開始鐵人三項時是二十五歲，二十五歲第一次參加鐵人三項的競賽，二十九歲代表臺灣參加第一屆杜哈亞運，三十二歲第一次參加長距離賽事，三十五歲轉職業選手，三十八歲拿下三屆的職業冠軍，四十歲拿到世界頂尖十人。這樣一路走來，怎麼可能？是連續劇劇情嗎？其實我在二十五歲第一次參賽的時候，那時候根本不知道什麼是鐵人三項，鐵人三項中有一個短距離奧運的項目是游一千五百公尺，以及騎四十公里、跑十公里，大家覺得自己可以完成嗎？其實很短耶。我第一次知道這個項目的時候，我朋友問我要不要參加比賽，我那時候給他的回答是，你是吃太飽嗎？你是閒閒沒事幹嗎？你是嫌人生太閒嗎？結果沒想到後來我也去參加了。

三鐵初體驗輕鬆奪冠

我記得第一次參加的那一年是在澎湖舉辦，我第一次參加比賽牽著腳踏車，我連拆輪子都不太會就去參賽了。因為要坐飛機，腳踏車需要拆卸，但我都不會，我轉頭問旁邊的大哥，大哥可以幫我拆一下嗎？大哥可以幫我弄一下嗎？然後拆一拆就運到澎湖去了。結果比賽當天輪子要裝上去也是一樣，大哥這可以幫我裝一下嗎？大哥那可以幫我裝一下嗎？裝完之後，大哥轉頭問我，妹妹啊你的螺絲在哪裡？我說什麼螺絲，不是都在上面嗎？原來龍頭中間的那顆螺絲不見了，然後我想說我的第一場比賽不就要DNF（Did not Finish）了，腳踏車沒有那顆螺絲應該是沒有辦法比賽的。十幾年前的澎湖還沒有那麼熱鬧，許多東西都還在建設中，恰巧我看到旁邊工地大哥在吃便當，我想說螺絲那個孔好像跟大哥吃飯在用的衛生筷差不多大，我就問他大哥那個筷子可以借我一下嗎，就把筷子稍微削一下，就這樣把筷子敲到腳踏車的中間固定。腳踏車比賽的時候，除了腳踏車以外，還有一個一定要帶的東西是安全帽，因為我第一次參賽所以非常緊張跟害怕，連安全帽都忘了，我的腳踏車也是借來的，是一臺黃色的捷安特，然後沒有安全帽就不能參賽，所以我又看一下旁邊的大哥，大哥的黃色安全帽跟我的腳踏車很相配，就跟大哥借了黃色安全帽，我就是在這麼不帥的狀況下比了我人生第一場鐵人賽事。

當時我默默的過了終點，聽到主持人說另外一位選手回來了，那時心想這比賽怎麼就這樣，好空虛喔！我就默默去換衣服、吃便當，過了一小時左右，聽到主持人喊我們的第一位女士選手回來了，我想說我剛剛是跨錯終點嗎？我就帶著我的便當走到主持人旁邊，說大哥我剛剛很久前就回來了。他很驚訝，我說我是女子組的選手，因為那時我在健身房當健身教練，每天若有七個客人來，我就要做七次給他看，一樣的東西我每天要做七次，一天就有七十下，長期這樣鍛鍊，我的身材就很不錯，所以健美協會還就叫我去參加那年的健美錦標賽。這場鐵人賽事的主持人也才會以為我是男的，當時我一身背肌衝過終點，所以我的第一場比賽就這樣結束了，拿下了女子組的冠軍。

可是我真的有這麼厲害嗎？那時我心裡想說一定是厲害的人沒有來參加比賽，於是我將全臺灣的鐵人賽事，不管是花蓮、臺中、臺南都報了，結果最後都拿了冠

軍，因此我對鐵人三項越來越有興趣，但越來越有興趣的同時，挑戰跟求知的慾望也是不斷地攀升，所以我想知道下一個階段我可以做到怎麼樣的程度。所以在二十幾歲時，我不光只是參加鐵人賽事，登高賽、路跑賽我也都報名，於是在三十二歲之前，光是臺灣的賽事，我就累積將近上百座的冠軍。累積這些成績後，我就在思考接下來要做什麼。在二十九歲的某一天，有一位學妹跑來問我，學姐你有要參加亞運嗎？我問她亞運是什麼？他說亞運就是亞洲區各國的精英選手都會去參加的一個比賽，但是你必須是國家選你當臺灣的代表選手才能夠參賽。有這個機會為什麼不去，後來發現學妹的表情有點失落，原來因為女生的名額只有一個，如果我不參賽，她就是確定可以去的那個人選，但她來跟我說，讓我知道這件事，讓我有另外一個可以奮鬥的目標。

往亞運邁進

大家以為我就這麼一帆風順的去參賽了嗎？沒有，我遇到的挑戰是協會覺得我的年紀太大，認為我應該把這樣的機會讓給年輕的選手去，可是我那時候的成績比那個選手快二、三十分，那為什麼我不能去？於是我不停地跟協會爭取，我要這個名額。當你想要達成一件事情時，你就要付出不斷的努力去達成它。協會於是就訂了三個標準要我完成，第一是要求我要辭掉工作，沒問題我馬上辭掉；第二個要在大陸的賽事拿到協會規定的成績，我也完成了。協會還是不放棄，協會不放棄我也不放棄，協會不放棄的是不讓我去，我不放棄的是我要去。第三個協會又訂下臺灣的某場賽事贏了就讓我去，結果我又贏了。最後協會又出了一個題目，說那這樣不行，我都沒有教練，我都是自己練，我說對啊因為我本來就是教練，我可以訓練我自己，他說這樣不行你一定要找一個教練，可以代表你幫你出聲的教練，後來也被我找到了，於是我就成為第一位代表臺灣參加亞運的女鐵人。

代表臺灣出賽時，能夠升上去的國旗是中華臺北，長的像是五個杯墊。那時候所有的選手，都為了賽事做各式各樣的努力，進到了賽場得到了成績，站上了頒獎臺，我看到別的國家國旗升上去時，即便不是我的國家，我也覺得很感動，我感動的不是他們的名次，而是他們要付出多少的努力才能夠站在那裡，因為我們也付出了努力，但沒有站在頒獎臺，那代表站在那裡的人比我付出更多、更多的努力，吃了更多的苦，做了更多的訓練，他們才能夠站在這裡。可是當我們國旗升上去時，那五個杯墊是怎麼回事，那種感動就突然不見了，於是我告訴自己說，亞奧運這個好像不是我想要做的事情，我想要做的是，要帶一面屬我們國家的國旗衝過終點或是站上頒獎臺，讓世界看見臺灣，這是我未來想要做的事情。

拿下長距離三鐵世界賽資格

於是我在三十二歲時決定去挑戰世界賽，我希望參賽時可以帶著我們國家的國旗衝過終點線，能夠讓世界看見臺灣。於是我選擇參加了夏威夷鐵人賽，比賽中會有一千八百名選手，年齡從十八歲到八十歲，在二〇〇九年的時候我想要參加這個比賽是因為我在youtube看到一個影片，這個賽事是要游三・八公里的海泳、腳踏車要騎一八〇公里，下車後還不能回家，後面還有四十二公里的馬拉松要跑，總共加起來是二二六公里。夏威夷是火山地形且風很大，又很熱，而且距離這麼長，沿路上不只是世界頂級的選手，甚至包括失去了兩條腿，或只有一隻手的身障人士選手，這個影像帶給我的衝擊比當第一名還要震撼，第一名進終點時，我連看都不看，但是我的視線都在他們身上，這種生命的力量真的很不簡單，於是那年我就決定要參加這個比賽。當時這種長距離的競賽在國內沒有那麼盛行，但在國外已經有三十年的歷史了，非常的流行。我問了我身邊的朋友，我想去參加這個比賽要怎麼參加，我得到的答案都是不可能啦，你又沒有少一隻腳，又沒有少兩隻腿，因為身障者的出現可以感動到很多人，有特殊的管道與名額。除非我要在他們的世界巡迴賽中拿下一個單站的冠軍，但在那時候，沒有華人、沒有臺灣人取得過這個資格，所以大家都跟我說不可能大家都覺得不可能，也沒去試過，但我想別人口中的不可能並不代表真的不可能，於是我告訴自己要去試試看。

所以那一年我開始規劃我的訓練行程，而我在二〇一〇年選擇中國海南島作為我的第一場賽事，第一個是因為海南島也是海島，所以一定也很熱，氣候跟臺灣類似，因此對我而言是具有優勢的；第二個是因為地點在亞洲，需要的花費比較少。那時我參賽的目標是冠軍，因此我必須注意跟掃描現場哪些選手是我的組別，結果在全場裡面只看到一位澳洲選手，個子很高，號碼跟我同組別，但因為她短頭髮，個子又很高，小腿爆青筋，我不確定他是男生還女生，想說要仔細確認，我就走到他旁邊確定他是女的，而且跟我同組。我還想要更確定，想把他的號碼拍下來回去查冊子，結果我拿出手機要拍他時，他居然轉過來跟我揮手，是非常有自信的選手，成績非常好。後來比賽時，游泳一出去什麼都沒看到，游泳完一上來，進到腳踏車區，就

只剩下我一臺腳踏車，我這個組別的都已經出去了。因為十七歲所造成的傷，讓我左半邊不是很平衡，使我游泳這個項目比較弱，而接下來腳踏車比賽要騎一百八十公里，在大陸的比賽很特別的一件事情，是他們要封城就封城，封高速公路就封公速公路。一百八十公里有去無回，除非你追上前面的選手，那不然你都不會再看見其他選手，後來我始終都沒有看到那位選手。心想我的冠軍要飛了，我那時候有幾個朋友陪我去，我腳踏車一百八十公里騎完下車，我問我朋友差多少，他只拿著加油的牌子愣了一下跟我說加油，我就知道一定是差很遠，不然他不會只回我加油。結果一跑出去，第一個折返點是五公里，來回就是十公里，所以我才跑出去沒多久，我就看到澳洲袋鼠選手跑回來了，十公里，時間上等於差了快三十分鐘，要怎麼去追？可是在三十二歲那年，我馬拉松的成績可以跑進二小時五十分，我查過鐵人三項選手裡面除了職業組外，業餘組幾乎沒有人可以跑進二小時五十分，所以儘管當下處於落後的狀態，但是我告訴我自己說我可以的，我要冷靜下來，不能因為差了這三十分鐘就不控制自己的速度。而且那天有三十七度，海南島是沒有樹蔭的，三十七度的太陽曬下來，他一百七十公分高，一定曬的比我多，所以我那時候相信他一定會先倒，後來在最後一個折返點，太陽已經慢慢地降下來，有點黃昏的感覺，但是地上還是有著熱氣，此時我往前看，看到短頭髮毛捲捲，腳爆青筋、穿灰色鐵人衣的那位澳洲選手不就在我的前面了，我開始加快腳步，經過他時，我輕輕地拍了一下他的背說Good job，後來快到終點前，還有幾個高大的老外，就在我旁邊倒了下去，其實我真的很想幫他們，但是我連我自己都快撐不住，於是我就繼續跑，通過終點拿下我的冠軍。

前進三鐵世界總決賽職業組

二〇一〇年，我代表臺灣去參加大家口中所謂不可能任務，拿到世界總決賽的參賽權，也在那一年拿下三十二歲到三十五歲組的前三名，更在那一年打破了臺灣長距離的紀錄，這個紀錄是包括男子組，成績是九小時五十九分，我是第一個進到十小時內的華人選手，包括大陸、日本那時候都還未有這樣層級的表現。於是就連續三年，從二〇一一年到二〇一三年都完成了不可能任務，代表臺灣進到世界的舞臺，大家認為不可能的任務，我都達成了。那是不是要停下來了呢？二〇一三年我已經三十五歲，那年我起了一個念頭，我想要挑戰鐵人三項的職業組，大家覺得有可能嘛？這些對手都來自各個國家的游泳或腳踏車奧運選手，當我要做這件事時，我所有的朋友，包括贊助商都勸阻我說不要吧！就好好的在你的年齡組拿冠軍就好，為甚麼要去挑戰那個組別，因為你根本就不可能在那個組別靠近頒獎臺一步，更不要說是站上頒獎臺。他們認為不可能，更激起我想要試試看的念頭。二〇一三年我毅然決然辭掉了工作，專心的往職業組，然後到日本接受訓練。我去日本訓練時，跟我一起訓練的選手年紀都只有十八到二十歲左右，只有一位職業女子選手是大約二十六歲左右，而我則是三十五歲，跨進去他們的訓練，我才發現業餘跟職業的差別是如此的大。業餘組一般早上只游兩千，另外一項簡單跑個十公里之類的，那就完成今天的訓練項目了，但是當我跨進職業訓練的第一天，他們游泳就游了六千，我才游個三千就撐在旁邊休息，我第一天只有游三千，他們六千就跟平常吃飯一樣，結束就準備要去下一項的訓練。第二天的訓練是騎一百五十公里，一百五十公里可以從臺南騎到彰化，那天我一百二十公里就收車了。我唯一能夠跟上的就是跑步，訓練一、兩個禮拜後，教練找我吃飯時，就說你三十五歲轉職業很厲害，你確定你可以嘛？我回教練說，教練我可以的，再給我一些時間！一個禮拜、一個禮拜過去，到第四個禮拜的自由車測驗，前面三個禮拜，每個禮拜也都要測一次，我都離前面選手蠻遠的，第四個禮拜又要測驗，我終於騎過終點線，教練看了一下碼表再看看我，跟我說很棒。因為不只是進步了十分鐘，更比日本選手快了三分鐘。一個月密集的訓練，有這麼大幅度的進步，游泳當然還是跟不上，但腳踏車跟上了，再過三個禮拜教練又找我吃飯，我心想有事嘛，又要吃飯。教練在吃飯時跟我說，他覺得我在未來十年，在職業組會有很好的發展，因為我只有做一個多月的訓練就有這樣的成績。

永不放棄、堅持到底

果不其然在教練的訓練之下，我參加的第一場職業賽，在北海道，就拿下我的第一個職業賽的冠軍，讓大家跌破眼鏡，我也不曉得我怎麼辦到的，但是只要一上場我就是全力以赴去完成。職業之路也不是就此一帆風順，那場比賽是在八月，回臺灣訓練兩個月後，十月，我又出了一場車禍，我想說這是給我的考驗。那次的復健我花了八個月的時間，才讓自己恢復到比較好的狀態，這段期間就是不斷的練習。我告訴自己一定要再回到賽場上，因為我給自己的目標，是用職業的身分站上世界的舞臺。八個月後，能否回到賽場上需要經過教練的評估，教練那次只跟我說，你要不要從選手轉成教練，因為以我當下的狀況，可能沒有辦法回到賽場上拿到好的成績。那一個轉折，我不斷的告訴自己我可以，可是身旁的人都告訴我不可以，因為我都已經三十五歲了，又發生車禍，身體狀況不是很好，他們的建議都是你放棄吧，放棄是一個最輕鬆的方式，放棄去走教練之路應該是一個更好的選擇。我相信大部分的人都會選擇比較舒服、比較安逸、比較看得到方向的路，因為走教練之路很平穩，可是如果走選手之路，未來跟方向是連自己都不知道的。但我後來還是決定我想要做的事，那就是我想要在職業組，再次拿到冠軍，於是相隔一年我在同一場賽事，又拿下了冠軍。

我想跟大家分享的就是堅持不放棄的精神，不

管面對任何挑戰，要相信自己，要堅持夢想，堅持想做的事情，直到夢想達到為止。希望能夠勉勵大家，未來路上也能夠勇敢地去挑戰。加油！

學生問：想問您比過那麼多比賽，有沒有發生一些事情讓你真的沒辦法進行下去，或是到什麼樣的即便身體狀態不好，比如上吐下瀉，還是會繼續進行嗎？或是受了什麼傷，會怎麼評估自己還可不可以繼續？

李筱瑜回：我記得有一年在馬來西亞太子城，那次我在騎車的過程中，踏板滑脫出去，繼續用力踩的時候，人也會跟著滑出去，那個當下我才知道什麼是破皮見骨，當時我被磨到踝關節這邊的骨頭都可以看得見。那時我站起來第一件事情是想要完賽，繼續往前，其實我覺得那樣的痛都還好，我如果沒有跨過終點，放棄了比賽，我覺得那才是真的痛。我剛開始是用單腳踩，一邊找維修組，想找工具修理踏板，但是沒辦法，踏板整個滑脫出去，所以只好繼續用單腳踩，還好那場只要騎九十公里，我就這樣結束腳踏車，然後接著跑步。其實在競賽中，我們的腦內會分泌腦內啡，是不會覺得痛的，如果想放棄，單純是因為自己出現放棄的念頭，我倒不覺得會有什麼樣的痛是不能克服的，比如說抽筋、想吐、拉肚子，這些都是可以解決的，但如果你有想放棄的念頭，身體也會跟著放棄。

學生問：你一直以來都那麼堅持，宣布退休之後，會有後悔的念頭嘛？

李筱瑜回：哇！這個真的有記者問過。但是為什麼會後悔，不會啊！因為想要做的事都達成了，我做每一件事情都是目標取向，當這件事達成之後，我就有另一個目標想要達成，我下一個目標就是二〇二〇年要去日本參加四個最大超鐵賽，我想要在他們的四大超鐵賽拿下冠軍，因為這件事目前還沒有臺灣人和華人做到。

學生問：我想請問你平常如何安排訓練菜單？一天花多少時間在訓練上？

李筱瑜回：我在職業生涯的後半段，是跟德國的教練配合，跟德國的一位女子冠軍選手一起訓練。菜單是，早上七點游泳，最少游五到六公里，萬一有人生日，我們就會來一個生日趴，那天會游十公里，所以我們會開玩笑說誰生日你敢講，我們就剁斷你的腿。游完之後休息一個半小時，接第二個訓練項目，騎兩個半小時的山路，回來後最多再休息一個半小時。下一項是要有一點速度的跑步，跑四十五分鐘，這些都是短距離的。如果是假日，我們就會有長距離，早上大概也是游五到六公里，接著騎腳踏車騎一百五十公里左右，大概要騎五個多小時，下車後稍微吃點東西，再跑兩個半小時，這就是我們假日的長距離。休息日那天就只做單項目練習，例如說只游泳游五千，或是只慢跑三個半小時，很多人覺得外國選手天生都比較厲害，後來我發現並非如此，外國選手他們真的除了吃飯以外，就是在練習，整天就是吃飯、睡覺、練習這樣循環，而且訓練的質跟量都很高，所以他們才能夠在世界上有這樣的成績，真的就是練習，長時間、持續不斷的練習。

學生問：我想請問在跑鐵人三項時，當你真的覺得很累，是如何調適讓自己能夠繼續跑下去？

李筱瑜回：我每次想要放棄的時候，我會想到身邊給我鼓勵和幫助的那些人，想到如果我放棄，他們肯定很失望，所以我就告訴我自己，再怎麼辛苦都要撐住，咬牙撐過那個終點，因為身後有這麼多支持我的人，我不可以讓他們失望，所以身旁支持的力量很重要。

學生回饋 FEEDBACK

鐘翊瑄

外文系■一年級

在演講之前，我看了幾部關於李筱瑜老師的參賽影片，對於她在鐵人三項所展現的毅力與耐力感到佩服，而今天聽完她介紹自己的故事後，我覺得，筱瑜老師的人生，恰恰是一場不凡的鐵人競賽！路程上，歷經許多的困境，但，她都以堅韌的性格度過。當筱瑜老師談起十七歲的那次車禍，以及當上職業選手後的那些阻礙時，我心想：「這個人怎麼會遇上這麼多的問題！」對於一個運動選手而言，「受傷」是需要非常痛苦而漫長的修復，也勢必要花上好一段時間讓身體恢復到之前的敏銳度。然而，談起這樣的過往，比起對生命無常的無奈，我從筱瑜老師的眼中以及話語裡，看到更多的勇氣與自信。她將這些阻礙，視為「挑戰」。我的一位生命導師曾經說過：「成功的人不會走一帆風順的路。」我想，包括筱瑜老師在內的許多成功的運動員，他們的生命從來都不是一開始就決定好的，而上天給予他們的那些苦難，也不是注定的，正是因為他們不斷地「挑戰自我」，正視眼前障礙的路，然後勇敢的跨越那些艱辛，才能看見跟大家不一樣的風景。

倘若筱瑜老師在十七歲的車禍之後放棄了運動，抑或是在那年協會的推阻下放棄亞運，她會成為現在的「鐵人一姊」嗎？這我想起去年我單單憑著「年輕氣盛」，練習個一個多月就去參加了一次十公里馬拉松。在五公里的時候，我的腳底板嚴重的抽筋，腳底像是生了火一樣灼熱；七公里的時候，我覺得我的肺快要炸裂開來。而我無法想像，加上游泳與單車的鐵人三項，那些運動員又是怎麼熬過這一切的呢？但，我記得那天清晨的風很涼，我看著我的影子慢慢地變化，沿著山路，看見我熟悉卻從來沒有看見的美景。我看著筱瑜老師說著自己的比賽過程，除了那些痛苦，我也相信她見過世界上我們不曾到達的地方，用她的雙腳前進。而這些前往目標的過程，塑造了筱瑜老師的堅韌的生命力，使她不只是位成功的運動家，更是位熱愛生命的勇敢臺灣女性。

效果書局集團董事長

林明政

「地球」最難達到的三個地點：南極、北極、西藏，合稱「世界三極」，是全臺灣世界三極都曾到過的前十人。此外，也是走出「重度憂鬱症」的生命鬥士，在走出人生的谷底後，開始推動公益事務，致力推廣「如何走出憂鬱症」的方法分享，並公益服務「關懷憂鬱症」病友及家屬，明確使命感，立志「關懷憂鬱，終生志工」。

林明政・演講

如何走出重度憂ㄩˋ症＋世界旅行

先請問各位有多少是臺南人？有去過效果書局嗎？如果住臺南而不知道效果書局，那大概可以說就不是臺南人！效果書局現在是臺灣最大的書局。大家一般可能認為最大書局是誠品、金石堂，那是社會書類，效果書局是屬於升學類，以前叫效果升學書局，現在改制「效果書局集團」集團化了。我民國六十八年進入這一行，這四十三年來我一直做這行，但在二〇〇一年（民國九十年）的一月，因事業壓力超大罹患了憂鬱症，我一生病就是重度，從重度憂鬱症走出來後，我才知道人生太苦了。今天在座肯定都是從國小、國中、高中各個階段用分數拼搏出來的菁英，才能夠來到成功大學就讀。今天我要跟大家分享三件事：第一要分享我是怎麼從憂鬱症痊癒，我有什麼人生啟發；第二是我在重度憂鬱症康復後到全世界旅行，旅行到最困難到達的三個地點：南極、北極和西藏，分別地球的最上面、最下面以及平均海拔最高處；第三我要講的是要怎麼運用簡單的方式拍出好照片。尤其是現在大家都有手機，每個人不管去到哪裡都要先打卡，吃飯也要先打卡。要拍好照片只要掌握四個原則，第一是線條要多，舉例每個人身上都有線條，頭髮的線條、臉部及身體的線條、衣服的線條。第二色彩越多越好、第三有光影、第四注意水平。一張好的照片最少會符合一個條件，符合越多條件，照片就越好。

預防憂鬱症：動跟靜

我曾是重度憂鬱症患者。如果萬一你自己、你的家人或你的朋友有憂鬱症傾向，該怎麼幫助他們呢？要先了解憂鬱症的人通常有兩個人格特質，第一是太過高追求完美，請注意是過高，第二是責任心過強。我們憂鬱症關懷協會已經成立十七年，每半年固定出一期刊物，現在各位同學手上就是最新的第三十四期，在刊物的最後有這張測驗題，大家可以依照自己的感覺試著做做看，最後分數如果是八分以下代表安全，如果是九到十八分則要注意，十九分以上就嚴重了，各分數如何處理，裡面都有寫，強烈建議每個人每半年都應該做一次檢測。而且每期刊物上有正確預防憂鬱症和治療憂鬱症的報導文章。任何疾病都是預防重於治療，預防憂鬱症的有兩個方法：動跟靜，動就是「一定要」運動流汗，靜就是「一定要」想法正面。但如果真的已經得到憂鬱症就要正確治療，正確治療憂鬱症也有兩個方法，一是要調整身體，找身心科或精神科吃藥，第二就是要找說話醫生，也就是找心理醫生說話。如果身邊已經有親友有憂鬱症傾向，你判斷他可能聽不進去，也不想看這張測驗單，不想面對，也許可以放在他常經過的地方，他反倒會主動拿去詳細看。

我們憂鬱症關懷協會在臺南地區大概每年拯救一百人生命及家庭，這個協會成立了十七年，前面五年因為沒有知名度，作用不高，但我們打理了五年以後，終於逐漸被肯定。我每年大約捐給協會四十萬，十七年來大概贊助了將近七百萬，但這不是重點，我是二〇〇一年一月憂鬱症發病，到現在二十一年了，如果當年沒有從重度憂鬱症走出來，我已經死了二十一年了，康復了之後，我就很投入幫助憂鬱症的病友和家屬，我多活了這二十一年，也是多賺了二十一年的錢及生命，我覺得應該分享我的人生經驗，回饋給養育我的社會大眾。

兒子的愛陪伴憂鬱症的我

我用數據來跟大家說明，如果零是生命的結束，如果一百分是生命的滿意，我想大多數人是活在七、八十分之間。我的人生中有兩度走到一分。我是民國五十年次，兒子都三十三歲了。二十一年前罹患憂鬱症的時候，我正好四十歲，正是一尾活龍，兒子才十二歲，小學五、六年級。當時我兒子寫了一封信，救了我一半的命，我兒子寫：「爸爸，我知道你得憂鬱症，活得很辛苦，但爸爸你要活下來，陪我長大。」有句話說男兒有淚不輕彈，但看完那封信我一直哭。憂鬱症的人大部分都是自殺死亡，我都一直在打拼事業，沒有時間去照顧我兒子，我活得太辛苦，我想要自殺，但兒子寫這封信給我，我才驚覺，我一直沒有好好的跟兒子一起生活或是旅遊，他可能對我沒有什麼太深刻的記憶。二十一年前，二〇〇一年，印象中是暑假，我決定自己帶他出國，希望如果有一天我自殺，兒子至少還記得爸爸帶他出過國。我當時計畫回到臺灣就自殺。那時流行美國西部親子旅行團，大峽谷有一個當時全世界最大的水壩叫胡佛水壩，大概高二十層樓以上，我們坐遊覽車到了壩底，搭電梯上去壩頂，我在那裡跟兒子一起拍照，希望讓他留點印象，拍完後我跟我兒子講，你先回遊覽車等我，這裡很壯觀我想再多拍幾張照，說實話我真的是拍照拍到忘記時間，結果我兒子滿身是汗跑上來抱住我，我問他怎麼了，他說：「爸爸，我怕你從這邊跳下去。」那時我又被感動一次。我問他不是有電梯嗎，為什麼滿身是汗？他說因為電梯乘客很多，他怕來不及就直接跑二十樓梯上來了，我當時多讓兒子擔心。如果有憂鬱症的親友，請好好陪伴他、傾聽他，讓他感覺自己很重要，這樣比較有活下去的動力，否則憂鬱症的人是對未來沒有期待的。

發現世界之大

地球儀上直線的稱經度，橫線的稱緯度，地球橫的中間那條是赤道線緯度零度，北極圈是北緯六十六點五度以上，南緯六十六點五度以下稱作南極圈，兩個極圈的春夏秋冬是相反的。我們臺灣是在北緯二十三點五度，二十三點五度就是北回歸線，通過嘉義和花蓮、臺東，位在亞熱帶地區。我重度憂鬱症康復後，才開始認真到世界旅行，到目前為止大概旅行了九十幾個國家。

一帆風順的人生是每個人的期待，你希望自己一帆風順，爸爸媽媽也希望你一帆風順，但是真正一帆風順絕對不是好事，人生要有一些挫折、失敗來歷練，才能扛起更大的責任。

我小時候書念得很糟，民國六十五年當時國中畢業升學要分三次考試，有高中聯考、五專聯考、高職聯考。但我連最低的錄取分數都不到，還好高雄三信高商是獨立招生，我後來就從三信高商畢業。我雖然書念得不好，但出社會後收入和念多少書沒有絕對關係，我書讀輸人家，所以我就認真當業務賣書，認真地把我的工作及事業做好，誠實信用認真地賺錢，一直到罹患重度憂鬱症，康復後我又增加從事社會公益服務，關懷憂鬱症病友跟家屬。

臺灣的海是流動而且都有波浪的，但來到北極，夏天的海有些還是結冰的，船要前進需要破冰，破冰船鋼板和冰塊摩擦，摩擦的聲音非常難聽，所以船長會提醒大家要進入破冰區時，可以戴耳罩隔絕，那聲音果然很難聽。但破冰的時候，我站在船的最上面，環看四周的北極冰海，真的很壯觀。在海上安全度最好的船就是破冰船，第二是驅冰船，第三等級以下是郵輪。破冰船會循著裂縫破冰，若是破不過去，船就會向後倒退，船長會廣播：「各位團員，等一下我們會有撞擊的感覺，請不要擔心害怕。」倒退後就會全速向前，然後船就會跑到冰上，利用船的重量把冰破開，之後冰會再沿著裂縫繼續裂開。而驅冰船只能跟在破冰船後，郵輪以下等級的船則是連浮冰區都不能進來。

發現北極熊立大功

聯合國有一個南北極地組織，規定南北極地內除了科學研究站，不能有任何的人工物，因此這邊不會有餐廳、碼頭、旅館，到南北極地旅遊，飯店就都在破冰船上，這艘破冰船一樓是餐廳，上下都有房間，艦橋是船長開船的地方。而放在船上的小艇，是因為極地沒有碼頭船不能靠岸，船會停在離陸地近的海上，將小艇吊下去登陸，小艇一邊可以坐五個人，兩邊共可坐十個人。小艇上會有一個人負責背一隻槍，因為北極有北極熊，規定如果上陸地前有看到北極熊，那就不能登陸；那萬一登陸後才看到北極熊怎麼辦？規定要先對空開兩槍。然後會有兩個情況，第一是北極熊可能會逃跑或停止，然後人就趕快坐小艇逃跑；第二種情況是北極熊會繼續靠近人，因為北極熊是吃雜食性的，如果已經對空開兩槍，但北極熊還是跑過來，那就可以射擊北極熊。但通常會避免殺死北極熊，因為北極熊是受嚴格保護的動物，萬一擊斃他，要寫五百頁的報告說明為什麼殺害他，破冰船上都會有各種極地專家、博士：生物學、歷史、地理學、氣象學、地球科學，還有醫師，我們上下午各登陸一次，每天晚上船上

北極史瓦巴特群島，野生北極熊母子，已完全適應極地荒原的酷寒，猜猜看哪隻是媽媽？

有各種極地課程，跟我們分享極地相關知識。

我們這趟行程一共碰上四次北極熊，前面三次都是各一隻北極熊，破冰船發現北極熊後靠過去讓我們拍攝。會遇上兩隻以上北極熊只有幾種情況，第一是兩隻北極熊正在交配期繁衍下一代，第二是北極熊媽媽在帶孩子。這張照片中的兩隻北極熊是我在吃午餐後在甲板上抽煙時發現的，北極的夏天還有一些冰雪沒有融化，有些冰雪沒有融化是白色，陸地上有融化的則是黑色，我看到很遠很遠的地方有兩個小白點在移動，就趕快進房間內拿照相機，把望遠鏡頭轉到極限，拍完後轉到相機的螢幕，再放到最大，確定是兩隻北極熊，趕快報給餐廳的經理，經理再跟船長講，船長用更高倍的望遠鏡確認果然兩隻北極熊。那時本來用完午餐要午睡一個小時再登陸的，但因為看到兩隻北極熊，船長就馬上廣播：「各位團員，因為看到兩隻北極熊，所以午餐後的茶、咖啡不提供了，也不要午睡，大家趕快著裝馬上下小艇，我們要去看兩隻北極熊。」我抽菸的壞習慣，立了大功，讓大家離岸很近的距離看到這兩隻北極熊。旅行結束最後一晚船上會開派對，類似惜別晚會，船長還因為是我發現到這兩隻北極熊而頒了一個特別獎給我，是對這艘破冰船有功的旅客獎。兩隻北極熊如果分開拍會覺得他們都是白色的，可是兩隻一起拍時，因為有比較，才知道比較髒的這隻是媽媽，因為他受盡風霜，生活經驗比較豐富。生物學博士說這隻北極熊孩子推估大概一個月內就會被趕出去獨立，因為母熊已經哺育這隻小熊約兩年，可以獨立了。然後母熊還會再去找其他公熊交配，再生下一胎，母熊哺育小熊大概就是兩年的時間。

驅冰船會比破冰船大，但不能自己破冰，只能跟在破冰船的後面。這張照片線條很多，船的線條、窗戶的線條，還有上下倒影，符合線條、光影的好照片條件。這張是北極海，上下的倒影，光影直接倒下來，那邊是「史瓦巴特共有國」，是一個群島，因為南北極地組織規定南北極不屬於任何一個國家土地，而是屬於全人類共有土地，所以叫史瓦巴特「共有國」。海象好像傻傻的，其實很凶，連北極熊都不敢靠過去，一隻大概五百公斤，但這一張海象是死的，因為爭配偶權跟領地權，剛打鬥完，應該只死一到二個小時；通常如果死半天到一天，就會有北極熊來把牠清理掉。看到這張照片可能會以為是下午五、六點拍的，實際上是凌晨三點拍的。因為地球在北極圈會有永晝跟永夜，凌晨五點的時候太陽會從右邊山升起，不會有黑夜的時候，我去到極地就是想體驗永晝，這樣才可以想像什麼是永夜，雖然很疲累很想睡，但好不容易到了這裡，我就有一天晚上不睡，到早上五點多才去休息。

旅行，轉換憂鬱的情緒

憂鬱症的人是沒有期待的，因為心裡都直接絕望，所以會建議憂鬱症的患者離開居住的地方、工作的地方，有旅行的計畫，一旦開始計畫旅行，就開始有所期待，我知道這個方式不一定適用於所有人，但至少百分之三、四十的人可以適用。用旅行的期待面對憂鬱症，像我到南極二十三天、北極二十一天，去西藏大部分也要十到十二天。但旅行也不一定要跑到很遠的地方，就算是很近的地方，只要一、二小時也可以，只是一定要找出第三地去轉換一下，例如住在臺南市，可以到海邊或者山上走一走，只要開始旅行，就會開始計畫。北歐五國裡不包含格陵蘭島，格陵蘭島不屬於全世界任何一個國家的領土，但被丹麥託管。有一個美麗的誤會，大家知道冰島跟格陵蘭島的名字應該要對調嗎？格陵蘭島的名字叫Greenland，綠色的島的意思，就是這塊土地比較溫暖，可以長出綠色的植物；那冰島的的名字叫Ice Island，也就是這塊土地只有冰比較冷，不會長出綠色的植物，但事實上是相反的，格陵蘭島才是真的冷冰冰。為什麼如此？有一說是因為古代海盜維京人在搶完東西後怕人家也會想要報仇，或來搶奪冰島這塊土地，就故意告訴敵人我們住在格陵蘭島，但其實那是真正被冰封的大地。不過格陵蘭島現在因為氣候比較暖化，夏天也

會融冰，開始會長出一些青苔。以前我們稱他們愛斯基摩人，原意思是吃生肉、不進步的民族，因為有輕蔑、詆毀、看輕的負面意思，現在已經不這麼稱呼。從前臺灣被日本殖民五十年，日本人以前稱呼原住民叫番人，而且還分：生番和熟番。後來臺灣光復，國民政府來到臺灣，把番人改稱山地同胞，文字是有力量的，再後來又改稱原住民，我們尊敬原住民的祖先比非原住民的祖先更早到來。因此現在改稱愛斯基摩人為因紐特人（原來的族名）。以前我們認為他們都住冰屋，現在他們都住大木屋。矮柳是全世界最小的樹，所以生物學家開玩笑，如果在北極迷路了不用擔心，只要站起來，全部的人都看得到你，因為只要站起來都比樹還高。

我去過北極兩次，第一次是從北歐進去，第二次是從美國的第四十九州阿拉斯加進去。浮冰是雪下了之後，堆積高再慢慢移到海邊最快都需要將近一百年左右的時間，這冰都是很原始的

● 南極半島夏天，不是來征服或挑戰，而是謙卑的朝聖超級大自然

冰，破冰船上人員敲開小片的浮冰，加上一些飲料，是真正的冰酒，口感特別好。到南北極地通常都會看極光，我第一次去北極時是接近永晝，沒有天黑看不到極光，因此我第二次去北極才看到極光親自體驗，真是奇特。

地球磁場的奧妙

我旅行近九十幾個國家，其中在非洲跑了六個國家，其中兩次去看動物大遷徙。我們常在電視看到的動物頻道或Discovery頻道的節目，大部分都落在肯亞和塔尚尼亞兩個國家，這裡有全世界最大的草原，在肯亞這部分叫馬賽馬拉，在塔尚尼亞那部分叫塞倫蓋迪，肯亞經過赤道線。很神奇的是，地球橫中赤道線，上邊是北半球下邊是南半球，當地人拿一個水桶給我們看，水桶下面有一個旋轉鈕，上面放一根樹枝，走到北半球，把鈕轉開水會順時針流，走到南

● 南極研究站

● 一葉孤舟，勇闖南極

● 破冰船，真有冒險感覺

半球水會逆時針流，如果走到赤道上水會向下流都不會轉，地球磁場真實現象不是魔術。所以如果被人綁架，看那個水怎麼流，就可以知道現在是在北半球還南半球，至少人家來救你的時間就快一倍以上。

在南半球的南喬治亞島，有全世界第二大的鳥類黑眉信天翁，成鳥張開翅膀有三百公分，我身高一七四公分，我的雙手張開，一手中指到另一手中指大概就是一七四公分，請注意牠是三百公分。黑眉信天翁的眉毛真的很漂亮，濃淡有致。

到南極真的有冒險的感覺，旅行的時間也

● 可愛的紳士企鵝

● 企鵝棲息地

● 紳士企鵝野生棲息地（攝於南極）

長，這次二十三天，當時一個人的費用超過六十萬。南美洲的最下面烏蘇懷里被暱稱作世界盡頭，德累克海峽在太平洋跟大西洋的交會處，風和日麗的時候，仍會嚴重暈船，我們這船有中國人同行，在南極破冰船上時，一天吃四頓餐，早餐、午餐、晚餐、宵夜。但從德累克海峽回來，臺灣製的暈船藥比中國製的暈船藥好，中國製的暈船藥是吃四餐吐四餐，臺灣製的只吐兩餐，我比較幸運因為我常出國，去南極之前我去了日本，剛好有買一些暈船藥，日本製的暈船藥我吃了完全沒吐，有多我就送給其他臺灣人。結果傳到其他人耳裡，就有中國的團員來問我，我沒有多的了，就把臺灣製的暈船藥拿給中國人，至少原本吐四餐就變成只吐兩餐。

我搭飛機去過九十多國，飛機大概坐了三百多趟，第一次坐飛機坐到會怕，是從臺灣到阿根廷的烏蘇懷亞，單趟就坐了五班飛機，從臺灣飛日本東京，再轉機飛美國達拉斯，再轉機飛哥斯大黎加，再轉機飛阿根廷的首都布宜諾斯艾利斯，再轉機飛到南美洲最南方港口，有「世界盡頭」之稱的烏蘇懷亞，去坐了共四十八小時的飛機，回來再坐四十八小時共十班飛機，從臺灣到南美洲是最遠的航程。破冰船不是直接到南極半島，是先到英國屬地：福克蘭群島、南喬治亞島、雪芙蘭島，之後再到南極半島，最後才又經德累克海峽回到烏蘇懷亞。臺灣有去過這三極都到的大概只有三百人，除了我還有陳維滄董事長也來上過這門課。

全世界企鵝總共有十七種，我到南極時有看到八種企鵝，其中我很喜歡跳岩企鵝，這種企鵝一般比較少見，很兇猛，頭髮很像龐克頭，嘴裡有肉芽，吃完食物後

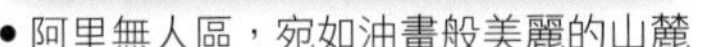

• 阿里無人區，宛如油畫般美麗的山麓

• 藏東林芝

• 稻城亞丁，洛絨牛場神山

會反芻，有些魚蝦留在肉芽上。國王企鵝是十七種企鵝裡身高第二高的，大概到九十公分，帝王企鵝則可以到一百二十公分是最高的。牠們的成鳥看起來像是穿著灰黑色燕尾服西裝、白色的襯衫，黑色的頭加上黃色的耳罩。兩種看起來很像，只有身高九十公分跟一百二十公分的差別。但兩者雛鳥就不相同，國王企鵝的雛鳥是咖啡色的，毛茸茸，但帝王企鵝的雛鳥是灰色的。

南北極地都只能夏天去，剛剛講北極的夏天是六月底七月去的，南極的夏天則是相反的，所以南極是十一月去的。到目前為止我看過雌雄身材差異最大的動物，是在南極看到的象鼻海豹，人類男女的身材比例大概十比八點五，牠們則是差距約三到四倍大。

• 中國西藏自治區拉薩市布達拉宮，從藥王山拍攝，前有藏傳佛塔

人間仙境西藏

西藏平均海拔約三千五百公尺，臺灣玉山最高點三九五二公尺。西藏最特別的地方就是藏傳佛教，一般我們會認為佛教一定要吃素，其實這是錯的，佛教從印度開始起源，傳入中國、臺灣、日本和韓國，這支的生活條件比印度好，所以可以選擇食物，可以選擇不殺生就可以裹腹，印度往北傳稱北傳佛教，也叫大乘佛教。另外往南傳，傳到泰國、柬埔寨、印尼或者越南，則稱南傳佛教或小乘佛教，這支的生活條件比較不好，所以如果托缽到海邊，人家有魚蝦供養給他，或托缽到山上，有野獸肉供養給他，和尚工作是禮佛誦經教化人心，人家供養什麼就吃什麼，不能選擇，如果沒辦法活下來，就不能傳教。所以南傳佛教也吃葷，海鮮、野獸肉都吃。另外有一支傳入高山地區，不丹、尼泊爾甚至西藏，這支叫藏傳佛教，藏傳佛教海拔都超過兩千五百公尺以上，綠色植物都長不出來，就沒辦法吃蔬菜，只能吃氂牛跟羊。比較特別的是，藏傳佛教不吃魚蝦，有兩個原因，第一是他們死亡之後最高禮節叫天葬，其中有水葬，另外還有塔葬跟樹葬，因為有水葬的關係，如果吃魚蝦就可能會吃到祖先的肉；第二個是因為吃魚蝦，一餐可能要吃好幾隻，一隻魚蝦是一條生命，但如果吃牛羊，一隻牛羊就可以供應好幾個人好幾餐，既然都要損失生命，就將損失降到最少。在西藏主食是青稞，他們曬青稞，做成麵和飯。西藏真的是人間仙境，一輩子如果有機會去西藏是很值得的。

謝謝各位，有任何疑問都可以聯絡臺南效果書局或憂鬱症關懷協會，而且強力建議大家每半年免費贈送拿我們出版的半年刊做心理健康檢測，以確保我們都可以心理身體都健康。

學生問：憂鬱症的復發機率高，這一、二十幾年你都沒有再跌進憂鬱症嗎？請問除了旅行以外，還有什麼重要因素你覺得可以讓你的心態保持得比較好，或是生活上有什麼比較要注意的？

林明政回：有，憂鬱症其實很容易復發，如果照醫學上的數據大概有百分之七十五的機率。我康復的二十一年內有復發過三次，我發現要跟我的病當朋友。我們都會好好對待朋友，所以我學習了解它並好好跟它當朋友。之前因為不曉得就得病，但現在好了我就會去預防。每張半年刊都有寫如何正確治療及預防，預防不用錢，就一定要去運動流汗。我們每個人喝水有兩種排泄方式，大部分是排尿，運動確定可以經由汗腺排憂鬱壞的出來。

旅行，是快樂的學習過程，我前面提過，憂鬱症的人是沒有期待的，容易把問題困難化、擴大化、災難化，藉由旅行就會有期待，就算短至一、二小時，只是近距離，會開始安排，就重新啟動期待，所以旅行確實可以幫助憂鬱症。至於在生活上有什麼需要注意的？憂鬱症前的我只有六個字，憂鬱症之後的我加上六個字。憂鬱症前叫做「有機會，不放棄」，後來發現有些事情就是做不好，憂鬱症教會我，「盡了力，放得開」，不是你不認真，也不是你不夠好，是你跟這個不適合，那不適合也沒有關係，就找下一個，先求有，再求好，我就不會把自己綁那麼緊。

學生問：去過那麼多國家，最推薦我們去的是哪裡？

林明政回：分成中國和全世界各三個地方推薦。中國三個地方叫做看山看水，最好看的山叫黃山，水是九寨溝，第三個地方是北京，為什麼要講北京？因為你可以去感受這個城市的大，有六百年的皇宮及萬里長城等，因為很多人去，所以旅行費用不會貴。全世界最好看的三個地方，第一個則是紐西蘭，紐西蘭有北島和南島，我會推薦南島，第二個是瑞士，再來就是美國和加拿大中間的落磯山脈很漂亮。

學生回饋 FEEDBACK

潘冠文

交管系■二年級

林董事長一個充滿活力的開場，伴隨著燦爛的笑容，怎麼看都不像曾受憂鬱症所苦之人，傳遞著正向的氣息。課程一開始會刊上的憂鬱症量表，讓我們可以評估自己是否有相關潛在問題。這個憂鬱症關懷協會，由林董事長與貴人蘇醫師共同創立，至今救人無數。這已經跳脫所謂「企業社會責任」，而是來自林董事長「痛過的經歷」，正因為這個原因，所以讓這個協會更貼近患者的需求。

親情，世界上最難被取代且最有力的情感，完美的應現在林董事長的故事。在一次希望留給兒子回憶的「美國親子旅行」中，林董本已計畫在留下與兒子共同回憶後，返臺就要結束人生。這次旅行中，一段父與子的對話成了林董及林董家人人生的轉捩點，兒子的鼓勵、親情的「感召」，林董事長放下先前累積的負面情緒，決心返臺治療。完好的治療與親人的陪伴，讓幾度面臨崩潰的林董重回樂觀，也才有現在的憂鬱症關懷協會，繼續幫助更多人。

在世界各處旅行，累積了林董眼界的寬廣度，旅行不僅僅是走馬看花，而還有對當地文化的觀察與思考，今天分享的藏傳佛教思想就相當有趣。對當地人來說，生命同樣值得尊敬，但為了維持基本所需，免不了必要的殺生。「一條魚、一隻蝦、一頭牛都是一個完好的生命，一頭牛能餵飽最多人，所以避免大量食用魚蝦的大量殺生。」，這樣的想法對在臺灣習慣大乘佛教的我們來說，很不一樣，同時具有思考的趣味，旅行中同時思考，會有更多意想不到的收穫。

自身的爽朗、家人的親情關懷，成就了我們今天看到的林董事長。散播著正向的氣息感染我們，謝謝林董事長的經驗分享及對社會的回饋，共創美好環境。

臺灣漫畫家
阮光民

將臺灣文化以漫畫形式帶到國際的代表人物，曾著有多部漫畫，代表作《東華春理髮廳》、《用九柑仔店》與《天橋上的魔術師》獲改編為電視劇。二〇一七年金漫獎最佳青年漫畫和年度漫畫雙料大獎。並於二〇一八年法國安古蘭國際漫畫節，以臺灣特有鄉土人情味的得獎作品《用九柑仔店》參展。

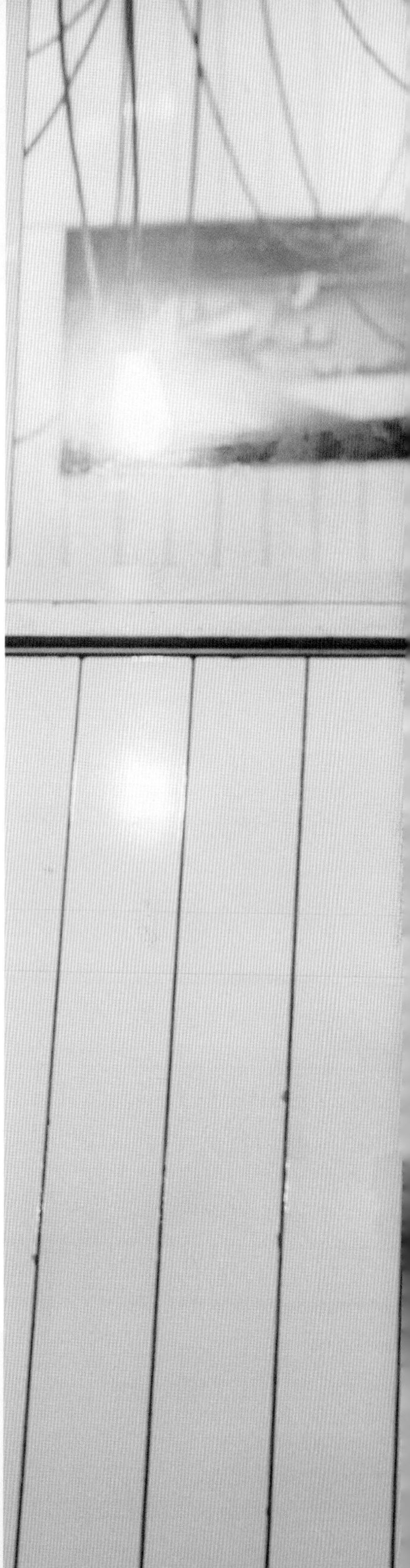

阮是漫畫家

我叫阮光民，是民國六十二年五月一號勞動節生。我有一本書叫做《阮是漫畫家》，因為我姓阮，臺語的諧音就叫做阮氏，裡面是紀錄一些我的成長環境。講到臺灣漫畫，其實大家都不太清楚、也不太知道，我也跟大家一樣從小是看日本漫畫，那時候韓國漫畫還沒開始流行，都是看日本漫畫長大的。曾經有個讀者說他怎麼發現我的，他說圖書館有很多日本的、臺灣的、韓國的漫畫，其他的都被借走了，只有我那三本放在臺上沒有被借，他就去翻來看一看，覺得還不錯，所以邊緣化也不是不好的事，有時候我們邊緣反而容易被發現，就跟晚上看螢火蟲特別亮一樣。整個臺灣漫畫界也是屬於這狀況，放眼過去，大概百分之九十都是日本漫畫跟韓國漫畫，臺灣大概百分之一而已。其實現在算一算臺灣的漫畫家還不到兩百個，算是稀有物種，所以大家好好愛護我。從現在開始可以去看臺灣漫畫，臺灣漫畫也不會輸日本太多，臺灣也是有漫畫家的。

自在的成長過程

我是怎麼踏入漫畫界的？我家住在斗六嘉東里，是個小鄉村。我從小愛畫畫，那時候沒有想要從事漫畫工作，就只是愛畫畫。我爸媽給我一個很好的教育環境，就是他們從不會催促我的功課，以前我那個年代，若是想要靠畫畫或創作維持生活，相信父母親都會把你抓過來巴巴勒（臺語，揍一頓的意思），叫你清醒一下。我爸媽很不錯，我爸爸是有傳統家庭的男人，所以阿公都會安排他的人生怎麼過，但他也沒有過得特別好，他就希望下一代不想要再像阿公一樣去指揮小孩子做什麼。所以我小時候蠻自在的，我媽給我一個格言就是「考試有考前幾名，也有最後幾名，前幾名總是會被叫出去比賽或者是幹嘛的，這樣會很累，那最後幾名又會被老師一直盯很煩，所以你最好就是從小一到六年級讓老師不確定到底有沒有這位學生，這樣最好，可以平安的過。」我小時候想要畫畫是因為，我能從畫畫找到一些自信。因為我對念書沒有太大的興趣，而畫畫可以獲得或騙到一些朋友。國中那時候，青春期嘛，那時同學都對漫畫有興趣，少年漫畫都是女主角身材很好的那種，各位看過漫畫都知道。然後大家都會圍繞著我，讓我覺得自己很厲害，大家都希望我幫他們畫幾個圖檔或是什麼，就會覺得自己有被肯定，所以我從小就一直在培養興趣。也許任何創作都是要有天分，但我覺得天分這種東西只要一點點就好，所有的天分是看你以後有沒有做這件事，再把你的天分補足，不然天分不是持續性的，很快就會用完了。當然可能有些人對音樂或是圖畫有敏銳度，那是你的天賦，如果你沒有再去補足它，或是觀察別的人事物，就會慢慢失去天分，就像藝人、歌手也是一樣，如果某一天他不再學習，他表演就是這樣了，看久了就會膩。

人生選擇的排序，從可行的下手

我真正進入漫畫界的關鍵點大概是民國八十五年左右，各位應該都還沒出生。那時候我職業軍人剛退伍，我父母親問我之後有什麼打算，跟我促膝長談，我當時也很茫然，因為我本來是想當職業軍人的，也是爸媽叫我退伍的，現在問我說未來有什麼規劃？我父母就直接吐槽，我爸就說，把五根手指頭伸出來，就從最想要做的工作開始去排序。我說我第一個想做的，當然就是有關漫畫的東西，然後第二個我想要做的就是招牌，就是店家外面的招牌，我以前做過招牌，如果不行，第三個就是我去畫卡通，再不行，第四個就是我再回去超市做後場人員，我以前也有做過，第五個我就實在想不到了。我爸就問我第一個夢想有沒有門路，他說沒有的話手指就先折起來；第二個做招牌有沒有門路，有，因為我之前有作過，那我可以繼續去那邊工作，就從第二個意願做起，比較不會那麼討厭做的事情先去做，未來有機會再去更想做的，畢竟人生路上都很難講，所以我那時就先去做招牌。我後來再遇到抉擇的時候，我還是會用這個方法，比如說我今天喜歡五個女生，我就會先說當第一個把不到的話，就從第二個開始把，沒有的話再往下。這對我來講是蠻重要的一件事，人生選擇都是很茫然，或是很困難、很徬徨的，我那時候也是，我爸跟我講這個方法，讓我後來做事情都先排序，然後能先做的就先做。

我那時候做招牌的老闆，長得有點像馬如龍，就是演海角七號裡很兇的那個演員，但他其實是很溫柔的一個人，只是講話大聲而已，樣子看起來兇兇，但是個溫柔，對老婆也超級的好。當時我退伍就先去他店裡工作，其實我們做看板的工作，就是客戶想要什麼就做什麼給他，比較不會有太多自己的想法，我為什麼會比較想做創作，是因為創作至少可以做我想做的事，當然招牌只是賺錢打工，那時的工作也不會太辛苦，一天也是八個小時，老闆還供餐，在那邊上班最大的動力，就是老闆的女兒蠻漂亮的，所以在那邊也做得還蠻開心的，可以上班就蠻開心的。

我招牌做了大概一個月後，同學打電話告訴我，有一個漫畫家叫賴有賢在徵助手。我想說機會終於來了，趕快把我以前畫過的圖弄成一大本，趕快寄到他臺北的工作室，去面試，我應徵上的時候就跟招牌老闆講，老闆那時候剛好開著發財車載著我要去掛招牌，我就跟他說我想要去臺北畫漫畫，那薪水雖然不多，但我很有興趣，那時候老闆知道了有點訝異，怎麼我突然就要辭職，然後他沉默了一陣子，在停紅綠燈時，語重心長地跟我說：「如果你在臺北混得不好，隨時都可以回來。」我還沒出發就說我會混得不好，但是老闆對我很好，就是說以後如果真的失敗了，可以再回去這樣，這個老闆對我這輩子來講，是個很大的恩人。

踏進漫畫界

我從小畫漫畫，是我的娛樂，跟看影片、看短片一樣，看完就結束，真的入到這一行才知道漫畫是怎麼去操作的。漫畫家助手的工作項目，第一是老師不想畫就是助手畫，一般看到的漫畫主要都是老師畫的，但是像背景、流線、貼文、上色這些，都是必須由助手去完成的，所以基本功蠻重要的，如果以後有想要從事漫畫創作，基本功一定要練好，像是透視、立體要先學好，不然要很難應付這個工作。因為我畫的是Q版，但是背景不可能畫太Q版，必須要寫實一點，所以基本功一定要學好。那入行跟以前在當讀者的心態是不一樣的，讀者就是看完爽不爽結束，但是進入這行之後才開始慢慢分析這部作品的分鏡怎麼去分。像我是連環漫畫開始的，它跟我們在臉書或是IG看到單格作品不太一樣，之前像比如說Duncan或是其他的圖文作家，他們是看現在流行什麼，就畫一個梗圖丟出去了，這也是一種謀生路的方式，像這種電影分鏡的比較學術派的，像是連環漫畫不可能分鏡或是框線都一樣，看久了都會疲態，所以比較像是在紙上分鏡。那時候我們在當助手，每天都在看漫畫，分析漫畫家為什麼要那樣分鏡，這對於學習當漫畫家，是必須經歷的，以前我們都是光看而已，看看就結束，所以我們都要去分析。助手的薪水，那時候民國八十六年四月一日進入漫畫工作室的，那時候薪水一萬四而已，我還要租房子、吃飯，其實物質上是非常的辛苦的，我那時候吃飯是去買二十元的白飯分兩次吃，然後罐頭也是分兩次吃，省下的錢就是為了要買畫畫工具，不過那時候也是我過得最爽的時候。我覺得物質方面可以降低一點，但精神方面的成長以及心理面的滿足感蠻重要的，我那時當助手至少還有週休二日，除了吃飯吃不飽以外，這我覺得沒關係，重點是我下班的時候可以專心的創作，另外老師也有網點可以拿回家，反正也是要丟掉，所以我就會拿回去做我的漫畫去參加比賽，然後隔年就得到新人獎。那為什麼會創作二輪電影這篇短篇故事，是因為我當時薪水只有一萬四，住的房子是頂樓加蓋，是用美耐板隔間的，夏天真的很熱，我那時嘗試夏天在家裡睡覺，睡一睡真的會往生，因為那個電風扇吹都是熱的風，我好像快死了就趕快驚醒過來。所以我就在想週末要怎麼打發，我同事Tony就拿一本筆記本去好樂迪的大廳，也不用錢，我那時候還沒想到，所以就去看二輪電影，二輪的好處就是他不會檢查，所以我就從早上還沒開門就去那邊等，就直接在裡面坐一整天，價格也不貴，差不多一百塊，然後分給你一廳，一廳就會播三片。剛開始還很守規矩，看完三片就乖乖回家，那後來我發現那個阿伯好像也不太會注意我，所以我就跑去另一廳再看三部，所以一天看六部電影。雖然這樣長期看電影眼睛會疲勞，但那是我吸收最多分鏡的時候，也沒有白白去花那個錢，就買一些食物進去坐著，看到電影有很好的分鏡或是有感動的地方，就做成筆記。創作不一定要去想太新的東西，我覺得這世界沒有新的東西，可能以前莎士比亞就把故事講完了，後面的人就是用他的故事片段去拼湊新的，像是現在拿到的智慧型手機，就是把電腦跟手機併在一起改良成智慧型，所以現在新的就是舊的跟舊的併在一起，講故事也是一樣。所以我在二輪電影院裡吸收到蠻多知識的，所以去看電影時，也不要只是看看開心就好，其實都是有學問的。

其實漫畫家工作的地方很簡單，就是租一層樓裡大概有三個漫畫家，每個漫畫家都會養一個到兩個助手，不過那是在一九九二年臺灣漫畫最風行的時候，到現在這個時候就不行了，因為現在整個緊縮，出版也緊縮，現在臺灣的漫畫家都是單打獨鬥比較多，除非像馬克那種就有自己的工作室，他的五斗米靠腰是屬於元件式的，人物都比較簡單可愛，人物都可以複製，像我畫的圖比較有個人特色，不過都是自己選擇啦，看你想要哪一種，像是馬克那種就可以大量生產，他只要提供點子，其他的工作人員就像工廠一樣自己去運作。

如果真的想要畫漫畫千萬不要像我以前一樣，很多人畫漫畫都會用一整包的工具，都要幾千塊，那個都是騙人的，其實只要很簡單幾個工具，像是紙跟筆隨時都可以拿到，草稿紙，再隨便拿一支筆，完稿紙市面上都有在賣，然後就是燈桌，我有一個改良型的桌燈已經往生了，因為電壓是一百一十伏特的，有一次我帶它去中國大陸創作的時候插下去就爆炸了，我不曉得中國電壓是二百二十伏特的。我們畫漫畫的方式，就是畫完草稿圖，再把它描過去，然後可以重新描線。我覺得漫畫好玩的地方是你在分鏡的時候，可以思考怎麼慢慢去引導讀者看你的漫畫。兩千年時電腦開始出來了，我開始用電腦來取代我那些網點的作品，電腦的好處就是今天畫壞了，只要把塗層拉掉，就可以隨時換個塗色，那軟體我大部分都是用photoshop就可以了，沒用其他軟體，photoshop就可以作所有漫畫的稿子了。我現在還是會用手繪，不會完全用電腦，手繪的東西就是再掃描進去電腦用後製方式完成。

《用九柑仔店》的誕生

我的作品《用九柑仔店》這個故事是怎麼來的？其實在臺灣漫畫創作，或在各行謀生或工作的時候，要怎麼去跳脫出自己的一條路，但是那條路不一定是對的。我在三十歲時候的關鍵是，那時候日本漫畫很流行，我就想要嘗試畫那種熱血的漫畫，但是我就想那適不適合自己的個性，臺灣漫畫界其實很少去描述臺灣土地的事，但我想我們都是臺灣長大的，大家都不講這些事情，慢慢地就會沒有人記得了，像剛剛講的這些事情，再過個十年、二十年就會消失了，所以我就想透過漫畫把它寫下來、畫下來。

用九柑仔店其實是我阿公開的，因為最原本的建築已經被拆掉了，所以我想把小時候的記憶畫起來，這樣至少我爸爸以後要懷念還有圖像，以前拍照都會貴，所以都要靠我畫，把這些紀錄下來。因為我阿公已經不在了，我就問我爸用九這個名字怎麼來的，我爸說是因為以前鄉下人要用的十件東西都可以在我們店裡買得到，但是鄉下人都想說不要把話講得太自得意滿，十這個數字太滿了，所以用「九」這個數字去代替十，九這個數字在《易經》裡面是一個最大的數字，跟長長久久也同一個音，用這個九字有三個意義在裡面，我也真的是要畫的時候才問我爸為什麼叫用九這個名字。這五本漫畫主要是講一個年輕人回到家鄉重新包裝柑仔店，延續下去的一個故事。後來改編成戲劇。柑仔店的由來其實是以前唐山過臺灣的時候，前朝已經不太理這些人，所以人民要自力更生，會用竹子來編織所有的器物，不管是什麼形狀都統一叫簽仔，從前的人就經常使用簽仔來運送貨物。像是種香菇的用在香菇上、種玉米的用在玉米上，他們會成群結隊的去一個地方，有點像是夜市的型態，這種叫簽交，後來因為他們群聚久了，就有人問要不要將貨物放在我的店前面，一層一層放，再來販賣，後來就變成了簽仔店，簽仔店就是因為簽交集中在這個房子裡，才變成簽仔店，只是現在簽這個字不能打字了，才改用「柑」代替。

柑仔店的老闆就是我阿公，我阿公雖然很像日本人，不過他是正港臺灣人啦，他年輕時有被抓去當南洋兵，沒有死掉回來，所以有時候他要講祕密就用日文在講，我也不知道他在講甚麼，所以他才有日本人的氣質，那他為什麼會開柑仔店？我阿公是很窮的，但我阿嬤家很有錢，所以他就入贅到我阿嬤家，因為我阿公太帥了，我阿嬤想要把他綁在身邊，所以開柑仔店讓他顧不要亂跑，不然他其實很受鄉下的阿姨或媽媽的歡迎。早期柑仔店什麼都買得到，比較因地制宜，不像便利商店固定賣什麼。

我們家是住家嘉東里，地名的由來是因為那裡種了很多茄苳樹，那因為要改成國字才改成嘉義的嘉、東邊的東，跟茄苳的臺語同音。我們家以前是在廟的後面，是一個鐵皮屋，不過現在已經拆掉了。那為什麼我畫漫畫時，會想先從我的家鄉開始畫，第一個是因為很好取景，第二是因為是臺灣的故事，若有其他電視劇要改編也比較好處理。如果柑仔店是在宇宙，光特效後製就要花很多錢，所以我畫漫畫時就是擷取我身邊的人事物來畫，就是取材柑仔店的型態。畫漫畫都會畫一個景，那因為現在都是電腦做了，所以要做分鏡時，可能可以截取這個地方當作分鏡的部分，所以畫漫畫時，我都會習慣把整個場景畫出來，就按照照片去畫就對了，這就是田野調查，田野調查就是在創作者在創作過程中一個必要的準備，要收集那些作品，都要仔細觀察房屋結構之類的部分，這些建築也大概有一百年歷史了，所以街景上是查不到的，要自己去把那些結構抓出來。就是一些像我家柑仔店這樣的老照片、老房子都在慢慢消失中，所以我希望透過把它畫下來，讓以後的人還有東西可以看。

以前的柑仔店都會有黑板，如果沒有黑板就寫在牆壁上，這就是我覺得以前柑仔店會比便利商店更有溫暖原因，因為今天去便利商店買東西如果少一塊，是不可能把東西帶走的，如果帶走的話應該就報警了。可是在柑仔店能賒帳，因為以前在鄉下種田的話，不可能一種下去就馬上長出來作物來賣錢，所以柑仔店的好處就是說在作農的三個月裡還是要生活，如果有缺米或是缺醬油，至少可以先去買東西先帶回家，那老闆就會記在黑板或是牆壁上，所以臺語有一句話是「你給我記在牆上」，其實就是從柑仔店傳出來的。柑仔店的好處就是人情味大於現在的便利商店，但便利商店是一個趨勢啦，也沒辦法去違反，我畫漫畫就是想留下這些臺灣在地的人情味。

剛開始畫漫畫的時候都是先做人物設定、故事大綱，就會有人問說，是先有人還是先有故事，其實這個就很像雞生蛋、蛋生雞，以我的觀點，這是同時產生的，就像我今天認識大家，那就有故事的由來，人物設定是跟故事同時產生的。但漫畫一開始的故事設定也不是馬上就能得到認同，我的工作就是畫完設定之後去提案，看出版社願不願意配合。成功與否，重點在於想要創作的慾望，有沒有大過於失敗的挫折，如果真的很想畫這個故事，就算失敗五、六次還是會很想去做，像鳥山明還沒當漫畫家時，也是被退稿了一百多次，他光退稿的稿件就有一千多張，但他就是很想畫漫畫，所以他熬過那一千多張的挫折，最後終於才成為漫畫家，他一開始也不是很有名氣，都是因為他熬得下去。不管做什麼事，不可能事事順心，一般人就必須熬過那些坎坷的過程，熬過去可能不一定會成功，但如果不去熬，永遠都不曉得答案是什麼，就像爬山一樣，沒有爬到頂端永遠不知道風景怎樣。

我第一次的提案設定是一個落魄的年輕人，不得不回老家接柑仔店，那跟出版社溝通過後，他們希望有更勵志的故事，我還算一聽

就知道出版社想要的是什麼，所以我回去再改一個版本。封面製作我通常會畫幾款給出版社去挑，看他們需要哪些，然後給通路挑，因為一本書不是想出就出的，還有編輯、出版這些一起開會討論出來，才會去做這件事，當然自費出書分給自己的親友當然也是可以啦，但要在市面上發行就需要有各個不同通路的認同才可以。我最後定案的封面就是從第一版被駁回，再慢慢成形，再去配合，光封面可能就要畫十款了，讓出版社去挑。畫漫畫很簡單，沒辦法找個model，所以可以找個動作去拍照，然後再去畫成漫畫。像是閃電俠或是超人那些的動畫，他們以前真的都會請人穿著超人的衣服去擺動作，再素描下來，之後再畫成漫畫，所以有些漫畫會很定格，這都是因為漫畫家請model定型出來的，畫風可能肢體就比較硬一點。這個跟日本漫畫的風格又不太一樣，跟香港的也不太一樣。那我們為什麼會去拍照，主要是看它的結構是什麼。

各位如果有在創作寫小說，國內導演有給我一個想法就是，如果想要講一個故事，最好是從自己經歷過的故事去講會比較準確，儘量不要去想那些你沒經歷過的人生，否則很容易讓故事偏離太多，所以我那時畫用九時，儘量畫出我的同學或是親身的經驗。像是主角跟配角共同喜歡的女生叫阿芬，這就是我現實生活中國中的初戀，那時我是跟另一個同學都喜歡那個女生，我就是把親身的三角戀故事丟進去畫，但後來現實生活中的阿芬也沒有嫁給其中一個人，而是嫁給另一個田徑的選手。但在我創作的漫畫裡面，這朋友還是有跟他心愛阿芬結婚，然後組成一個美滿的家庭，這就是自身的故事把它丟到漫畫裡面。

鄉下柑仔店可以看到許多形形色色的人物，以前小時候看這些人物不覺得是什麼咖，柑仔店就像舞臺劇的劇場，每天都會有固定角色，像是廟公一定會來，像這些人物都會跟我們柑仔店比較相關，然後我漫畫裡面有提到一些傳統的技藝，像是手工醬油，雖然還是有人在做，但像這個阿伯現在也沒辦法做了，他兒子也不想接，所以等過個五年、十年，他也會結束他的行業。為什麼會想要畫這個東西，因為這些東西並沒有太多的通路，像一般的賣場通路一次可能都是訂個一萬瓶之類的，阿伯的量根本無法缺供應他們，唯一的出路就是懂網路靠網路銷售，或就是像在柑仔店銷售，所以說想這些傳統技藝可能會跟柑仔店比較有關係。

因為每一個漫畫的題材都不一樣，我在畫用九的時候，都會畫多一點的線條，多線條會增加歷史的感覺，就像去看一個古蹟，如果外在弄得很漂亮，就不會有古蹟的感覺，所以我在畫柑仔店這類懷舊的題材，我都會把畫面弄得很髒，至少把線條增多，這樣比較有復古的感覺，可以凸顯現在的場景跟過去的場景，做一個區分。

有些分鏡在佈局的時候都有一些規則，最常見到的就是像日本漫畫一樣是右翻，一開始都會先放在右上方，在右上方可以連帶看到人的表情再延續到對話框，延續到聲音，再延續到下一格，這有點像我們去一個風景地點會有導覽圖，其實漫畫也是一樣像一個導覽圖。我的漫畫裡面都會寫一些句子或是文章，有些是為了要切合它的主題要講什麼故事，像是副標說，為什麼房子是一磚一瓦的蓋上去，是因為情感跟記憶都黏很緊。為什麼會有這樣的感想，是因為當時我爸做生意失敗，家裡被查封，必須把所有家當都搬出房子，不然被封掉就搬不出來了。我小時候很喜歡畫圖，所以都會拿漿糊或是飯粒去塗在牆壁上，當時搬家因為捨不得那些畫，想拆下來，發現那畫紙已經跟牆壁融合成一體了，要嘛把紙撕掉要嘛把牆壁拆掉才能帶走，於是有這個感觸。我在畫那個男主角回來的時候，男主角在整理家當的過程中，就把這個記憶丟進去，很多東西都已經跟這個建築融合在一起了，要把它拆掉等於是去銷毀自己的記憶。

這個總共有五本漫畫，每本主題不太一樣。第一主要是有關前陣子的青年返鄉，我這個年紀的人特別有感觸，一個人在臺北奮鬥好像也沒什麼特別的成就，然後都會考慮說是不是要在臺北繼續待下去。每個人都會有過渡時期，才會有這樣青年返鄉的想法，要怎麼讓老地方活絡起來的故事。以前種田都會很敬天敬鬼神，所以都會弄一根竹子把中間剖開，把土地公金紙跟三柱香綁在一起，再做一個祭拜儀式，把竹子插在田地旁邊。插這竹子的用意就是要讓土地公當成拐杖好讓去巡視田地，但現在已經是金紙燒一燒而已了，比較沒有在做這個儀式了。這也是我要畫漫畫才去查的，將來可能會消失，所以我把它畫在漫畫裡，以後的人可能也會知道原來以前有這個習俗。

以前柑仔店是比活動中心還要熱鬧的地方，活動中心反而沒人要去，大部分人都是來柑仔店，柑仔店就像是一個心靈治療所。以前鄉下都比較少自殺案件，也不是說沒有，就是比較少，為什麼會比較少？因為大家如果有什麼困難的時候都會來店裡坐一坐，來找人來聊一聊，心裡有困難講出來就輕鬆一半了，把負面情緒倒完之後，就有力氣去過日子。所以柑仔店的意義凌駕於買賣之間，就像是一個情感流動的地方，去便利商店不可能去找隔壁桌的聊天，因為根本就不認識，但像柑仔店是大家比較認識的一個地方，可以在這裡聊聊想講的事情。

以前的求職或是徵才也會貼在柑仔店，因為比較容易看到，反而貼在公佈欄比較不會有人去看。

改編《用九柑仔店》登上螢幕

用九改編成戲劇前，有兩家公司來談，第一個是柴智屏，另一個就是三立，後來我讓三立去拍，因為調性或是其他地方跟我都比較契合一點。那要怎麼把平面的漫畫轉成像立體的連續劇。因為我不是電視編劇，所以他們還另外找一個編劇跟導演來完成這部戲劇，過程中就是要一直討論。例如編劇會問我後面要怎樣創作，但我創作時也不是那麼中規中矩，不是劇本都寫好才畫的，那時候我也不確定自己要畫什麼，他就跟我討論後續大概的走向，然後我再怎麼創作，也開了蠻多會議，這樣一集一集的順下來。

總導演高炳權，最近有一部電影叫《江湖無難事》。後來跟這些導演聊天才發現，臺灣的創作環境普遍不好，我本來以為導演都是賺很多錢，但其實他們也是很辛苦，有點像漫畫家一樣的工作，只是說他們是整個團隊在運作，漫畫家是只有一個人。

讀本會議時是大演員都會來，每個人都看著劇本演著自己的角色，整個順過一次，導演跟我坐在旁邊看這些語氣或故事要不要刪減，或者改臺詞。他們希望拍的戲劇合乎我的漫畫，所以他們找中南部一個店面做場景，後來在嘉義那邊找到一個已經荒廢很久的中藥鋪，改成柑仔店有趣的是對角真的就是一家經營快八十年的柑仔店，拍戲的時候還要求老闆不要開門，怕人來人往會影響拍攝，老闆也很古意就把門關起來不做生意，老闆還被找來當顧問。

尋找演員時，就是儘量照原作的樣子去挑選演員，像是張軒睿、莫允雯，就是按照漫畫的樣子找出演員接演這齣戲。在改編的過程中，除了演員很認真去找類似的樣子之外，因為戲劇是線性的演出會有更多的內容，不像漫畫一樣一格格分鏡去演，如果說只把漫畫直接拿去演出會很單

薄，所以可能一個角色他會拆成老年人跟年輕人，等於有兩代人去演這個角色，這樣戲劇會有更多張力，劇情會更多，不然只是演漫畫的話，可能會五、六集就結束了。為了要把故事演到十集，會去增加一些劇情或是角色。

不同形式的漫畫表現

兩千年那時候，網路剛興盛，網路的出現對漫畫影響相當大，以前大家都是買漫畫書在看，後來大家都是用手機看漫畫，書本慢慢式微。兩千年時影響最大，那時網路還是撥接的，讀取的速度很慢，唯一可以在網路讀的就是四格漫畫，那時經營網路公司的都很有錢，因為新興行業，所以我那時候剛出道不是畫那種連環漫畫，而是畫這種四格漫畫，以前價錢也不錯，我現在畫的一張也有一、兩千塊，但我可以在pchome登完，再去yahoo登賺一千塊，再去蕃薯藤賺五百塊，所以說我等於畫一張圖就賺三千五這樣，以前那個年代大家比較有錢，現在大部分都是無酬刊載。後來整個漫畫環境開始式微，我就轉回去畫紙本的。

我最早畫《光與暗》，這套是我最早畫連環漫畫出道的作品，後來改成叫《警賊》，因為光與暗好像看不出有什麼意思，所以編輯出版社看完之後改成《警賊》，用臺語唸就是警察的意思，與警察的臺語同音，但如果警察一念之間轉向下就變成賊，反過來賊向上就會變成警察。這個漫畫主要在講說一個人沒有完全的壞，也沒有完全的好，一個人一定有好的地方、也有壞的地方，人才會比較立體。

這個漫畫的方式就跟《用九柑仔店》不一樣，因為那時候畫漫畫，第一個想法是讀者群在哪邊，像《警賊》我是設定在大學生以下，所以我就會畫讓年輕人比較容易接受的畫風，就不會像《用九》一樣那麼多線條或是那麼多復古的筆觸，分鏡也會不一樣。

《警賊》是比較少年式的分鏡，整個動作或是整個分鏡都會比較緊湊，鏡頭的取位會比較多。可能一部漫畫就這樣看過去了，但是其實不同的鏡頭都是有含義的，比如說，為什麼要用煙頭去演出，我想表示這個人在這邊等很久了，有些漫畫會寫兩個小時後、三個小時後，這是最淺的表演方法，可能一個煙頭五分鐘，地上有很多煙頭就代表這個人可能等很久了，之後再帶出什麼人在等。漫畫的佈局像是一個導覽圖，漫畫都是分單、雙頁，單數在一邊雙數在另一邊，這樣的佈局，是假如還沒有打到結果就會翻下一頁，但如果這邊打到結果了就不會想翻到下一頁了，所以我會故意把分鏡分在這邊，下一頁就可以畫一個比較大的篇幅，展現它的氣勢或是結果，畫漫畫好玩的地方就在這裡，要思考怎麼用分鏡或是頁數去引導你的讀者翻開下一頁。

以前我創作時，除了身邊的故事，也會去畫一些古代的東西，為什麼會想去畫古代的東西，像很早期時，鄭問老師已經畫過一個版本，他按照古書去畫，但是已經過了十幾年，也沒有人再去重畫，我那時也在出版社上班，想說把這東西畫過一次，反正很多古代的故事也沒有什麼版權，所以把它重新畫過，像是金庸的題材，你可能要花好幾百萬買版權才可以畫，但是像這種老題材是沒有版權的，就可以重新創作，當成你的故事題材。但如果我今天要畫一個故事還是只照古書的方式去畫，年輕人一定不會想看，所以我用更貼近年輕人的角度去畫。有些人物的造型或長相，我不可能照古書的方式去畫，因為那樣就太古老了，可能在早期的古裝劇會有，但現在為了想讓大家更快進入角色，有在胸口加上刺青，但原本是沒有刺青的，因為他本來就是一個酒鬼，很容易喝到自己不曉得身在何處，幫他刺青，至少被撿屍的時候知道這個人是誰，就可以送他回家。我在創造人物時，會思考角色的個性，做為它的造型，像《刺客列傳》裡的專諸說是刺客裡面唯一個愛家、愛老婆的人，其他刺客都是單身，就算有老婆可能也不太理會的那種。那時專諸要去刺殺一個人，我把他的造型塑造成這樣，因為他真的很愛家很愛老婆，所以把錢和所有東西交給老婆管理，老婆給他什麼他就穿什麼，所以我才讓他穿著紅色衣服。像豫讓是一個唸書人，當時遇到一個知音欣賞他，但那個人被殺死了，然後豫讓去報仇，原著的故事沒什麼張力，所以我把它畫成劍術很高的武士，但是知音難尋，然後才去找人報仇，這樣有了動機，不然他也只是一個唸書的人，也不一定會去復仇，學武的人會比較有自己的中心思想。

展昭娶老婆的故事，也是不用買版權就可以畫的故事，我把原本歷史故事大概看過一次，再把重點挑出來，這個故事的重點是展昭如何被騙、取悅老婆，因為它漫畫只有十五頁，都是用photoshop去完成，沒有用其他工具或是道具，photoshop就可以做到很完整的程度。看版面就知道左翻跟右翻不一樣，要分辨左翻跟右翻，主要說看臺詞，如果臺詞是直的就是右翻，臺詞是橫的就是左翻，這就是一個基本的小常識。

跨領域的漫畫改編

在我的經驗裡，還蠻幸運的遇到一些合作的機會，第一個就是《東華春理髮廳》改編，第二個就是《用九柑仔店》改編。《東華春理髮廳》也是第一個在二〇一二年改編成連續劇的，故事的由來是我坐車去上班都會經過一家理髮廳，叫東華春，因為它的名字很特別，所以我就特別去注意那家理髮廳，它有點眷村的調性，招牌是綠色的塗漆，那我也不可能上班過程中下車去問老闆名字的由來，創作者都比較浪漫一點，自己就去想像那個名字，如果東華春是三個人其中一個人的名字，那就是一個家庭故事，所以我就自己開始浪漫瞎掰。想了一個故事，重新塑造成人的名字。這故事的重點是一個哥哥跟一個妹妹相差二十歲，這兄妹兩人的媽媽並不是同一個人，還有另外一個角色是更生人，所以會有一些更生人的問題，然後要把這些問題丟到漫畫裡面，讓大家省思或是注意這個角色。這部總共有四十集，導演在最後一集的時候找我過去拍片，我才知道他們是怎麼拍片的，當時他們的拍攝地點在北海岸的老梅，偶像劇裡只要看到海景幾乎都是在那邊拍攝的。

接下來是我確定之後要走什麼路才畫的漫畫，《幸福調味料》是我在畫完《東華春》之後的第二部作品，這部主要是講調味料跟味蕾的故事，因為人都有兩個味

蕾一個在舌尖另一個在心裡面，有時候我們嘴巴吃的跟心裡想的不會一樣。比如說今天我跟女朋友去吃甜點，吃到一半她跟我提分手，嘴巴甜的要命，心裡卻苦的要命，感受是不會一樣的，這樣就有戲分了，我後來就著重在味蕾上去創作。這是《用九柑仔店》的前身，故事也很簡單，是一個孫子想要去造福鄉里，勸阿公把柑仔店的地契拿出來蓋商場大樓，這樣可以去促進地方就業，其實孫子的角度也沒錯，但阿公的角度是這個柑仔店跟在地人有這麼多的記憶，特別最主要是跟茶葉蛋有關，因為以前阿公不喜歡吃蛋，阿嬤想說如果我今天煮的茶葉蛋連阿公都想吃，就代表是非常好吃。這個祕密如果沒有講出來就沒有人知道，所以把柑仔店拆掉，就等於是抹滅了他跟阿嬤夫妻倆的祕密，阿公也不是守舊，但如果這老房子被拆掉，整個記憶就會跟著不見了，站在孫子的立場也沒錯，他是想要促進地方發展，就有了新舊之間的對立，後來阿公往生了，但畢竟阿公是疼孫子的，就跟孫子說他把房契藏在結婚照的後面，那想幹嘛就去幹嘛隨便你，只是我還活著的時候，不捨得這些東西被拆掉，那我之後看不到就隨便你怎麼做。後來孫子的作法就是把柑仔店的門面留著，後面蓋賣場，是新與舊的並存。

臺灣很多地方可以效仿這個方式，臺灣很容易把古蹟拆掉，但是我覺得那是傷害本地文化，像我去法國的博物館，他們也沒破壞古蹟，而是沿著古蹟原本的樣子去造一個新的建築，連那個瓷磚也是去仿照舊的顏色去蓋，蓋起來也比較不會奇奇怪怪的，我覺得臺灣也要思考一下現在的環境與作法。

再來就是《天國餐廳》了，這部畫法就跟之前的不太一樣。再來就是跟吳念真合作的舞臺劇的漫畫，其實會跟吳念真認識是因為東華春漫畫，我請編輯去找吳董去幫我推薦，後來會促成戲劇是因為舞蹈團打電話跟出版社說他們想拍這個連續劇，所以那時才跟他有認識，不過後來沒有改編成功，之後才畫這個舞臺劇的漫畫跟他合作。

再來是跟吳明益老師，我都覺得這兩個前輩應該是上輩子欠我很多錢，所以這輩子才會跟我合作，我幫他畫的《天橋上的魔術師》，這個機緣是來自華山的朗讀節，其中有一項是「譯動國界」，翻譯的譯，以前的作法是把一篇文章翻譯成各國語言，再朗誦一遍就結束了，那一年主辦單位問我願不願意用圖像來表現，因為這也是一個翻譯的過程，我當然也十分願意，因為可以跟大師一起合作。這個小說主要在講光華商場，但是光華商場已經拆掉了，現在旁邊都是椰子樹，都是用舊照片去復原場景，我就一個一個去問哪一棟是哪一棟、天橋是怎麼連接的，再去幫它做描述，畫這種題材就比較考據，因為它有歷史感，也不能亂畫。另外就是一些到國外參展的經驗，帶臺灣的作品與文化與國外分享，有機會還是會想再去玩。

學生問：少年漫畫與青年漫畫有什麼不一樣，是指觀看的對象嗎？

阮光民回：講日本漫畫大家都比較知道，所謂青年跟少年的走向不太一樣，就是少年就像我們《海賊王》，有很多的鋪陳，我為了要當海賊王，我就出海去打所有的壞人。但是青年漫畫就會思考更深一點，魯夫今天要出門，如果以青年漫畫來表現的話，會是我的親人怎麼辦、我的父母怎麼辦，考慮會比較周到一點，這就比較屬於青年漫畫，如果同樣是海賊王這個題材我來演的話，講的是青年漫畫，所有的東西就會比較深刻、比較內心一點。這樣的題材小朋友就不會想看，因為他們還沒有人生的體驗，像我們一般看到的就是魯夫吃了橡膠果實，然後打敗了誰，被打倒了，就可以說為了夥伴所以要站起來。但如果以青年漫畫來講，他被打倒了，可能就會躺在那邊很久，思考人生意義是什麼，或是想我為什麼要來當海賊王，海賊王對我的意義是什麼，他就會考慮這麼多，比較深入一點，少女漫畫又是另外一種。

其實漫畫家的生活就跟一般老百姓沒什麼兩樣啦，就是早上大概六點多就起床、遛完狗就開始工作，到晚上才結束，大家可能都會以為漫畫家都一直熬夜、吃泡麵。吃泡麵當然是有的事啦，因為我們在創作的時候真的不想離開桌子，一離開桌子創作就會斷掉，斷掉還要再接上那個神經，就比較久一點。所以我們一般就會身邊有什麼，趕快拿了就吃，如果要專心創作就會這個樣子，熬夜的話不一定，年輕的時候比較會熬夜，現在過四十歲就不太行了。

學生問：請問你之後有什麼想要創作的題材或是故事？

阮光民回：之前比較多是古裝類或是在地的題材，之後可能會想嘗試愛情類或是鬼故事之類的。我覺得創作者有時要去挑戰自己，有時候可能會習慣於一個安全的環境，然後不敢離開熟悉的地方，我認為一個人不能在舒適圈待太久，待久了就像一隻青蛙一樣，不會離開水面，只能待在那邊慢慢等死，最好的方式就是有新的嘗試，像是跟那些名人合作也是一種方式，因為我可以從不同得地方學到新的東西。

學生問：當你用觀眾的視角看自己的作品變成電視劇有什麼感受？

阮光民回：第一當然很爽啦，最爽的還是我爸媽，他們都會覺得我很厲害，然後跟鄉下的朋友說那是我兒子的作品，也算是一種成就感。我會去專注於這個改編的導演有沒有用忠於原著之外的方式去說故事，就像我在改編別人的故事也是一樣，我儘量不去照原來的路走，不然大家就去看原來的故事就好了，幹嘛還來看我改編的，一定要再加進去自己的觀點，不管是把劇情前後顛倒，或是做調整，這樣大家看了才會有新鮮感。我很期待他們改編時，不要太順著漫畫一頁一頁的演，因為這樣超無聊的，所以我一直洗腦導演及編劇，儘量用這個原則下去改編，效果還不錯。

學生問：你的靈感都是哪裡來的？或是你會參加什麼活動增加你的靈感？

阮光民回：大家都會問說漫畫或是創作靈感從哪裡來的，第一個當然就是從你周遭來，為什麼會畫我周遭的故事，因為每個人出生都不同，所以每個人的故事以及成長、家裡環境也不同，我認識十個人就有十個人的故事可以說，所以第一個取材會從我周邊的人開始。第二個是從我周邊的環境，比如說我看到一個修理皮鞋的，我就會去問他，你怎麼去學修理皮鞋，然後那個老師傅就跟我說，它不是刻意去學修理皮鞋的，他以前是製作皮鞋的人，那為什麼後來會去修理皮鞋，因為現在沒有人在做鞋了啦，都是工廠機器生產比較快，像我這雙鞋，他必須要做出十二個尺寸，然後去市場賣。但是當賣鞋開始機械化生產之後，他也開始沒有工作了，他也必須要轉換一個跑道，換去做修理皮鞋的工作，當然也是會去跟修理皮鞋的師傅學怎麼修理，所有的修鞋師傅其實之前都是做鞋的，因為他們知道構造長怎樣，才能去修理皮鞋，這些也是要去問才會知道。我把這些畫到我的漫畫裡面，另外一個靈感來源，就是我會大量去看電影或是書，但我不是所有的書都看，我都會挑短篇小說去讀，字數很多的我會沒有耐性，我會挑我喜歡看的書，像吳明益老師的書大都是短篇的。或是我靈感卡住了，我會去坐在便利商店裡面，有很多三姑六婆坐在那邊聊天，哪個媳婦不孝或是很多八卦，其實很多種職業的人都會在那邊聊天，不管是那些站在路邊發報紙傳單，或是舉牌工都會坐在那，也許聽他們聊天中的一兩句話，可能就能點醒劇情卡關的地方，所以不能等靈感來，等它來不曉得會多久，還不如出去走走，去遇見這些靈感會比較快一點。

學生問：看連載漫畫的時候，好像很多漫畫家都會因為手部或是身體的緣故常常休刊，是不是漫畫家可能會有一些手部職業病，那面對截稿的壓力要怎麼去調適？

阮光民回：不要被休刊騙了，那不是身體不舒服，他只是想不到故事而已，因為故事卡關的關係，除非像日本那種長期的漫畫家，他們一天可能睡不到三個小時，可能會生病啦。另外一種休刊，像是富堅那種就只是懶得畫而已啦，他並不是真的要休刊，就是遇到瓶頸了，不曉得要怎麼處理，所以才用休刊或取材當藉口。如果看火影忍者，在吃拉麵的過程也是想不到下一段要畫什麼，很常用的過場戲，當然他演的過程也是很好笑，他們也是在拖時間，因為還沒想到下一個大魔頭是誰，所以他都會去吃拉麵或是千年殺，混過去之後就可以繼續編後面的故事，這是從事漫畫的人就知道了，不要太相信漫畫家講的理由。

學生問：剛剛有講到臺灣市面上的漫畫有百分之九十以上是日韓的，想問講者要如何改善這個狀況？

阮光民回：關於市場面我沒辦法，比如說今天有一千塊可以去買到火影忍者的一篇稿子或是去培養一個新人的話，是商人會怎麼選，一定選火影忍者嘛，因為它有固定讀者，臺灣的商人大部分都是這樣。我有一千塊可以買到Hello kitty，我幹嘛花一千塊去培養一個不知道會不會變Hello kitty的娃娃，所以這是一個商人的心態，這樣久而久之，大家都會去買關於日本或是韓國的東西，我現在有五萬塊可以買到韓劇，我就不會去培養臺灣的戲劇，市場就是這樣搞壞的。要怎麼慢慢去改變，可能就要靠閱讀慢慢去影響，如果自己也不太去看，要怎麼要求別人去振興臺灣的漫畫市場，因為自己都不看了啊。又比如現在大家去電影院都會想去看《小丑》，不會想要去看國片，這就是市場機制，當然也可以去說，因為我們的能力不到，《小丑》那麼厲害的片，可是我們就是必須要有讀者去餵養，才能精進，不可能說一開始就想跟好萊塢一樣強，那就沒有什麼好競爭的了，本來就有好萊塢了啊。所以臺灣的漫畫環境，還是要靠讀者，韓國的讀者都很厲害，韓國的漫畫環境也是被日本壓著打，可是韓國的民眾去跟政府抗議說要看本國的漫畫，不想再被日本的東西洗腦了，所以他們才去弄韓國的漫畫振興月去培養，他們用了十年的時間去培養，所以現在韓國的漫畫跟日本已經是平起平坐了，但是我們臺灣還沒有，要繼續努力啦，我們要畫出大家想要看的東西會比較實際一點。

學生問：對於未來想要創作的人有什麼話想跟他們說？

阮光民回：要先想辦法養活自己，如果說只想著要畫夢想，在追逐夢想的過程中，跟爸媽拿錢，跟朋友借錢，這是一個不適當的事，這不是完成夢想，而是在拖累別人。要完成夢想或是創作，如果沒有把握在漫畫界或是創作界可以一直走下去，我覺得可以再找第二個專長，養活自己的專長，至少有退路。比如說我現在混得不好的話，我還可以回去做看板，或者去加油站打工。所以每個人夢想的過程中，要先想好退路是什麼，退路想好了，再去做夢。

學生回饋 FEED BACK

陳竫沂

物治系■三年級

在本次的講座中，可以發現阮光民漫畫家對於生活中的細細品味，在老師的手下，所以平常看似平凡的小人物都變成富有人物個性的獨特人物了！這使我突然發現，現在這樣每天被時間追著跑、資訊量爆炸的生活中，我反而很難靜下心去想想今天一整天發生了什麼事、生活周遭有沒有一些值得細細品味的東西呢？今天自己還有沒有什麼地方可以更努力的地方呢？好像一隻無頭蒼蠅，忙著拍著翅膀飛東飛西，卻不知道自己有飛向哪裡。或許，即便在這樣子繁忙的日子中，還是在每天晚上睡前留一些給自己沉澱一下，或許這樣的沉澱不僅會讓我得到真正的休息，也可以讓我更知道明天要努力的方向是什麼，相信這樣也會使我更有力氣去面對隔天的挑戰！

除此之外，老師也在講座中提到「天分只佔了百分之三十，努力才佔了剩下的百分之七十。對我來說，努力才是最重要的！」從小到大，經歷過許許多多的比較與競爭。老實說，我一直都不屬於有天分、僅花一點點時間就可以得到很棒的成果的人，當然難免有時候會覺得很沮喪。但是有時候回頭一看，這皆努力過的痕跡、與別人相比多繞了一點的路，都不會成無浪費的。相反的，反而成為我的養分。

曾經看過一首詩《每個人都有自己的時區》，全國各地因為時區的不同，時間不盡相同，就如同紐約時間比加州時間早三個小時，但加州時間並沒有變慢。我認為就如同這首詩所寫的，每個人都有專屬於自己的時區，而我們每個人都在自己的時區內有自己的步調去走自己的路。因此，不必與他人比較，誰走的快、誰走得慢。我該做的是，紮紮實實地去走每一步路、將路過的風景好好地記牢在心中，細細品味、只要在這條路上我有收穫，即便走得慢、走的坑坑巴巴的又如何呢？努力的往自己的心之所嚮、往自己的目標邁進，這才是最重要的事情！

旺
鳳梨王子
楊宇帆

成大、臺藝大雙退學後，在臺北從事過許多不同種類的工作，如待過外商公司、當過人體模特兒，以及登山嚮導等，之後跑去澳洲當浪跡天涯的背包客，靠著攔便車旅行了五千公里。回臺灣後，憑著一股傻勁與衝動，開始種鳳梨；結果，一顆鳳梨都還沒中出來，就入選了百大青年農民。曾經出過一本書，銷量普通，但總統看過。以獨特的「阿嬤經濟學」，透過鳳梨，用自己的方式愛臺灣這塊土地。

楊宇帆・演講

從魯蛇邊緣人到鳳梨王子，楊宇帆種出新人生

哩賀，挖喜旺來，感謝成大欸鄉親給我這個機會上臺，聽挖季蕾小屁孩，骼唬爛，黑白來。哪洗供料擱欸賽，請將臉書按個讚！哪喜供料莫精彩，拜託拜託，毋湯去甲挖留言罵「幹」。便所緊放，手機仔緊關，接下來故事即將開始！希望大家笑嗨嗨呀笑嗨嗨！謝謝。

敢有人聽無臺語的？我全程說國語也是可以啦！中間可能會摻雜一些臺語，聽不懂的話可以舉手發問，畢竟我們種田鄉下人，臺語是基本的語言。

今天很開心來到成大跟大家分享我的一些故事，我把講題訂做「從魯蛇邊緣人到鳳梨王子」，為什麼說自己是魯蛇邊緣人呢？因為我自己就是……雖然我唸過成大，但是我中途被退學，而且不只被退了一次；以前的人都有一個觀念嘛——在外面混不下去，才會淪落到回家種田。我算是運氣很好，種出了一點小小的成績，所以今天才有機會跟大家分享這一路上的心路歷程。

有些人可能看過我的書，對我有一些了解，但還是簡單做基本的自我介紹：我

被叫做「關廟劉德華」，我的主業是種鳳梨，是一個鳳梨農；另外，現在斜槓青年正夯，以前我隸屬大學登山社，現在我有另外一個工作是「登山嚮導」，帶人家爬山，有時也接一些講座，出來跟大家喇滴賽（攪豬屎）聊天。

哩賀：哇喜旺來

最近呢，就在今年（二〇一九）下半年，我出了一本書，叫《哩賀：哇喜旺來》，本來以為自己會成為一個暢銷作家，結果，沒想到現在出版業景氣不好，所以我只能說自己是一個「準」暢銷作家。

不過這樣也不錯，雖然書好像賣得沒有特別好，最近倒是多了一個書迷，那就是我們總統！蔡總統看過我的書，這是我人生一個小小的成就達成。

簡單跟大家介紹一下我的背景，我叫楊宇帆，是百大青年農民（百大青農）。「百大青年農民」聽起來好像很厲害，其實並沒有，為什麼？因為臺灣現在種田的年輕人並不多，所以基本上只要你肯回家種田，再去農委會報名，就會被選上了，非常簡單，這個頭銜沒什麼好厲害的。

我畢業於臺南一中，畢業之後我進過兩間大學，應屆考到成大經濟系，但唸到大二時，因為我不喜歡我自己念的科系，再加上我的背景是唸東光（東光國小）、後甲（後甲國中）、一中（臺南一中）、成大（成功大學），所以對我來說，唸成大實在是非常無聊！當我大一，每個人都在吃育樂街的時候，我想說「我都吃三年了，再吃就是四年！』我覺得很痛苦啊！再加上環境沒有什麼刺激，我就有點意興闌珊，然後就退學了。退學之後我就重考，考上了臺灣藝術大學，在臺北板橋，但唸了兩年多，我也就對那邊的東西沒什麼太大興趣，又再次被退學了；但是，我兩間大學加起來算是有畢業，總共唸了四年，沒有延畢。中間經過了一些波折，最後才回到鳳梨田。

其中，有個經歷我覺得滿特別的，剛剛我有說到自己是個登山嚮導，我喜歡帶人家去爬山，我之前有個工作是在幫師範大學上山做調查，我們的工作是「抾屎抾骨」（撿屎撿骨khioh-sái-khioh-kut）。什麼叫抾屎抾骨？我們會上山蒐集動物的排遺、骨頭，把這些數據（Data）帶回研究室，讓研究生做分析。有一次在工作過程中很不幸摔下山谷，垂直向下大概摔了二十幾米，所幸運氣好沒有死掉，俗話說大難不死必有後福，但是我覺得也沒什麼後福啊？因為我後來就莫名其妙地回到鳳梨田，開始務農生活。

大家對農業的想像大概也不會是什麼多幸福的事，大概就是這個字可以形容，大家可以看看這個阿嬤臉上寫著什麼東西，用一個字來形容，來，什麼字？爽？（學生：酸）欸有一點點接近，來，有沒有比酸更好的答案？（學生：苦）沒錯沒錯！我聽到了標準答案！苦。這個阿嬤臉上就寫著苦，這大概也是多數人對農業的刻板印象，似乎種田就是一件非常辛苦的事情。

的確，我覺得種田是一件滿辛苦的事情，特別是在這個產業普遍老年化。比方說，讓大家猜猜看，我們現在平均務農的年齡大概是幾歲？（學生：五十五）來，比五十五再高一點，唔，六十，比六十再高一點，六十五喔？六十到六十五之間，幾歲！六十三！六十三到六十之間！六十二！賓果！就是六十二歲。臺灣現在平均務農年齡就是六十二歲，臺灣本身是老年化的社會，不過我們農業算是滿特別的——因農業正在「年輕化」。為什麼年輕化？因為老一輩的去很快，很多都是七、八十歲。比方說我之前請到一個來幫忙種田的阿嬤，八十二歲！我想說「哇靠這個八十二歲，如果工作到一半不幸死掉的話，到底要算誰的錯啊？」可是他們說勞動已經是他們的生活習慣了，要我們不要擔心。

我是鳳梨農，我當然要跟大家置入性行銷一下我的鳳梨，讓大家知道鳳梨

的種植過程。的確，種田不管怎樣說都是件辛苦的事情，如果你問我種鳳梨是什麼感覺，我會說種鳳梨就是「靠腰」，因為我們要一直彎腰。如果問我為什麼選擇種鳳梨，原因可能是我有身高優勢，我彎腰特別快，所以我可能就不會選擇什麼芒果啊、柚子。我就選擇鳳梨，因為我們離地面近，彎腰非常快。

種鳳梨的時機

那，什麼季節適合種鳳梨？

鳳梨差不多就是在這個時間點種下去——在比較沒有雨水的中秋過後，到第一波寒流來之前，算是比較合適的種植期。其實不管種什麼農作物都怕雨水太多，剛播種的時候根比較嫩，碰到雨水的話根部容易爛掉，所以通常會在雨水較少的時候播種。至於為什麼要趕在第一波寒流來之前呢？因為鳳梨算是熱帶水果，大概在氣溫低於十五度、十三度以下時，會進入休眠狀態——不會死，但也不會成長。

比較理想的狀態是：把它種下去之後，讓它根系打開，稱為「開根」，之後進入冬天它就會休眠，春天來之後氣溫上升，我們再給它肥料，鳳梨就會開始爆發性的生長！這就是鳳梨的播種期。

之後迎來的是「血汗的成長期」，我的工人同時吸收日月精華，在田裡悉心，一段時間後，鳳梨就會產生變化，叫「紅喉」，就是從鳳梨葉子底部的心，就是鳳梨心，開始產生變化，之後就會吐穗（thòo-suī），小鳳梨就會跑出來，接著開花，開花後就會吸引蜜蜂。鳳梨是會開花的，它是多花果，我們看到的鳳梨表面一個個「果目」，其實都是一朵朵小小的花，通常開花的時間點大概是在冬天的時候。我們看到鳳梨開花是非常開心的，因為對我們來講有點像是休假，為什麼呢？因為這個時候的鳳梨比較脆弱，如果我們巡田不小心弄到花的話，可能影響後續養分輸送，因此花期時我們比較不會進到田裡面。

開完花之後就準備結果啦！

鳳梨是一種很「娘炮」的水果，雖然它的外表像我一樣雄壯威武，其實內心很嬌羞、脆弱，所以太陽太大時我們要幫它做防曬，不然它可能會曬傷。防曬的方式有很多種，有些人用報紙，有些人用牛皮紙袋套著，每個地方作法不同，也差不多到這個時期就準備要採收了。

老天收回扣，蟲鼠一起來

採收時，我會這麼形容：老天爺準備要來收「回扣」。為什麼說收回扣？因為田裡面可能有一些蟲害，或是鼠害之類的。我之前把照片展示出來時，就有人說：「矮額，怎麼有蟑螂！」這個真的是都市俗（too-tshī-sɔ̍ŋ、），也太沒sense了吧，這怎麼會是蟑螂？你見過蟑螂長得這麼有個性嗎？順便幫大家上一點生物課，這個東西叫做「犀角金龜」，犀角就是犀牛角，牠頭上有一個尖尖的犀牛角，所以叫做犀角金龜，牠喜歡來吃鳳梨。那現在問題來囉，我們從剛剛這個很靠腰的種植期，一路開花結果到金龜子來吃它，也就是說鳳梨從種下去到收成需要多久時間？賓果，就是一年半！鳳梨從播種到收成差不多要十八到二十個月的時間，我不知道大家聽到這個數字會不會有點驚訝，對我來說，我是滿驚訝的，我是決定要回來種田後，我才知道原來鳳梨要種這麼久，如果一開始就知道鳳梨要生長這麼久，我跟大家說，我真的是就不種了！

比如我們平常都會吃飯，那稻米要生長多久？大概是三、四個月的時間，反觀鳳梨要花上十八到二十個月的時間，嚴格講起來算是是兩年收成一次，所以鳳梨算是種植成本相對沒那麼高，但是它的時間成本很高。我們剛看到這個鳳梨時，會說「欸呦，這金龜子怎麼那麼厲害可以把鳳梨咬一個這麼大的洞？」其實不是金龜子的傑作，而是被我們田裡的老鼠咬的，鳳梨田裡面有幾種常見的鼠害，其中一種是田鼠，田鼠滿兇的，這隻田鼠牠鼻子紅紅的是因為牠被我抓到緊張啦，所以牠想逃跑，就用鼻子一直撞，所以才流鼻血。雖然田鼠長大後有點兇悍，但小時候跟大家一樣都很可愛。

除了田鼠，鳳梨田還有鼹鼠，臺語叫做「鼢鼠」（bùn-tshí），牠都悶在土裡面，在地底下挖隧道，基本上牠眼睛已經退化了，就有點像是見光死。

如果你是學一些生態的，在田裡發現鼠類是會滿開心的，表示土壤的生態是比較豐富的！換句話說就是你的土裡面有一些小動物之類的東西可以讓牠們吃；不過對農民來說，牠們是不受歡迎的，因為這些鼠類會在田裡挖地道，破壞原本農民種完鳳梨後抓的排水道；當這些鼠在田裡面挖地道時，如果下大雨，雨水就會不照我們的方式走，而是順著地鼠的下水道走，所以我們不是很喜歡牠們。

另外還有一種鼠叫赤腹松鼠，這個就比較可愛一點點。

接下來，問題來囉，我們剛剛看見這個被金龜子吃的鳳梨，這是哪一種鼠的傑作？哪一種鼠可以把鳳梨吃成這個樣子？基本上應該是田鼠。為什麼呢？因為這種田鼠的飲食習慣很「賤」，自以為皇帝選妃，一排鳳梨田巡過去，每一顆鳳梨只吃個兩、三口再換下一顆，一口氣就會有四、五顆被吃成這樣子。以前小時候，這種被咬過的鳳梨都是我們家自己吃，阿公會說：「這是老鼠吃過的最好吃。」後來才發現根本不是呀！是因為這個沒辦法賣，才會拿回家自己吃……。

老一輩還會說田鼠很會挑鳳梨，怎麼挑？你去菜市場都會看見大家用手指彈鳳梨，藉此判斷甜度、水分；田鼠也是，阿公說田鼠尾巴很長，會扭著屁股用尾巴噠、噠、噠的彈鳳梨，阿公輩都會這樣講，這是關於鳳梨田的有趣小故事。

鼴鼠基本上不會吃鳳梨，因為牠們生活在地底下。松鼠會吃鳳梨，但我們寧可鳳梨被松鼠吃，因為松鼠比較專情——選了一顆鳳梨後，就會把它吃光，不像田鼠這麼「花心」，一顆只吃個兩三口——每種鼠飲食習慣都不相同。

那，問題又來了，如果你是農民，抓了田鼠，你要怎麼辦？要如何處理？——牠會吃你鳳梨，然後你就會損失。把牠殺掉可能是個好辦法，的確，我嘗試要殺牠，將牠悶在溪水裡面，牠已經不動囉！悶到不動再將牠埋在土裡，讓牠回歸大地，結果隔天呢，我來一看發現牠自己挖了洞逃跑！——這種鼠就是很賤。這種老鼠算是以前農業時代的重要蛋白質來源，但是現在我已經不缺蛋白質來源了，也不知道如何除掉牠，拿去山產店賣嗎？我也臨時找不到什麼店。請問一下聰明的各位，如果你抓到田鼠，該怎麼處理？有什麼好方法可以提供給我？

我後來找到一個我覺得很好的方式，我抓著牠，然後騎去另一個山頭，放到別人的鳳梨田去。你去吃別人的，哩賣呷挖ㄟ（不要吃我的），我也不想殺你，就是把你跟家裡人拆散，你去吃別人的鳳梨不要吃我的，就不要殺生這樣。

臺灣鳳梨世界第一？

接下來我想分享一些關於鳳梨的小俚語，不知道大家有沒有聽過臺語「鳳梨頭，西瓜尾」（Ông-lâi thâu, si-kue bué），意思是鳳梨的頭部比較甜，大家覺得鳳梨的頭是上面？還是下面？你的頭在上面，為什麼鳳梨的頭在下面？因為鳳梨的熟成是由下而上，理論上一顆品質好的鳳梨會由下而上的層次分布，下半部會比較甜，靠上則帶一點酸，所以才會說「鳳梨頭，西瓜尾」。

開始種鳳梨後，有不少人這樣問我：「臺灣的水果是世界第一好吃？」

如果有些人有出國的經驗，就會知道臺灣為什麼是「水果王國」，因為臺灣的水果真的很好吃。在我以前懵懂不懂事的時候，我也以為臺灣水果是世界上最好吃，可是當我踏進了產業，卻發現好像不是這麼回事？

這麼說好了，難道外國人就這麼笨嗎？難道他們就沒辦法改良出一個好的品種、好吃的水果嗎？難道我們臺灣人就是最聰明、最厲害，研發的水果是最好的嗎？

直到我進到這個產業，我了解狀況才發現，原來這是每個地方農業戰略思維不同，為什麼這麼說？臺灣的水果固然好吃，但有時候好吃反而是一種「劣勢」。所謂劣勢是指臺灣水果很甜，但甜的同時代表無法保存得久，因為臺灣面積比較小，今天屏東採收完，隔天臺北就能收到；但是在土地面積大的地方不是這麼回事，中南美洲的鳳梨可能要送到北美，如果太甜就不利保存，所以他們研發水果時，好不好吃反而是次要的，好管理、方便運輸、儲存、加工，才是他們的優先考量。

我剛剛有說到，鳳梨是熱帶水果，但臺灣並沒有原生的鳳梨喔！讓大家猜猜看鳳梨原產地在哪裡？

鳳梨原產地是南美洲的巴西啦！在巴西、巴拉圭這一帶。那怎麼跑到臺灣、跑到亞洲來？那時哥倫布在大航海時代一路到了美洲，他以為自己到了印度，又發現了鳳梨這種水果，因此一開始鳳梨被稱為Pina de Indes，意即「印度的松果」，後來鳳梨又被運到了亞洲，商人又將它傳到臺灣來，成為臺灣重要的農作物之一。

鳳梨田大概長這樣子：就是非常的刺，然後太陽很大。每個地方的鳳梨田都有不同的特色，比方說屏東的鳳梨田就比較好玩，因為那邊有空軍基地，傘兵會跳傘，如果跳傘的時候風向不對，有時候風一吹，就是「兩腳開開，準備投胎」。我是在臺南關廟種鳳梨，也是全臺灣最有名的鳳梨產地，歡迎大家在產季的時候來我家吃鳳梨！我們家阿嬤會切鳳梨給你吃，有人問我說：「為什麼你們家鳳梨會好吃？」因為我們家的旺來多一個味——阿嬤的古早味。我阿嬤不管是今天要切菜、切鳳梨、或是今天家裡有壞人要刣歹人，都是拿同一把刀子，為什麼？因為她習慣嘛！這是她習慣的工具，就連剪腳指甲都能用這把刀子處理。

徬徨的指引：阿公和阿嬤

我算是年紀很小就離開家裡，回來種田後才跟阿嬤有比較多互動，才懂人家說「家有一老，如有一寶」。我常說阿嬤是我的吉祥物，為什麼？通常我在產季時都忙得不可開交，有些客人會說要來我們家自取，對於這種客人我是又愛又恨，愛是因為感謝他願意真金白銀——給錢才是真愛嘛——願意贊助我們；為什麼恨呢？因為當客人來，我們免不了要social、聊天一下，但是有時候很忙，沒有時間，我們也不知道該怎麼辦才好。所以，後來我就想到：反正阿嬤閒閒沒事，我就亂教我阿嬤——我就跟阿嬤說：阿嬤，我們現在年輕人有一個最流行跟人家說再見的方式，有人來要送客，你就要很熱情的跟人家說再見。沒想到，我阿嬤真的是孺子可教也，學得快，也不小心被我教壞了，所以大家來我家就會受到我阿嬤「中指的接待」。我們有一次跟臺南市政府合作拍影片時，阿嬤不小心在市長面前比了中指，這大概是全臺第一個在縣市首長面前比中指不會被隨扈架開的人——我阿嬤。

我阿嬤兩年前已經離開了。從身體出狀況到離開前後只有兩個禮拜的時間。嚴格講起來，我阿嬤大概是被我害死的，何出此言？當時我阿嬤意識不清，將被送到安寧病房，我想著阿嬤心中還有什麼遺憾沒達成？如果阿嬤有什麼遺憾的話，可能就是沒有看到長孫娶某生子，沒辦法作阿祖。那時候我就想：「算了，反正阿嬤已經意識不清了。」所以我就借了我朋友的老婆跟小孩，到病床前跟我阿嬤說：「欸阿嬤阿嬤，哩作阿祖啊捏，這阮子啦、阮某啦。」雖然阿嬤已經意識不清了，還會回應：「金賀啊，安捏有娶安捏袂穤啊，作阿祖金賀啊。」原本醫生跟我說，阿嬤可能還有兩、三天，沒想到我一騙完她，隔天她就掰掰了……可能是心中已經沒有什麼遺憾、缺憾，了無罣礙就離開了。

有時候，家裡總是有一些長輩，盡量在他們仍在世的時候，去完成一些事情、創造一些回憶，不要讓他們徒留遺憾離開——我的想法是這樣子。所以有時候我會做些一般在普世價值看來可能不太得體的事情：騙阿嬤比中指啦、騙阿嬤作阿祖啦……反正我覺得阿嬤歡喜就好。

我的阿嬤一輩子都在幫我阿公種鳳梨，雖然她種了一輩子的鳳梨，但是她對鳳梨其實一知半解，為什麼不懂？因為她只聽我阿公的話。我阿公他也是一輩子都在種鳳梨，有人會問我為什麼要回鄉種鳳梨？某種程度上跟阿公滿有關係的。

當時我算是處在人生中有點徬徨的十字路口，那時候我準備從澳洲回臺灣，不知道自己要幹嘛。一方面很期待回臺灣，一方面又很害怕回來。期待回來是因為澳洲食物很難吃，想快點回來吃雞排、喝珍奶！可是，回來之後就要面對該死的現實……我因此有點害怕。

在人生有點徬徨無助的時候，不知道為什麼，我夢到小時候跟阿公去鳳梨田的畫面。正好那個時候我很喜歡一本書：《牧羊少年奇幻之旅》，書上寫道：「每個人都有每個人的天意。」老天爺會不時給你一點暗示之類的。

我那時候就忽然覺得，這個夢是不是老天爺給我一個指示、指引、一個sign，讓我覺得：「欸，我好像要回去種田看看？」所以才有回鄉的想法。當然也有經過一些理性的分析啦，比方說評估自己的一些能力：我沒有什麼專業技能，學歷也不高、身高也不高、長得也不帥，再加上個性又不想被人家管，去外面工作可能不會有什麼好下場。可我又不想在臺北，回臺南要幹嘛？臺南最多什麼？飲料店嘛！也不是說在飲料店工作不好，好歹我也是堂堂臺南一中畢業，自己調飲料，我總覺得喝不太下去。幸好這明星光環，這種有點清高的想法在腦中盤旋，又剛好做了一個夢，家裡剛好有一塊地……某種程度上也是有點走頭無路，就回去試看看、闖看看……。

誤打誤撞走進鳳梨田

一切說起來其實有點誤打誤撞，不過，中間也有一段時間滿掙扎的，為什麼這麼說呢？那個時候，我人還在國外，有個朋友要回臺灣接他們家公司，做鋼鐵的，就問我要不要去他們家幫忙，我跟他說我沒興趣，還想繼續玩。回臺灣之後，他很怕我沒工作會餓死，就找我出來聊天。

「挖金正足驚你死底路邊揑（我真的很怕你死在路邊），嘸讀冊，又沒什麼專業能力……你說要種田，到底是會不會種啊？」那次談話，他還是很認真地找我去他家工作，說未來好好做啊，就會栽培我當什麼幹部、廠長之類的。

的確，那時候我有點猶豫了。我很感謝對方，因為知道自身能力不足，有朋友願意提供一個機會給我，好像是一條比較安全的道路，但是，我內心其實清楚知道，去工廠工作並不是我想要的。所以後來還是決定，把工作推掉，回家試著種鳳梨。

有天跟他碰面，跟他說完我真正的想法之後，我被他臭罵一頓。為何被罵？因為他很袂爽，他袂爽的不是因為我不去他家工作，他袂爽的是——他覺得我在浪費時間啦。

那時候我原本計畫我再去澳洲一年再回臺灣，因為當時我在澳洲有一份很不錯的工作，出去一年賺個一百萬不是大問題，我覺得先去賺錢再回來種鳳梨，這樣我心裡會比較踏實一些。但是，他認為或許我可以花一年時間賺錢沒錯，但無論如何，錢換不回時間，既然我已經下定決心——「要做，就要趁早」。趁年輕有想法，趕快去做，不要浪費時間去賺短期的錢。

畢竟，有錢人講話感覺就是有道理，開一臺賓士就好像講什麼都對！所以，那時候我就被他推坑，澳洲就不去了！於是放棄機票，大概在二十六歲時回家種田。

的確，以結果論而言，我在那個時間點回家種田算是正確的選擇，有點算是站在浪頭上面。那時，正好有波青年返鄉的熱潮，媒體喜歡報導這些故事，與一些青年議題做結合，又因為我的背景稍微特殊一些些，因此上了一些媒體，讓我在一開始的銷售上沒碰到太大問題，我也覺得滿莫名其妙的。我出社會一開始的起步，可以說是很順遂。

回首大學求學歲月

嚴格說來，我在求學階段，過得不算順利，甚至是滿痛苦的。因為一開始我認為自己是滿認真規劃職業生涯：臺南一中畢業，順利的考上成大經濟系，想著「唸了成大經濟以後妥當了啦！我以後的夢想就是幹掉彭淮南啦！」沒想到，連彭淮南腳毛都沒碰到，就被成大經濟趕了出去。

為什麼？因為我不喜歡成大經濟系，就是不習慣。可能有人問我說：「既然不喜歡，幹嘛填成大經濟系？」我怎麼知道，我就考得好，按分數填下來。直到我後來進入成大經濟，才發現這好像不是我想要的東西。

你問我要什麼？我也不知道，我只知道我不想要什麼東西。我只能說我被高中老師呼嚨了兩個很大的謊言：第一個就是不要浪費分數，照志願填。後來我才明白不浪費分數，到頭來浪費的，可能是自己的人生哪！第二個謊言是老師跟我說：打籃球可以長高，我後來發現，欸，基因影響更大，跟有沒有打籃球根本沒什麼關係。長不高就是長不高，籃球打得再多，也不會長高。

我來成大的時候，外人看來可能挺風光的，上了一間不錯的大學，我自己也覺得滿得意的，因為我高中時算滿混的，只是考前一百天稍微比較認真讀點書，考運也不錯就上了成大。

但上了成大，才是痛苦的開始。周遭的環境對我來講都沒什麼刺激變化，對課堂上的東西也提不太起勁，我也覺得同學都有點無聊，始終意興闌珊。我在大一上差點被退學，挑戰三二失敗，直接二一，收到成績單後被嚇一跳，決定「認真一點」，大一下就認真唸一下書，結果就過了。

到了大二上，無力感還是襲來，覺得唸不下去，什麼個經總經西經史統計會計，我才是沒轍啊！所以我大二上真的是整個放掉，學校也懶得去，甚至考試什麼的都缺考，學期結束想當然就直接被退學。

現在回想起來，可能有人會問我說為什麼這麼消極？可以轉校啊、轉系啊，或是先唸完再說嘛。但是，我那時候就是人生低潮，我也不知道向誰請教這個問題；或說，我今天也會自己預設立場，如果我今天去找老師、師長，得到的答案大概可能也不出這些：「不然就先唸完嘛。」唸完對我來說不是什麼太大的問題，可是我認為，一直待在學校好像在浪費時間，再加上自己的態度又消極一點點，所以就很順利的被退學了。

但我不得不說，被退學後，少了成大的光環，真的讓我的人生變得滿黑暗的。以前上成大的時候，出去吃麵，老闆問說：「你考到佗位？」我說我上成大，老闆就說：「成大好啊好啊，以後國家就靠你們了！」然後可以免費加滷蛋，然後現在被成大退學，我想以後沒有免費滷蛋吃了。

我那時候心態其實是滿自卑的，少了成大的光環。不得不說，在臺南，如果是成大學生確實可以「橫著走」。我曾經沒有戴安全帽被警察攔下來過，警察看我是成大的學生，就放我走了。現在可能不會啦，以前比較鬆一點點。後來，我也不知道自己要做什麼事，然後我就又重考進到臺灣藝術大學。

進到臺藝大這個故事也是滿有趣的，並不是因為我多麼想唸藝術大學，我只是單純想要上臺北。重考第一天考國英數，我自覺表現不錯，應該有學校可以唸，然後第二天考歷史地理，我就直接在家睡覺缺考了。後來就很順利考上了臺藝大，因為那個系剛好不看術科。

「不懂」也是一種懂

我以為上了臺藝大之後我就會喜歡上我唸的科系，結果事與願違，因為我就只是隨波逐流，看命運安排我去哪邊，我就到哪裡。到了臺藝大之後，的確也給了我不同的刺激跟一些想法。首先刺激我的是，我從一個「有標準答案的學校」跑到一個「沒有標準答案的學校」，做藝術工作嘛是沒有什麼標準答案的，那個時候算是讓我提早社會化，為什麼這麼說？因為有一堂設計課，除了實作還要上臺做簡報，跟老師、同學分享，同學報告時就會發現，有些人的東西看起來就是有夠爛，但他就很會「包裝」，可以講出一番大道理，把自己的東西講得多棒多厲害，所以基本上老師也不會把他當掉，為此我們也會跟老師提出抗議：「這東西這麼爛還給他這種分數？」老師跟我們說：「等你以後出社會就知道了，有些人就是沒什麼料，但是靠著一張嘴就可以在這個社會生存。」我出社會大概三年以後才體會到這件事情，回想起來才覺得老師真的是先知先覺啊。

在藝術大學時會接收到一些比較奇怪的思想，比方說當時我搬出去住，會跟室友一起看展覽，但我們就庄腳人、鄉下人啊，不是唸藝術出身的，就不懂這邊在展什麼東西。看不懂就問嘛！結果學長卻回應：「有時候你們不要問那麼多，有時候不懂也是一種懂。」

這到底是在說什麼？什麼叫做不懂也是一種懂……懂就懂啊！不懂就是不懂啊！什麼叫不懂也是一種懂？那懂是不是也是一種不懂？這到底在講什麼東西？

這句話我放在心裡很久，常拿出來我認真思考，在高中學數學時沒有解就是「無解」，邏輯思考的數學裡面有一種解叫做無解，而大家認為抽象領域的藝術裡有一種懂叫做「不懂」，彼此之間好像有一些共通的道理。出社會之後，比較有機會跟別人合作，在團體裡面生活，就會發現好像不懂也是一種懂！算是一種做人處世的道理，在一個團體裡面，有時候或許你真的是懂，但是為了整個團體的和諧，你不見得要那麼強出頭，讓一點空間給別人，所以只好裝不懂，這好像也是一種做事情的方式，如果全部事情都懂、就全部攬在自己身上做，絕對會累死。

總之我那時候會碰到一些奇奇怪怪的價值觀跟想法，例如「觀者的解讀」就是「完成這幅作品的最後一塊拼圖」，有時候同學們也會說一些高來高去的話，例如：「沒有所謂的創作，我們都是老天爺的翻譯。」都是一些聽起來有道理，但是其實我也不知道到底在講什麼的話。總而言之，在藝術的薰陶下，我看著身邊的人，好像大家都滿有想法、主見的，也知道自己在做什麼，似乎就我自己一個人在浪費時間，繼續這樣待著也不是我想要的，於是又離開了學校。

我覺得當我爸滿倒楣的，過年我沒包紅包給他就算了，我還包白包——就是那張退學通知單，一打開：「你兒子被退學了。」所以我說我是一個不孝子。

不過兩次離開學校其實心態上差滿多的，第一次離開學校時有點像是伸手牌，向家裡拿錢，經濟上還是依靠家裡；所以被成大退學後，內心會有一點愧疚感，畢竟自己家裡對自己有些期待，花了那麼多時間、金錢——我們家也不是太有錢，栽培我進到想要的好學校，我就突然「啵」一聲地被成大退學了，所以心裡會有愧疚感。後來到臺北，經濟上靠自己打工工作，沒再跟家裡拿錢，比較可以隨心所欲，做自己想做的事情。

我現在看起來——就是我們今天要談的職涯規劃——我現在覺得，認真有時候比不過用心，人生並不是照著別人的安排，而是走你想走的路。有時候你要自己去感覺，自己去體驗、經歷過，才會知道自己喜歡什麼或是不喜歡什麼東西。有的時候你在這個領域或許不會受到肯定，但是當你跳到另一個領域，你的想法反而是會被接受的。比方說，我做的這個東西，這個是我在藝術大學設計的T恤，上面印著I'm taller than you.——恁北比你擱卡懸啦！

這個衣服很好玩，這是我們印刷課的作品，老師要求我們設計有個人特色的T恤，班上每個人都很厲害啊，有些科班出身的，他們可以設計出一些感覺、很有設計感的圖案，但我就沒辦法，我不是科班的嘛，我又不太喜歡一直使用電腦，一直不知道怎麼弄才好，最後想說：算了啦！乾脆開自己玩笑，所以我就印了一件衣服，上面寫著「我比你還高」（I'm taller than you.）我要交作業時本來有點緊張：「老師會不會覺得我這樣有點敷衍？」因為我的作品用Word打一打就完成啦，非常的簡單。沒想到，老師竟然非常喜歡我的作品！老師覺得這件衣服實在太有個人的風格了，反而其他同學的東西做得很漂亮卻沒有靈魂呀！我的東西有我的靈魂，有我的特色風格，這件衣服只有我能穿，長太高的人穿就沒有特色了。後來我穿它去澳洲時，靠著這件衣服，都不用主動開口，人家看到我的衣服就會笑出來，也會想來跟我聊天、搭訕。

所以我常常在想，以我這種頭腦，在比較傳統的教育體制下，可能被打壓、不認同，但換了環境，到比較不受限制的藝術領域，我反而是會得到認同的！所以這樣環境的轉換對我來說是好的，我雖然有點不太知道自己要幹嘛，但是我還算是滿勇敢的，會想要做一些不同的嘗試，嘗試的領域甚至是很廣泛的。

那些特別的工作經驗

在我回來種田以前，我陸陸續續做過很多不同工作，從麵攤的打工到比較大型的外商公司，我都做過。我曾經在聯邦快遞工作了近兩年時間，一度自己以為自己就要安定下來，那時一些主管都幫我安排好了，反正畢業之後就當兵，英文又不差，直接進公司就可以上班，公司文化都很熟悉了，主管都認識，升遷什麼的都會很順很快，那時候我也覺得不錯。後來工作久了，又覺得那好像不是自己想要的，你問我要什麼我也不知道，但我清楚知道那不是我想要的，所以我就想說那不然換個跑道再試看看。

我這個人就是有點犯賤，如果你跟我說這條是條康莊大道，袂癮行（不屑去走），這種路每個人都在走，我又沒那麼無聊，我就想走那種整條都爛泥巴的路，看那條泥巴路會通去哪邊。爬山也是，大路不走，喜歡走一些小徑，看不同的風景。對我來說工作的多寡倒是次要，工作的多元性才是比較重要的。

像我做過一些比較奇怪的工作例如當人體模特兒，人體模特兒對我來說算是一次滿特別的體驗，也算是對我人生來說滿重要的工作，除了它的收入不錯之外，再者，我因此找到了對自己的認同感，像是對自己的自信。過去的我其實是有點自卑的，我覺得自卑的原因一方面是出身，我就是一個庄腳囡仔嘛，鄉下小孩到都市唸書，家裡也沒什麼資源，長得又不高不帥，皮膚烏漆抹黑的，講臺語也不符合社會主流文化。可是我當了人體模特兒之後，我印象非常深刻，第一堂課就得脫光光站上講臺，燈會打到我身上，除了一個底燈，還有一個側面的燈光，因為那個燈很亮，所以我看不到臺下，但我能感受到老師帶著很多同學看著我的裸體，跟同學解釋肌肉線條。我一直流汗，不知道是因為燈太熱還是我太緊張，汗水沒有停下來過。工作結束後，老師問我是不是因為第一次上臺很緊張，也安撫我的緊張感，他告訴我，他會對第一次來的人體模特兒說：「不管怎麼樣，你都要先對自己有自信。……先不管你是高的、矮的、胖的、瘦的，還是怎麼樣，你要先認同自己的身體。……如果連你都不喜歡你自己了，還有誰會喜歡你。」

那是我大概二十出頭的時候，在此之前沒有人跟我講過這樣的話，老師跟我講完後，我對自己的認同感好像就有增加一些些。沒錯，我的外在是我沒辦法改變的，如果有人沒辦法接受我，那就算了嘛。而且我從學生的圖來看，沒想到也有人把我畫得滿帥的啊，十頭身美少男，雄壯威武，我都不知道自己這麼帥；不過也有人把我畫成非洲難民的樣子，營養不良吃不飽的感覺。這份工作很好玩——有時候我們看自己的身體是一個樣子，可是透過畫畫的人來看，他們看到的其實是我內心的反射，於是產生這樣不同的我。

每個工作或多或少對我來說都有一些不同的收穫，比方我曾經在年糕工廠工作過，也是就業時間最短的一份工作，只做了一個禮拜就被fire，因為我動作太慢，我沒辦法把自己變成工人專心包貨，我會分心聽別人說話、看別人在幹嘛——我沒辦法專注在產線上，所以一個禮拜之後，老闆就找我過去：「欸你這樣不行喔，我們可能不需要你了。」被趕走後，當然心裡很袂爽，畢竟我需要賺錢；可是後來自己認真想一想，的確啦！如果今天我是老闆，一定希望底下員工可以盡量專心，工作快一點，但是我就沒辦法啊！我就一直會分心，不過至少經過這次嘗試，就知道盡量不去找生產線的工作，那不適合我——反正用頭去撞牆知道會痛了，也就不會再去撞，我的經歷會告訴我如是的結果。

每個工作都是一個認識自我的機會，比方說：我曾在路邊發過衛生棉，我覺得滿好玩的，在我十八歲的時候，我在臺南後火車站發衛生棉試用包。為什麼我會去接這個工作呢？因為剛好店員媽媽臨時找不到人，問我要不要發，其實有點礙虐（彆扭，ngāi-gioh），好歹我也是一個堂堂大男人，怎麼會去發衛生棉，如果遇到同學怎麼辦？最後還是有錢賺，既然別人找了就去做吧。原本以為發衛生棉會被用異樣眼光看待，可是工作過程發現：好像沒有欸？對路人來說，我就是一個在工作的人，我的工作就是發試用包，他有興趣就會拿、沒興趣就不會拿，沒有人有時間管你一個男生發衛生棉是否恰當。有時候我們以為外界對我們有一些異樣眼光，可是那些眼光啊，其實都是自己放在自己身上的。這算是我在這個工作裡面，所學到的一些事情。

每個工作對我來說都是人生的養分，從時薪六十塊到時薪一千塊，甚至做過

「藥物試驗者」，反正我都想去試看看、做看看，我的個性就是如此，喜歡不同的體驗，要做過才會知道這份工作到底在幹嘛。

跌下山後打亂的人生步調

用心規劃職涯後，中間當然會產生一些變化——人生沒有辦法那麼一帆風順，你以為這樣子走就會好好的，但總會產生波折。我很喜歡爬山，如剛剛所說，我也是一個登山嚮導、野外研究助理。很不幸的，有一次爬山時發生了意外，我大概從二十公尺六、七層的地方摔了來，好險是背包先著地而非正面，否則當晚可能就要吃肉醬義大利麵之類的。我是出事第三天才被直升機救上來，被救上來其實是意外，本來是要先放地面人員下來，他們當時怕我沒辦法移動，想下來把我送到一個比較開闊、可以垂吊的地方，隔天再把我拉上去。當他們把人送下來，完成最後的搜索之後，他們發現有辦法可以把我送到垂吊的地方，所以才臨時把我拉上去。我永遠都記得那個時候，我被拉上來時，因為十分臨時，所以沒辦法使用擔架，就直接下來把我抱著、扣住、拉上去，搜救人員那時候講的話讓我永生難忘：「忍耐一下，足疼。」

我完全沒什麼心理準備就被拉上去了，那一瞬間我整個痛哭啊，我不知道那個眼淚是因為太感動還是因為太痛，可能都有吧！反正情緒非常複雜，總之順利獲救了。後來大概住院二十幾天。這件事對我來說也是一種很大的收穫啦，最大的收穫是什麼？我體會到了人生的最高境界——就是所謂的「躺著賺」——躺一天賺六千塊保險，我爸跟我說：「錢這麼好賺，盡量倒，盡量倒！」這是最實質的收穫。

發生意外後，更讓我確定我熱愛爬山這項活動，危險的並不是爬山，而是我們太輕忽大自然、高估自己，可能沒有做好萬全準備就出發，以前年輕氣盛、個性較急，走路可能不專心，或過一些地形用跳的，就比較容易出狀況。出過事之後就會發現：「唉呀，摔倒會痛呢。」所以下次再上山的時候，走路就會比較小心一點，畢竟意外總發生在意料之外，重點是我們怎麼用健康的心態去面對危險、風險；有些人會問說：「為什麼我們要去進行這麼危險的活動？」我覺得要修正這個用詞：我們是做好萬全的準備去探險，不是一些無知的登山客。我們有專業技能、有充足體力，帶著人類的已知去探索未知的大自然，並非莽撞的登山客。

我剛剛為何會說要享受變化？因為人生本來就不可能一帆風順，雖然這麼說很老梗、老派，但的確，人生就是這個樣子。當你一路順遂時，可能會發生一些意外，但這些意外也不見得那麼壞——我就是因為出了意外，湊到一筆保險理賠金，才能去澳洲Working Holiday，不然，如果沒有錢，我也沒辦法去澳洲旅遊打工。去澳洲旅遊打工又是另一個故事，有人會問我說：「為什麼敢出去？」是不是因為有錢不怕損失，還是英文不錯之類的？我其實很鼓勵大家在年輕時多出去走一走、看一看，語言絕對不會是限制你出國的藉口、原因。我在澳洲時發現：我以為我英文很爛，但比我更爛的大有人在！

我曾遇過同事問我：「你知道『明天』的英文怎麼講嗎？」明天不就是Tomorrow嗎？連這個都不會？——他是真的不會，他說他想跟老闆請明天的假，所以他才問我說「明天」怎麼講，並用破英文跟老闆說：「Tomorrow, tomorrow, no work, no work.」就靠這樣溝通。我也碰過幾個臺灣人在麥當勞櫃臺前面點餐，不知道怎麼點，就猜拳——輸的去櫃檯點餐。你以為點餐很簡單，但對有些人來說的確是障礙。那時候我還碰過一個女生，她英文不太好，當時我們要去吃Subway，她就在心裡先預演了一次，先rehearsal一次點餐流程——先點麵包、再點口味啊，她已經先在腦海裡演練過一次，然後才上戰場！點完主餐、麵包之後，要選蔬菜時，她想跟店員說不要小黃瓜，卻一時想不起小黃瓜的英文，加上店員催促，隊伍開始塞住，她就有點慌了，不知道該怎麼反應，就跟店員說all! all! all! all! 反正就蔬菜全部都要。然後她又被趕到下一關——醬料，店員問她要什麼醬料，然後她就慌了，又說all! all! all! all! 所以店員就把所有口味的醬料擠在一個潛艇堡上面，那個潛艇堡吃起來一定是五味雜陳，滋味非常豐富。

一旦出國就會發現：有些人英文或許不是那麼好，可是他還是有勇氣踏出舒適圈，我覺得非常不容易。

享受變化、應付閒話

在你享受變化的時候，就會碰到有些人說閒仔話，這時候我就會講我去澳洲的故事。我在澳洲有段時間是自己一個人攔便車旅行，我就是在路邊舉著大拇指，看有沒有人願意讓我搭便車，我當初想規劃便車旅行的時候，當地人其實都不太贊成我，他們跟我說：「這樣很危險，往北邊走會碰到原住民，原住民他們可能會搶劫你、傷害你！」的確有出現過一些背包客被謀財害命的新聞，有些人的個性可能是「一朝被蛇咬，十年怕草繩」，他自己雖然沒被咬過，但看著別人被咬，就覺得那個草繩會咬人。可是我在澳洲攔便車旅行兩個多月的時間，里程大概超過五千公里，搭過很多人的車──應該有超過三十個人，並沒有碰到任何的危險；甚至很多都是當地原住民停下來載我，我跟他們也都處得很好。澳洲的白人對原住民不是很友善，因為澳洲政府給了原住民許多優惠，他們有些甚至不太需要工作，可能整天就在喝酒、聊天啊，所以當地白人對原住民沒什麼好感，就會把他們的刻板印象告訴我。但我的個性是這樣子：你越跟我講這個危險，我就越想去試看看。我想說：「反正我又不是女生，也沒什麼錢啊，想搶就來搶，反正自己的安全盡量顧好就好了啦！」一路上下來，沒有發生什麼大事，碰到最大的感動，還是那些白人眼中所謂的不好的原住民帶給我的。

我有一天晚上睡覺的地方是類似廢棄活動中心的走廊，我要在這邊待上一兩天，等我朋友跟我會合。我自以為找到一個很隱密的地方，沒想到第一天下午就來了一群原住民小朋友，其中有一個大姊頭對我很好奇，因為那是一座原住民小鎮，基本上沒什麼黃種人會去那邊，所以他們看到黃種人非常好奇，一直叫我教他們

「功夫」，我哪會功夫啊！他們也一直叫我「Jacky」，跟這群小朋友打鬧了一段時間後，他們就準備要解散了。解散前，這個大姐頭——其實也沒有多大，我猜可能大概國中年紀——她就跟身邊的那些小孩講，回去之後不要跟家裡大人說有一個背包客待在這邊過夜，因為她怕家裡的人可能會來威脅我要錢，或欺負我之類的。我當下覺得滿感動的，我跟她無親無故，她怎麼會對陌生人這樣關心？特別是我一開始還對他們有點戒心。讓我更感動的事情發生在隔天，隔天早上，大姐頭一夥人還帶了早餐來看我過得好不好、有沒有被人家欺負、有沒有吃早餐，我覺得非常感動。反而我在一路上受到的一些言語攻擊或是歧視，多數是白人帶給我的。白人看到我在攔便車，可能就會罵我說：「You fucking banana.」死黃種人啦！我那時候就回說：「No, I'm pineapple, not banana.」他也會歧視你，向你大喊：「FUCK YOU! Back to your shit!」回到你的狗屎國家之類的；他們也會故意停下來，以為他要來載我而走過去，然後他又油門催落去跑掉了，這種事情不勝其數。

一路上多是白人有點歧視我們黃種人，反而我在原住民小鎮得到比較多的關懷跟回憶。我比較不在意一些刻板印象，人有好的也一定也有壞的，我寧可用自己的方式去嘗試、感受，自己體驗過、經歷過那些東西才是真的，聽別人講的都未必真的啦！所以，對於其他人的一些閒言閒語，對我來說就很簡單，就是「去呷屎啦！」

總結我這幾年人生的體會，我會覺得說：「要去用心規劃，然後享受變化，至於他人閒話，那就去呷屎啦！」

我剛回去種田的時候，也有類似的狀況，聽過一些閒言閒語，我們家那些親情（親戚，tshin-tsiânn），就是我們叔公阿伯，我們叔公就是那種個性很直的鄉下人，看到我種鳳梨，就跟我說：「幹哩娘，種遐濟嬌艿。」——很直接的講，不太除草他也會在旁邊碎碎唸。不過如果對方是長輩就算了，連朋友當中也有一些人投以懷疑的眼光，因為那時候大家都知道我的背景，知道我大學不喜歡就不唸了、工作做了又不做，那以後回去種田會不會又種一種就不種了。所以，當我說要回去種田的時候，也是有些同學對我這樣笑一笑，他沒有明講，可是我從他們眼神就可以感受得到大家在看笑話，不是很認真看待這回事。

第一次種鳳梨就……不上手

不過剛回鄉時真的什麼都不懂，我們只是有心，有熱誠去做一件事情……但是什麼都不懂。我們剛剛說鳳梨要長多久？對，一年半，差不多十八個月，但可能是老天爺太照顧我了，還是我天資聰穎，或是我們家鄉寶地，我的鳳梨種下去，不到一年就收成了，收成的鳳梨當然就很小顆。

我想說奇怪這個是一種遺傳嗎？人長不大，種的鳳梨也這麼小顆？是怎麼一回事？到底是發生什麼狀況？後來了解才明白，原來我們跟種苗場買苗的時候，這批苗沒那麼好，我們又不知道該怎麼處理，就這樣戇戇的種下去，那因為苗比較老，受到天氣的影響也會比較大，那他自然就會想要趕快提早開花結果，畢竟植物的本能就是繁衍下一代，在媽媽還沒長強壯的時候，它生出的小孩自然就會比較小顆，這是很正常的。什麼都不懂的話就會有這些意外的事情發生。

不過人家說危機就是轉機啦！那個時候種出這些小鳳梨，一開始只能在路邊擺攤免費送，也在便利商店送鳳梨，看有沒有人要吃之類的。但是，小鳳梨實在是太多了！真的不知道該怎麼辦。你要我賣？我又有點不好意思，不知道該怎麼處理。後來呢，有一個朋友他跟我說：「朱慧芳老師要來臺南上課。」朱慧芳是誰啊？我又不認識。

他接著解釋朱慧芳老師就是里仁的創辦人，聽到里仁我眼睛就亮了，「喔喔，里仁！」就是在做有機食品的，剛好跟我領域有些類似。但是，我也不認識朱老師啊？我要怎麼辦？我只好想方設法去堵她，那時她剛好要去成大綠色的魔法學校演講，我就把鳳梨全都用我的大背包揹著，想說要找機會切鳳梨給她吃，但是她長得什麼樣我也不清楚，等到綠色魔法學校後，我就站在門口，當時理著平頭又插著鳳梨刀，看起來真的很像要堵人還是討債的。我下定決心：「好，我要跟朱老師來認識一下。」朱老師一出場，我猜得出來她是哪一個嗎？因為身為一個Role model，她的氣場會比較強，身邊會跟著一些阿姨、婆婆媽媽們，但是我要怎麼跟她認識呢？我有點不知所措，不然我先跟她來個Eye contact（眼神接觸）好了，如果對到眼就可以過去搭訕她。結果她登場的時候戴著墨鏡！眼神對不到！這時我就更不知道該怎麼辦了，我拿了一顆鳳梨、一把刀子愣在原地：「我是要硬著頭皮去攀談嗎？」沒想到朱老師人非常好，她看到我就主動前來問我要幹嘛，是不是來聽演講的？我便把握機會跟她自我介紹，說我是在關廟種鳳梨的，因為我的鳳梨長得很小顆，我不好意思賣，聽到有人介紹，就想說來跟朱老師分享，看看有沒有機會請她幫忙推銷，也現場切鳳梨請她們吃，大家被我返鄉青年的熱血感動，我的第一批小鳳梨就靠這個方式全部賣光了。

小鳳梨事件對我來說有滿重大的意義，因為我過去的個性比較瑟縮，遇到不如己意的事情，會想要逃離、放棄；可是，當我回來種鳳梨，我碰到這些狀況後比較不會逃避。當然，當下一定會有比較不好的情緒，但情緒上來之後，我反而會更冷靜去思考我要怎麼解決這個問題？跟過去的我有點不太一樣。至於這過程中聽到的閒言閒語，我也不會那麼在意了，我比較清楚自己想做什麼事情，然後就勇往直前。

假如我是冒險家

最近我找到小時候寫的一篇文章，題目是「假如我是冒險家」，這是我在小學一年級時，約莫六、七歲的時候。我說：

假如我是冒險家，我會準備最新奇的裝備，去叢林探險，雖然叢林裡很危險，但是相當刺激又好玩。

因為都市的生活很忙，又緊張，每天空氣都不好，可是到了叢林就不同啦！那裡不但有新鮮的空氣，還有很多的樹木，可以擋住陽光，讓我不會熱，還有很多動物。這些都是都市所沒有的，因此，我要做個冒險家。

隨著年紀增長，我已經忘記自己喜歡的東西了，但是當我看到這篇文章的時候，我發現自己內心一直都滿開心的，在這人生過程中，我好像一直沒失去自己的本質。我相信每個人從很小的時候就會知道自己的本質是什麼，可是可能隨著家庭，或是這個社會，或是學校教育，會讓你慢慢失去原本的樣子。我很感謝我的家庭，我的環境給我空間讓我去胡搞亂搞，讓我去闖蕩。我也覺得每一個人人生的本質都是一個冒險家，為什麼？因為我們會不斷更換我們的身分，從國小換到國中，從國中又換到高中，遇上不同的人、不同的環境，又從高中到了大學，又從一個比較博學的環境到學的東西更為專精，那之後呢？可能就要面臨出社會，接受社會的荼毒跟挑戰，你的身分可能從單身變成有女朋友、男朋友，可能去見她／他爸爸跟媽媽，或是他／她阿公阿嬤，人生每個階段都是一個嘗試，都是在探險，所以我在過程中會覺得「欸！我還滿幸運的。」因為自己並沒有偏離人生的步道。

總結來說，用心去對話，計畫永遠趕不上變化，所以過程中一定會有些變化，那就享受這些變化；當你走在人生的路上，有時候會有一些閒言閒語啦！我們送這些愛講閒話的人這四個字：「去呷屎啦！」謝謝大家。

買賣鳳梨的眉眉角角

學生問：想請問講師，你是如何販售你的鳳梨的？

楊宇帆回：我目前基本上是靠自己的臉書在賣啦，這種方式在幾年前還算是可以，因為幾年前臉書會有利潤給你，所以銷售不會有什麼太大的狀況，大概從去年（二〇一八）下半年開始，臉書開始有重大的調整，如果我現在所有的資源All in，都壓在臉書上的話，這樣其實風險很高，所以也會設法跟一些平臺合作，然後自己架網站，多角化經營，不然萬一有一天臉書突然收起來的話，我就完蛋了。

學生問：因為你大學是讀經濟系嘛，然後覺得自己好像讀了也沒什麼用。我是想說，你是真的覺得沒什麼用嗎？還是說對你現在的人生來說其實有一些幫助？

楊宇帆回：應該說那就是人生的一段過程，如果我沒唸到成大經濟系，可能就不會讓我發現我不喜歡待在成大、不喜歡待在臺南，我唸了成大後才發現我的個性滿需要環境刺激的，我沒辦法待在同一個空間太久，今天即便我的工作在臺南，我也很需要上臺北或去其他地方，接受一些環境的刺激。所以那時候上成大經濟系學到的東西對目前的我來說有沒有一些幫助？我個人覺得是還好，那些是看書就能學到的知識，但我還是滿感謝成大，至少成大那時候還願意收留我，被退學那倒也是其次，重點是從這次經歷當中怎麼去反思，找到前進的動力。

學生問：我想要請問你們目前是怎麼處理歪果？就是它可能不是被動物咬傷或是蟲害，它可能就是長得沒有那麼大或是完整，目前你們會怎麼處理？

楊宇帆回：目前我們有幾種處理方式，大概可以分成兩種，一種是加工處理，例如做果醬，產季時沒空熬果醬，我們會先切好、冷凍起來，等產季結束再做加工。另一種是跟店家合作，可能是做冰淇淋的或做烘焙的，甚至是打蔬果汁的，這些商家對水果外形比較不會有這麼多要求，所以當有一些次級品、規格外的產品，太大或太小的，我們就會提供給合作店家，冰淇淋店會是我們優先的選擇，因為冰淇淋店的需求大，可以一次出比較大的量。需要與多個店家維持聯繫，這樣才有辦法有效處理掉歪果。

學生問：想請教關廟鳳梨的特別之處是什麼？還有我們平常該怎麼挑鳳梨？

楊宇帆回：關廟鳳梨為什麼會有名喔？我覺得相比其他地方，例如高雄、屏東、嘉義的平原，在種植的地理條件上，我們的鳳梨比較多是種在丘陵地，特別是向陽的山丘，吸收陽光會比較多一點點。可是也會有缺點啦！因為丘陵地比較不好管理，比方說我們這樣平均施肥下來後，可能因為會下雨導致肥料往下流，下面的鳳梨就會長得比上面大顆。另外是我們關廟的土質裡有一種黏土，有人說這種黏土裡面有一種微量元素可以讓鳳梨的滋味比較豐富，這種說法可能沒有科學根據，我覺得向陽丘陵是我們關廟比較不同的地方。挑鳳梨的話，基本上所有的水果都一樣，不要挑太大顆，太大顆的水果基本上品質都相對沒那麼穩定，如果是在氣候穩定的情況下挑大顆還OK，氣候不穩定的情況下大顆容易有狀況，所以我們挑鳳梨時都會挑中小顆的。包括比賽時也會拿中型的去比賽，不會拿大顆的，因為大顆有時候只是好看而已，不見得是品質最好的。那至於要怎麼挑？首先當然是要看季節，鳳梨是熱帶水果，大概三到六月這時天氣比較熱，開始吹南風，鳳梨品質就不會差；另外就是，很多人會彈鳳梨，如果聲音像在彈自己的肉，聲音低沉，就表示水分有點太多，鳳梨水分多代表它纖維比較粗，甜份相對被稀釋掉，味道就沒那麼好；品質好的鳳梨用手指去彈，彈起來會有點像打鼓咚咚的聲音，聲音較亮。我們大概會用這樣的方式去挑鳳梨。如果你都不想也不會挑，很簡單，就是去專門賣鳳梨的發財車，為什麼？因為專門賣鳳梨的發財車它通常都是直接向農戶買進鳳梨，品質就會比較穩定。他現場都會殺給你嘛！如果不好吃，客人就不會回流了，所以他們對品質的要求其實滿高的。成大這邊，林森路跟東和路口有一臺專賣鳳梨的發財車，那家鳳梨品質就還不錯，如果是去一般菜市場，可能貨源就比較不固定，品質也會相對比較不穩定一些。

從鳳梨思考臺灣農業的困境

學生問：像你剛剛有提到，我們沒有在農業產業發展的話，其實就滿不了解傳統產業的，像你現在自己當農民的話，臺灣農業或是臺灣的鳳梨產業有沒有遇到什麼樣的問題或是轉機？

楊宇帆回：這是一個嚴重的問題，臺灣農業目前碰到一個很大的問題就是「缺工」，但是我覺得「缺工」是一個假議題，我們會缺工是因為產業沒有升級，比方說我們在種鳳梨多半還是靠人工，請一些阿公阿嬤來種，但是在國外很多是機械去種，甚至採收的時候就是機械手臂這樣掃過去，我人只要負責控制、丟下，放在輸送帶上，機器都可以處理，不過我們臺灣目前還是靠人去背。那為什麼產業無法升級？因為臺灣目前就是小農啊！有時候我會說小農誤國，因為我們土地面積小，沒辦法整合；今天如果要機械化，一定是要面積夠大，才有辦法降低成本，然後才有辦法買機器。這點如果無法做到，我覺得產業很難繼續長久做下去，就算是年輕人也不會有興趣啊！年輕人即使很有興趣來做，那他的問題就是缺工，一樣卡住沒辦法下去。然後另外一個問題是，我覺得現在臺灣在水果品質上沒有標準化。水果很好玩，有時候品質好的東西反而價格不好，就像我剛剛說的，我覺得大顆品質相對不穩定，但是大顆送到一般堂口價格是好的，為什麼？因為他們不看品質，只看大小、外觀。如果我今天是個有心的農民，想種出品質好的水果，但是一碰上傳統的銷售模式，我是得不到便宜的，沒辦法確實殺出一條血路，所以我說傳統模式有點「劣幣驅逐良幣」的狀況。對於現在這個產業，我認為分級制度做的還不夠好。你在外面買鳳梨，也不知道這鳳梨哪來的啊？如果鳳梨有經過認證或有一個企業去做整合，統一出品，品質做到保證，市場價格也會相對比較穩定一些，消費者買起來也會比較放心。以上是我認為目前產業的一些狀況。

學生問：請問一下你現在種植是以個人還是以團體為單位？如果是團體的話，底下的人是以青農還是老年人為主？

楊宇帆回：我現在其實已經有點像是管理職，基本上盡量找工人來做，因為說真的，那些工人已經有二、三十甚至四十年經驗了，效率比我們快很多啦！一開始我們面積比較小又沒什麼錢，所以是自己來，但現在種植面積有成長後，我認為時間應該拿去做產值更高的事情，工作能外包出去多少就找多少工人來做。但是，工人這部分是我爸處理比較多啦，畢竟我們的輩分跟他們差有點多，我一個三十歲的人要叫一個六十歲的人來工作，有時候叫不動啦！在農業生態裡，有時候講話、語言啦，不能太有禮貌，你可能講話要給他「譙一下」他才會爽，畢竟我唸過一點書，你叫我講粗話我講不出口啊！所以我爸跟他們溝通比較厲害。我們目前有在規劃跟其他農民合作，協助他們轉型，照我的方式去做。一個人的能力有限，終究還是需要一個團隊，大家一起把事情做好，才有辦法做大。

打造獨特「黑鳳梨」

學生問：想請問你一路上一直在嘗試挑戰自己最想做的事情，像你致力於這個產業，想請教你有想再嘗試其他領域，或有其他不一樣的規劃嗎？

楊宇帆回：嘗試其他領域是沒有，因為我覺得現在在鳳梨這個行業還有很多其他事情可以做。除了水果之外，還可以做其他有趣的產品。每一年都有人叫我做鳳梨酥，我想說頭殼ㄅ去哦，鳳梨就只能做鳳梨酥嗎？每個都說鳳梨酥，我再下去做，我就一起輸，我就不想跟別人做一樣的事情，我的鳳梨酥是可以口味多厲害或怎樣？不然基本上很難跟人家競爭。所以我現在想要研發的是「鳳梨布朗尼」，這個很好玩，因為布朗尼是黑色的嘛，我的東西要怎麼賣？我的東西叫做「黑鳳梨」，有沒有聽過？黑～鳳～梨～，鄧紫棋的歌啊！這很好玩，「黑鳳梨」就是廣東話

「喜歡你」的意思，那剛好它又會甜甜的，我覺得這產品可以打出情人節送禮的市場，目前市場上也沒看過，如果我發現有人比我早做，就是你們這些人外流的！我的想法會往這邊想——怎麼開創特別的東西，而不是走別人走過的路。也不是說別人走過的路不能走，只是那個時間點要抓好，我也不是覺得鳳梨酥不能做，只是當我基礎還沒打好，我覺得我貿然去做鳳梨酥就是一個愚蠢的行為，因為我還沒有一個「爆品」——成功推廣出去的產品；如果我這個黑鳳梨意外做得不錯，品牌紮根更深，更好將後來出的產品一併推銷出去，我覺得會比較好玩一些，我的思維是這樣子。那除了鳳梨酥之外，我相信還可以做其他不同的東西，還有得玩啦！你問我會不會一輩子種鳳梨？我是不知道啦！你讓我許諾一輩子我覺得是有點矯情，可是至少我覺得短期內，十年內，還是很有搞頭的。

學生問：所以如果我們要買鳳梨的話，就是去看你的臉書？

楊宇帆回：哦！這是個好問題，說真的我不太喜歡賣臺南人，不是我驕傲，應該是說因為臺南其實離產地很近，那基本上農產品是這樣子：通常好東西就是會留在產地，或是產地周遭，所以只要到臺南附近的市場或是一些小販去買鳳梨，品質都不會太差，而且又便宜，而我自己的設定是中北部的市場，我覺得臺北人很可憐，東西貴又難吃，所以我的預設市場是那邊。每次有臺南客人想跟我買，我都會拒絕啦！也不好意思賺你錢，我可以跟你講哪邊能買到品質很好的鳳梨，你就不見得要多花錢來跟我買東西。如果你聽完後還是很爽啊，錢要給我賺啊，好啊來啊！

學生問：剛剛講到你的鳳梨是往中、北部賣，這樣運送成本是不是很高？

楊宇帆回：運送成本基本上就是回到消費者身上啦，我自己的商業策略上也有一些調整，比方說現在很多都是小家庭，一次沒辦法吸收消化那麼多鳳梨，我們就要想出辦法，是不是能幫他們做不同搭配組合，讓他們能一次買到不同東西，還是有一定的量。比方說原本如果一箱鳳梨六顆，我是不是可以把它降為四顆？另外兩顆換成其他產品，讓消費者做搭配，有多一點選擇。市場還是老大，市場說了算，所以會去做這樣的調整。

黃肇瑞問：我中午有請教過你，你有用農藥除蟲，我是聽過了，你是不是可以跟同學說一下？

楊宇帆回：鳳梨的蟲害主要是介殼蟲，介殼蟲小小白白的，長得有點噁心，壓下去會爆出紅色汁液，一般如果你上網搜尋，會教你用辣椒水，我試用過的心得是：這東西到底是在殺人還是殺蟲啊？我覺得我快被辣椒水殺死了！辣椒水也不是沒效，或許居家、小量盆栽可以用，可是以我們大面積來說，辣椒水是不實用的。另外因為介殼蟲身上其實是一層蠟，有防水效果，所以我們會用油去包牠，像苦楝油，把蟲包起來，牠無法呼吸就會死掉；那如果居家的話，用肥皂水就能把蟲的油脂、蠟溶解掉；另外有一種就是用生物菌的方式，比方說蔡十八菌或是枯草桿菌之類的，我們會讓蟲去吃那些菌，菌就會從蟲肚子內部去破壞，蟲子就會死掉，但是菌種也要定期更換，同一隻用久了蟲也會產生抗藥性；也有一種方式是用強力水柱，有些人可能比較慈悲為懷，捨不得殺蟲，那他可能就用強力水柱把蟲子噴掉，但是把牠噴下來後蟲子也沒有死，可能還是會爬上去。主要我們處理蟲害是用這幾種方式去應對。

黃肇瑞問：謝謝楊老師，他的年紀雖輕可是經歷很多，那當然也跟他個性有關，喜歡嘗試不一樣的東西。但是我個人最佩服是，你換過很多工作，如人體模特兒或登山嚮導，其實都是面對未知，對不對？他很有「勇氣」就是去做他想的，而且做出一番成績出來，我現在講的就是「勇氣」，祝福大家都可以這麼好。我中午有跟他說：「你要講什麼都可以，但是有一件事不能講，那就是鼓勵我們同學去退學。」我想終究大家的經歷都不太一樣，想一想，做你自己，走你自己的路，今天楊老師的經驗真的不太一樣，但各行各業，your mother、father都有不同方面的影響，你們未必要照做，但是你們從不同人的角度，也許可以想一想「你自己」，大家給你的想法不一樣、行業不一樣、個性也是不一樣的，可以給自己多一點思考的機會。

楊宇帆回：雖然有點老梗，但還是要鼓勵大家趁年輕時多方嘗試，因為年輕人的包袱真的較少。我其實不太喜歡傳統的觀念，就是大學先唸，唸完當兵，然後工作……其實有時候你人生就這樣定下來了。有時候書唸得越高，反而是把自己的路走得更窄。當然這沒有絕對的對或錯，只是說就我自己觀察，有時書唸太多，反而會被關住，看不到世界其他地方。其實我滿建議在畢業後、工作前，多出去走一走、看一看，不要那麼快就定下來，多吸收一些養分，或許回來工作之後會比較清楚自己想做什麼事情。像我當時在澳洲，我碰到不少韓國人，我還滿佩服他們的，很多都是大學唸到一半，就輟學，應該說先休學啦，然後就出國看一看、走一走，大概一、兩年再回去。他們覺得這樣出去之後，再回到自己的國家，會比較清楚自己想要做什麼事情，而不是乖乖的上了大學就先把學業唸完，唸完之後就被趕鴨子上架進就業市場，我覺得那種心態上會不太一樣，所以還是鼓勵大家年輕的時候多去嘗試，你的成本真的會相對低很多，也比較有體力去應付不同狀況。

學生回饋 FEED BACK

楊璧華

職治系 ■ 二年級

「這幾年越來越多年輕人想回來做農夫，但是最大的阻礙就是農地早就失控了」成了專業的農夫後，楊宇帆發現這幾年農地的價格飛漲，許多農地不是等著高價出售，就是被政府徵收。「現在一坪農地大約一萬元，要是想要靠種水稻養家活口，至少需要八甲地。八甲地就是二・四億」

家裡有一甲地的鳳梨王子，開玩笑地說著自己現在身價可是有三千萬。但一甲地種出的鳳梨，卻幾乎只夠養楊宇帆一個人。「種鳳梨很吃重人力，產值又不高，鳳梨從種下去到收成要十八到二十個月」經過這三年，楊宇帆發現只憑藉著一股熱情，種不出頭好壯壯的鳳梨。「愛是一件很重要的事，你一定要去愛這片土地、愛你的家人、還有愛自己啊，但我覺得『愛』不能獨善其身，一定要分享出去，才會讓快樂變得真實。與其說我種鳳梨，不如說我把種鳳梨的過程當成一個媒介，我透過種鳳梨，跟這個社會分享我的故事。」

讀過兩所大學，畢業後做過二十幾份工作的楊宇帆，一路上看見不同的風景，認識許多不同領域的朋友，也因此他的生命養分很豐富。「我覺得就是要趁年輕的時候多多嘗試，就像現在大家找餐廳想先看食記，確保自己不會吃到不好吃的餐廳。但我覺得吃到難吃的餐廳，那也是別有一番風味啊」。「人生」不像找餐廳，沒有食記可以參考。有苦有甜，才是最有「感覺」的生活。

勇敢嘗試之外，楊宇帆覺得有今天的成功，另一個祕訣就是很懂得「利用」他身邊一群才華洋溢的朋友。

「像我的名片，圖是請朋友替我設計的，毛筆字也是拜託另一個朋友幫忙」因為楊宇帆清楚知道，一個人不可能做好所有的事。「現在已經不是單打獨鬥的時代了，社會上的資源非常多，一定要知道怎麼去整合這些力量」。

《少年牧羊人的奇幻之旅》裡面雖然說「只要你真心想完成一件事，全世界都會一起來幫你」，但鳳梨王子更懂得怎麼「主動」尋求幫忙。「有些年輕人會比較害羞，不好意思請別人幫忙。但我覺得我就是需要幫忙啊。而且別人想要幫忙你，就是因為他們覺得你值得；而且要是有人願意幫忙我，我就更應該專心把自己的事情做好。」也因為這些朋友們的幫忙，現在才有一顆顆楊宇帆親手種出的有機鳳梨。

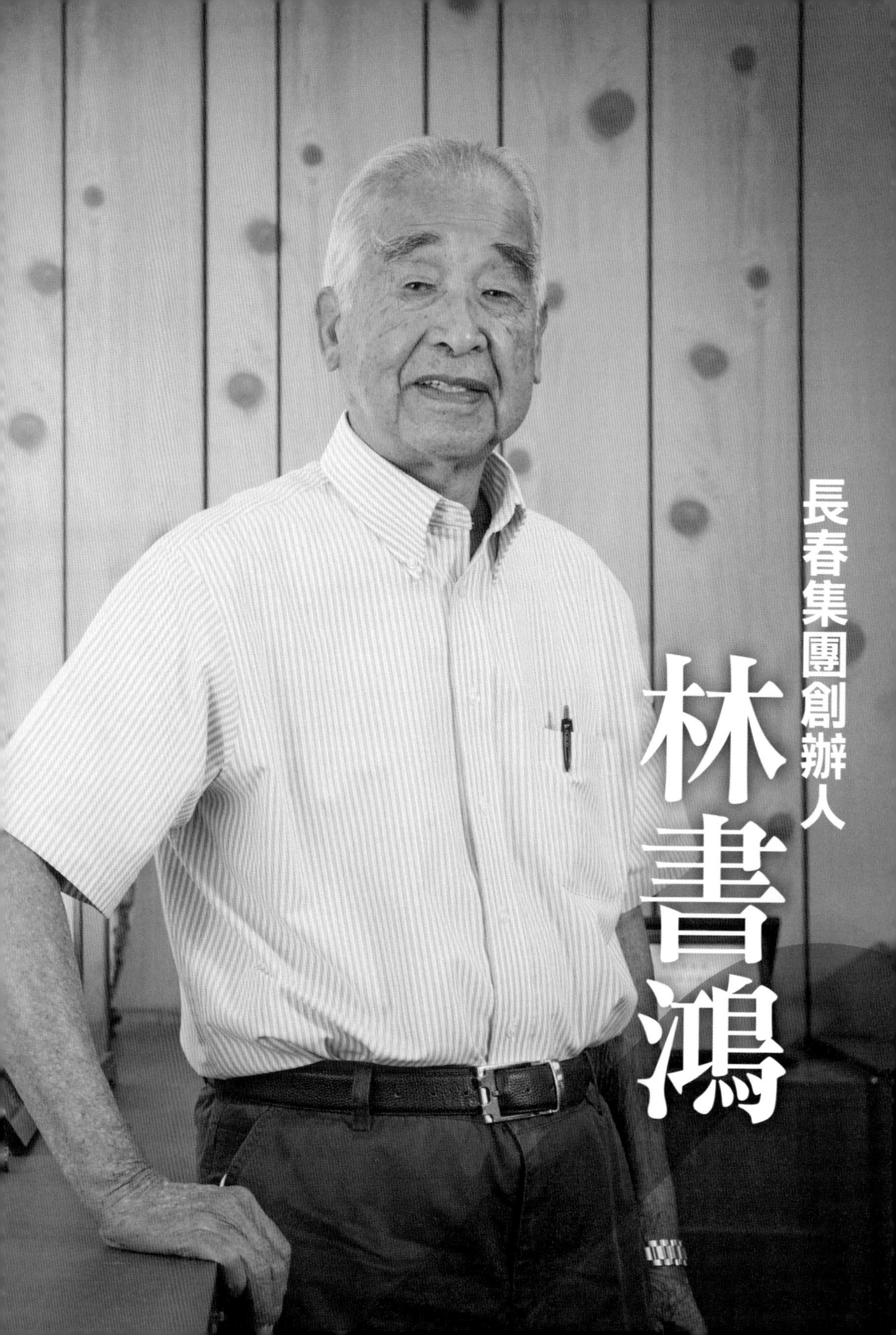

長春集團創辦人

林書鴻

臺北工業學校應用化學科畢業，曾與同學廖銘昆、鄭信義先生成立長春人造樹脂公司，並曾任長春人造樹脂廠公司、長春石油化學公司、大連化學工業公司等董事長。

素有「石化業愛迪生」之稱的林書鴻董事長，他年輕時最愛泡在實驗室的燒杯與試管之間，而他最得意的研究成果，是歷經一千次失敗才成功的尿素防水膠。曾榮獲國立清華大學名譽博士、獲頒第一屆工研院院士、國立臺北科技大學榮譽博士，並獲總統府頒發「二等景星勳章」國家科技貢獻獎，以及第十二屆潘文淵獎。

如何走向成功之路

長春集團事業是一九四九年我與兩位同學，每人出資新臺幣五百塊，一起克難的把廚房當作研究室，直到今日大概擴展出一百三十幾種產品，國內外員工一萬六千人，工廠二十四座產區。

從事化工業的歷程初期技術不成熟，當時因為我們年紀輕，自己做研究，業界也不認識我們。酚醛樹酯是第一個產品，又叫「電木」，以前有一支黑黑的很大支的手機（黑金剛），那個是電木；每個人家庭裡都有無熔絲的開關，那也是電木；電器插頭也是，還有燒飯的大同電鍋旁邊抓的把手也是。這個產品已經使用七十年了還是每年成長差不多百分之五，沒有變成夕陽工業。電木這個重要的材料也是塑膠的一種，這種熱硬化性塑膠就是指電木。

● 長春集團創辦人：廖銘昆（左）、林書鴻（中）、鄭信義（右）

照本宣科開發到創業

當時只有我是唸應用化學，他們叫我想辦法，但我從來都沒有做過也沒有上過課，所以我就去買書來看，這本書叫做《有機製造化學》，這本今天算起來是一百〇四年前寫的書，已經絕版了。我那時候這本書日幣五塊錢，大概美金兩塊半，一本書兩塊半的時代，買了那本書翻呀翻呀，看到裡面有做酚醛樹酯，就想跟著做，當時的人比較老實，寫數字也比較老實，都實實在在的寫，甲醛要加七百公克，觸媒加多少量也都有寫，於是我就照著做，做著有一點樣子，當然還不是很好，改來改去，越來越接近，慢慢產品就出來了，這書在七十年前就提供這麼大的幫助。

當時第一個電木的產品是滅火器的蓋子，那時候是大陸製作的，蓋子需要可以耐壓及耐酸，上海有工廠製作，但是臺灣沒有，他們就來找我，我們慢慢做出來。我記得很清楚，當時蓋子一個賣七塊錢臺幣，成本大概一塊五到二塊錢，一個蓋子我們可以賺五塊錢，一天大概可以賺新臺幣五百塊，當時高中畢業生薪水大概一百到一百二十塊，相較之下這是相當大的利潤，對我們研究開發是很大的鼓勵及動力，於是決定買設備、儀器持續發展。接下來第二個產品是三夾板接著劑，在我們的時代，三夾板一遇到下雨，三層就撥開了，所以很希望有耐水的三夾板；我開始用尿素跟甲醛做研究，做得也不錯，找三夾板工廠合作，做樣品給他們一起試用，好幾家都說可以但沒有人要買，理由是因為成本貴，且原料都要從國外進口。

一九五三年韓戰爆發，戰後美國蘇聯跟北韓及中國簽署停戰協定，限定三個月內，所有武器、炸藥及阿兵哥，全部都要從韓國撤退，只能留五萬人在南韓，臨時需要火藥庫和倉庫儲存及建造阿兵哥居住處，在沖繩建造軍營，需要耐水的三夾板去建造，臺灣當時沒有人做。三夾板工廠的老闆打電話問我：「我請教你，你以前開發的合成膠水是不是這種？」他跟我說美軍要買，沒有人在做這個東西他也沒有辦法買，問我能不能做，拜託我做汽油桶半桶量的樣品給他，我就用實驗室玻璃燒杯做了半桶一百公斤讓他試用。那時候美軍的動作也快得不得了，一個禮拜就通知說這個膠水三夾板可以用，馬上簽合約，臺灣就開始製作三夾板，價格好的不得了。韓戰打完了，雖然不再建造基地了，但美軍的採購單位把我們的耐水三夾板廠介紹給其他美國建築業應用，我們搶先去賣給他們，把三夾板出口過去，很成功。當時外匯不像現在幾千萬美金，當時外售十萬、二十萬美金就不得了了，所以那時外匯賺蠻多的，有助國家收入。

這個產品十三年來，沒有人跟上來，十三年以後才開始有同業出來，價格也才開始下降。如今臺灣已經不做三夾板了，菲律賓、印尼自己留著木頭，不賣給臺灣，我們沒有木頭可以做三夾板。當時我們做三夾板用耐水膠一公斤成本大概新臺幣八塊錢，賣十七到十八塊，賺一倍，同學說不要賣那麼貴，不要賺那麼多錢，我說錢越多越好，大家排隊要買為什麼要降價，賺的錢可以買更多設備，可以再開發新產品，所以還是照樣賣一公斤十幾塊，對長春集團一開始創業的那幾年財務幫助很大，也是將來繼續研究開發很大的誘因。

當時公司規模很小，沒辦法買好的儀器，所以我們這個分析儀器分子量根本沒有辦法量，耐水拉力試驗機也沒有辦法買，顏色堅牢度也沒有辦法測試，遇到困難只好想辦法去解決。耐水拉力、褪色程度都是用克難的方法去解決，接著是黏度劑，黏度劑測試高分子反應終點時黏度會很高，到後來會變硬，塑膠都是這樣反應，投料到哪個階段比較剛好，沒看到根本就不知道，這樣產品就會不及格，於是在燒瓶裡面做。大部分的燒瓶都沒有很大，三公斤已經很大了，最大的，燒瓶反應怎麼量黏度，用吸管吸50c.c.，手一放就滴下來，這時候看五十秒滴完、一百秒滴完，還是二百秒滴完，二百秒滴完比五十秒滴完當然是黏度比較高。黏度分五種做計算，幾秒鐘看手錶，幾乎沒有花錢也照樣可以測量我們做的樹脂的分子量高低。

土法煉鋼研究技術

我三十歲的時候去東京、大阪，頭一次去一個工業園區請教，看他們怎麼量，他們用濾紙把酚醛樹脂浸泡進去拿出來，會有圖案出來，我沒

• 長春集團第一家公司：長春樹脂招牌（1949年）

有這個功能跟基礎，根本沒有辦法用這種試紙，學術上做研究可以，現場不可能這麼做，沒有時間，也沒有儀器。三夾板做出來用水去煮滾，滾了以後三層撥不開才是耐水，於是要買一個拉力機，現在大概新臺幣十幾萬可以買到，在當時一臺要價美金一仟多塊，買不起，所以叫鐵工廠幫忙做一個夾子把夾板夾起來，用克難方式把拉力分成A、B、C、D、E五個等級。E級就是水滾三小時來拉，根本還沒拉就分解了，慢慢調整，B級就是大概拉兩下才斷掉，A級就是怎麼拉都不掉，這個最好。我們就是反應條件、觸媒加多少、溫度怎麼控制，靠試驗結果去調整，用這方式慢慢地把這個膠水的防水、耐水做出來，沒有買黏度劑或是拉力機，全都是用這種克難的方法完成。

後來我們開發做塑膠叫尿素樹脂，顏色很漂亮，就像買來的衣服可能是各種顏色，但原料堅牢度不夠就會褪色，出品的時候是紅色，曬太陽一個禮拜之後就變成黃色、白色，所以品質有一定的要求。實驗時以全黑的紙蓋一半、另一半不蓋去曬太陽，放在屋頂一個禮拜，這個染料沒有堅牢度的話顏色會褪得很厲害，顏色就不見了，或是紅的變黃了，放一個禮拜、兩個禮拜、三個禮拜，大概一個月顏色打個七、八折。所以選擇適當的顏料，也就能達到客戶的要求了。現在我們各種設備也都不貴，花了好多錢買儀器、做研究，但不一定有成果及成效。我跟員工們講，不用功去學、不去請教、不看文獻，有客戶也不去搶，企圖心不夠，有這麼多儀器使用還做不出東西，老實講有點慚愧，禮拜五到了就想休息，任務沒有達成也沒有使命感，是很難成功的。

我們的速度很慢，臺灣以前那時候六〇年代，推動石油化學跟半導體，對於半導體我們沒有辦法做，我就去請教日本HITACHI公司，說我們想做半導體，我和我們總經理陳先生（畢業於臺大化工系）一起去請教他們社長，這位社長說他們之前做半導體吃了很多虧，長春規模這麼小，做這個工程會讓公司虧損，也叫我們不要去嘗試，於是我們就放棄做半導體，改做半導體需要的化學品，投資金額也沒有那麼大，所以當時我們自己沒有研究的項目就先購以買技術方式進行。

臺灣探勘挖井，天然氣油冒出來了，這是很有價值的東西，很高興，宣布說可以用五十年，媒體也大篇幅報導，中油馬上跟美國聯合，在苗栗裂解做尿素。當時聘請優秀的臺大、成大畢業生，薪水很高。當時我們想拿一點天然氣來做甲醇，因為我們做電木膠水都要用甲醛，而甲醛是甲醇做的。但當時中油說他們自己要做，不讓民間做。當時是中油跟台電說得算，過一段時間才又說，中油認為甲醇沒有利潤不要做。於

● 臺灣第一座天然氣裂解爐（長春石化苗栗廠，1964年）

是我們就去跟經濟部要求，他們不做讓我們來做。於是第一個天然氣拿來裂解，做成一氧化碳跟氫氣，再拿這兩個合成變成甲醇，裂解的溫度攝氏九百度，合成甲醇的壓力三百三十公斤。要有相當能耐才能從事化工行業。

研究讓技術更上層樓

我們完全都沒有對這個產業的經驗，我的朋友認為我在開玩笑，之前我們做的產品都是沒有壓力、沒有溫度的，現在這個產品需要高溫高壓，要想辦法去找看看有沒有做Ammonia（氨）的經驗者，但是找不到，中油公司的待遇都很好，我們民間工廠很難請得到專業人才。找臺北工專畢業的、找師傅，找苗栗農工農校畢業的，找來了二十七位慢慢訓練，學習四十多天。這批沒有化學、化工畢業背景的人都很行，在危險情況下能把甲醇開得很穩，當時甲醇技術就是靠這樣建立的。另外，甲醇工廠製造的時候會產生廢氣，廢氣含有百分之七十氫氣，就純化回收供製造雙氧水使用。後來我們自己開發製造三樣產品：雙氧水、六甲基四胺和PVA（聚乙烯醇）。當年PVA全世界只有五、六個工廠，沒有辦法買技術，我們只能自己研究，當時好處是文獻發表很多，研究所跟博士研究的；日本就很聰明，派了五位博士到德國研究所學習，三年後把這個技術帶回來，因為從開發到生產的技術很寶貴，當然不會平白無故給我們，我們只能自己再做研究。

由於PVA未成功，所以停止雙氧水的研究，調集研究團隊全力以赴朝開發PVA

技術再改良的方向努力，已經可以一年生產二十七萬噸，大概百分之四十出口到歐洲、百分之三十到美國。PVA成功以後，雙氧水後來找美國一家PPG公司要技術，本來講好他們要給我們技術，合約條件已談妥，預定在美國簽約，我們心裡非常感謝。當時兩個人要飛到美國要參觀他們的工廠，對方也到旅館來接待，問我們有沒有收到他們的電報，因為一些理由他們不想簽合約，我說我們都到這裡了，也就答應讓我們參觀工廠。在這只有短短半天的參觀行程裡，一有特別印象的東西，就帶著紙跑到洗手間去寫下來，回到旅館也繼續寫。這家公司最後沒有給我們技術，我們纏著不離開，後來他介紹我們去找杜邦公司，也是一間做雙氧水的公司。後來我們才知道這家公司也很想做，但因為所謂聯營是犯法的，所以他們不會去做，這家PPG公司也有阻礙，但沒有杜邦那麼怕。當時日本瓦斯公司的人跑去PPG要求這個技術不要給長春。後來我碰到這個人，他也承認這件事，買技術即因為這件事受到阻擋，沒有成功。

• 工廠見學勤記筆記

杜邦公司問我們有多大的市場，我們市場大概四百噸，但臺灣成長很快，杜邦說他們設備一年最少三千八百噸，我希望能縮小，他們說可以縮小，但費用要我們自己負擔。於是就把三千八百噸這個基礎設備買來，再建造廠房。我在跟杜邦簽約期間，母校臺北工業學校同學要辦同學會，連日本的同學都要來，而且我是主辦人，但因為在美國合約還沒簽好不敢回來參加。技術引進沒那麼簡單，杜邦也不是馬上答應我們，他要我們檢討看看，隔兩天又通知要派人到我們工廠來參觀，這就是要來檢查我們公司是否有辦法消化技術。當時我們的副總也是工專畢業的，帶他們進工廠參觀，讓他們隨堂考：這個出現狀況的時候怎麼處理？反應溫度超過時有什麼應對設置？他們回去報告杜邦總公司說我們狀況很不錯，所以沒有兩三天就來電說要讓長春做雙氧水，要我們快去跟他們商議。

我們過去後的三、四個禮拜內趕來趕去，還要找工程公司替我們設計，美國的公司太大，而我們公司很小，要找規模比較小匿名不會洩漏的工程公司替我們設計，沒有簽這個合約在美國一直不敢回來，最後花了四十五天，才在美國把兩個合約簽回來。日本人來找我說，他們在德國跟一家公司做雙氧水的有合作關係，我們如果要做雙氧水，會對他們有影響，日本願意提供廉價的雙氧水給我們，希望我們不要做。但我不願意啊，我們不做臺灣也沒有面子，人家會認為臺灣在開玩笑。最後日本也讓步，終於建廠成功，把臺灣的銷售權通通讓給我們，但有一個條件，就是要讓他們代理銷售，同時日本也較具有國際關係之故。

開發環氧樹脂的時機是因為當時環氧樹脂是很稀罕的材料。日本有一間公司，因為購買原料、市場開發被大型的同業出手阻礙，很難發展，他們希望跟長春團結起來應對。當時市場還沒有那麼大，我們不敢著手做環氧樹脂，二十幾年以後，市場起來了，開始要著手做研究，研究到半途，突然有一個部門的研究人員卻不想繼續服務了，這對公司的刺激很大，對高層的影響也很大，但團隊還是繼續投入研究，一年之後，成功改良達一個單位可生產五萬噸，迄今已經可以做到四十幾萬噸，但價錢很差。即使遇到很多問題，可以有很多方法去解決，出社會以後，不是靠聰明就可以解決，也不是單單說我本事很大、勇氣很大就能成功。

當時我做1,4-丁二醇，碰到一個問題，用硫酸做，控制不好分子量做成了尖形，但我們要方形，品質會受到影響。品質這方面是很關鍵的技術，在我當時去日本的時候，聯絡以前的朋友時提到我們BDO沒辦法解決，他說他們公司有這個技術，搞了半年條件沒有談好的事情，後來就由這個朋友幫忙牽線而解決了。因此人際關係也是重要的，遇到狀況時有朋友舉手相助很重要。POM工程塑膠也很頭痛，也買不到技術，全世界只有三家，後來德國又買了美國的股份，我們請託德國Hearst公司，希望他能把這個技術給我們，後來召集了日本Polyplastics社、美國Celanese社、德國Hearst社與長春一起吃一頓晚飯，吃完當場就裁定，臺灣也加入；日本、美國、德國、長春各百分之二十五，如此，臺灣第一家工程塑膠公司發展起來。我們後來自有技術繼續開發出所謂PBT工程塑膠，是因為做其他樹脂失敗才改造開發出來的產品，現在也做得很成功，每年有幾十萬噸產能。

臺灣有兩個很重大的產業，其一是半導體很厲害，台積電大家應該都知道，做半導體晶片的時候要洗，需要電子級雙氧水，雙氧水開始的時候，一個月產能六百噸、八百噸到現在一個月一萬三千噸，生產速度很快，對我們來講是很吃重的投資，初造廠大概要花上百億。今年五奈米出來又再唱說三奈米也要出來，這裡頭化工技術的化學材料很重要，沒有這個高純度化學品材料就做不出來，二個奈米再下去是個很大的問題，將來可能Silicon就很難了，因為下一波上場的可能是量子材料。

磨練與失敗才會成功

換成量子化學材料，這給我一個啟示，雙氧水的化學品是不是可以再投資？該不該小心？廠造起來如果是空的，要去負擔這個債務。現在很多學校，教大家怎樣會成功，開會、檢討和磨練，在我看來，不是不對，但少了一半，學校應該教怎麼樣失敗，失敗才更重要。我這個人在什麼地方失敗？計畫為什麼失敗？研究這個有很大的重要性。怎麼做都好，做什麼事情都要全力投入，一天假如投入八小時工作，要做得比別人先進或是要取得成就是不可能的，愛迪生若是這樣就不會有這麼多的發明。當然做什麼事都要有企圖心，這是很

• 巡檢工廠（《今周刊》拍攝）

重要的，像我剛剛講我們沒有設備、也沒技術，不能做事，所以要想辦法，把這個弄好、那個弄好，一樣可以克服問題，所以沒有企圖心是不行的。

還有外文能力也很重要，這方面因為我當時念的是臺北工專，那時候日本小孩會欺負臺灣小孩，臺灣小孩一直被他們講話刺激，但我們也不敢反抗跟他們打架，一班三十三個人，他們有二十七、二十八個，我的外文能力是在開辦工廠兩、三年以後，我想做膠水，去美國UCC（碳化物公司），我看他們一本六頁的目錄，一頁一頁翻，拿一本翻譯書，從第一頁看到第六頁，一個禮拜一直在反覆看，也才只能

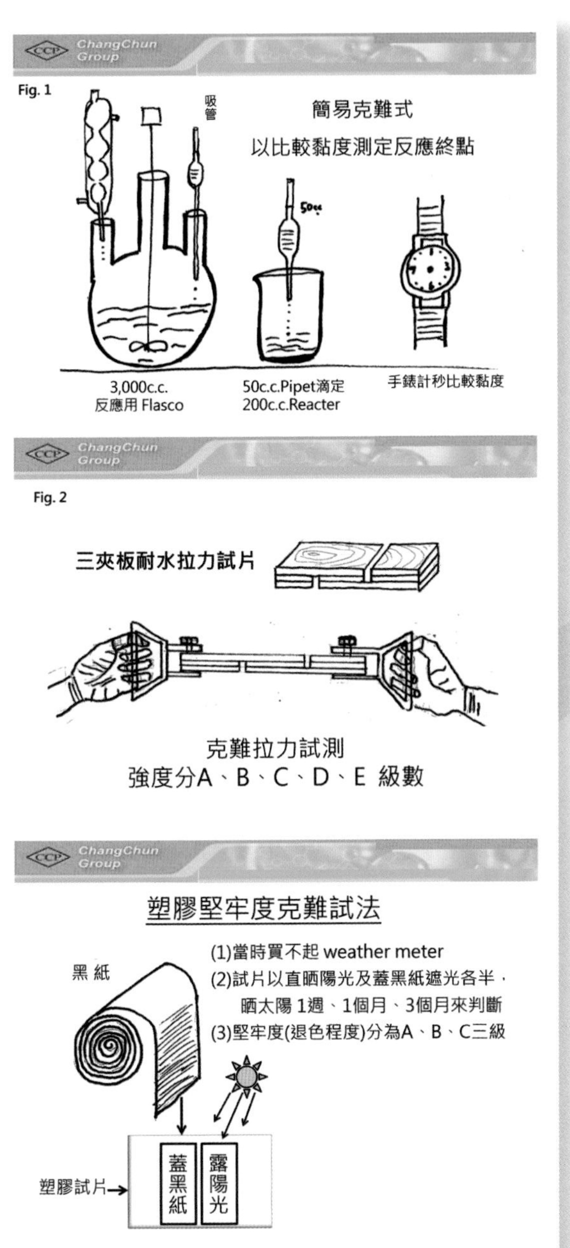

吸收百分之八、九十左右，因為語文不通沒有辦法做事情，所以下定決心請家庭教師來補習，早上六點開始念到七點半，一共念了五本書，花了兩年左右，在念的當下好像沒什麼進步，但過了二、三十年以後覺得，當時下這個功夫的幫助很大。所以即便我現在的英文能力不夠好，大概六十分左右，再念大概八十分，最多不會超過八十分，而且想念也沒有時間念。

人情世故、買的東西、賣的設備、技術問題，語言如果不通，買賣大概百分之六十也不通。對於語文，不管是做什麼行業，都應該精通，大部分的行業中，語文都很重要，語言不通也沒有辦法看文獻。再來是不管做什麼事都應該要有使命感，我要把這件事搞定，有這個使命感才會成功。你的學業、工作，若覺得這東西沒有意義，或讀書讀不到畢業，那就很難成功。要把工作當成你的興趣，就會覺得像是上天堂一樣很快樂。我已經九十二歲了，比你們阿公還要大，我要是沒有這個毅力，老早就再見了，這個毅力的存在，也跟你的壽命有關係。時代的潮流誰都沒有辦法抵抗，我當小孩子的時候喜歡游泳，以前鄉下去游泳會被媽媽打因為河流危險，我後來順著水流游到海裡去，我想游回來的時候，想說原本樹很高怎麼變矮了，糟糕原來我被暗流推到外海了，這時候怎麼辦，你得順著水流游快一點，從左邊再繞回來就沒事了。時代一直在變，要抵抗很難很難，每個人的經驗都不太一樣，提供大家參考。最後這個機會跟大家分享，這個GDP臺灣是兩萬五千塊美金、德國四萬六千塊美金、法國三萬九千塊美金，而美國是六萬三千塊美金，我們臺灣有很大的進步空間，大家都有這個機會，長江後浪推前浪，學校造就這麼多人才，你們都是有才的人，你們將來的成就值得期待。

學生問：請問長春集團在未來五到十年內對產業界有什麼比較大的期望？

林書鴻回：我坦白跟各位報告，可能不見得我是對的，這時代變化太快，除了國家以外，民間企業五年、八年、十年以後我們一點把握都沒有，沒有辦法規劃，三、四年以內可以規劃，五年以後就很困難。我們當然有規劃，開發擴充環氧樹酯或是汽車用的鋰電池材料，能夠讓使用效果更好。或是像現在很多在做Graphene（石墨烯），過去二十幾年都沒有人帶出成效，這個東西也可以開發，但臺灣比較沒有資源。當然目前做的東西都有擴充的計畫在裡面。

學生問：現代社會許多科學及工程類人才似乎都會往科技業電子業發展，長春或是傳統產業徵才會不會遇到困難？

林書鴻回：有遇到困難沒有錯，但對我們公司來講這個困難不算大，不是待遇的問題，就是看個人的意志，有的人想法不一樣，有的人喜歡這種工作，有的人不喜歡這工作。AI引進後可以盡量少用人力，但我們搞了幾年只有引進一個而已，十六個一班的人力大概用四個就可以了，可以省百分之八十，這也是一個方法之一。沒有這個意願，如果你勉強叫他做，也做不久，確實有這個困難，這幾年來大家對化工的印象不是很友好，其實化工是材料之一，沒有這個化工產業，很多東西是不存在的，以手機為例，幾乎百分之八、九十都是化工產業的貢獻，今天才有這麼便宜的手機可以使用。

學生問：石化業在臺灣不受居民的歡迎，有沒有解決的辦法？

林書鴻回：這個問題有很大的困難，臺灣從三十四年前解除戒嚴令，那個時候有壓力，剛好石化工業正在起飛，但反對浪潮也沒有停過。杜邦做太白粉反對、奇美公司在臺南附近做工程塑膠也反對、我們當時在高雄要做工程塑膠一樣遭到反對，那一段時間四個要做，有三個都沒有成功，就我們成功。我們好多幹部，一一分開去拜訪地方反對的居民，他們也不敢吵架，就說：「好！知道了。」再向他說一點好話，翌日早上六點多我們到現場，有人帶隊，卡車上面已經掛旗，反對石化工業。他們村裡的活動中心昨天開會，大家還見過面，縣長、居民，我們當時臺北和高雄公司都有派人，臺北經濟部也有派人，中小企業處長也一起去。跟居民講，這麼好的公司、這麼多的產品，將來對地方財務幫助很大。到現在已經三十幾年，這化學工業用的材料，從煉油裂解到中間的化學高分子，到輪胎、合成橡膠或鞋子，先不管這個產業一年的產值多少，繳交給政府的稅金三仟多億。我不是抱怨其他產業不好，我們集團公司年交稅金上百億，可見石化工業對國家的貢獻很大，學校要聘老師，錢都是要政府透過稅收去準備，現在肺炎疫情發生，又要拿錢去紓困，錢沒了從哪裡來，印鈔票也不對、不印也不對。石化業本身當然也有要檢討的地方，我們努力慢慢去溝通。

學生問：你曾經認為天才的成功是百分之一的天分和百分之九十九的努力，可是我遇到有些人，發現有些事情天分遠不止百分之一，你是否會勸退。

林書鴻回：一個人成功要有使命感，要全力投入要努力，百分之九十九靠努力、天才只有百分之一，但當今天才可能百分之三十，靠努力百分之七十，加起來百分之百。你沒有努力，什麼天才也用不起來，他是鼓勵我們去努力，激勵我們去發揮，絕對不是因為百分之一，絕對不會勸退聰明的人。

學生問：請問總裁對於畢業後想創業的同學，給些什麼樣的建議？

林書鴻回：講創業範圍太大，要看哪一種行業，我現在比較密切關心化工產業。不一定要去大公司，大公司的位子都被占去了，機會不多，去一些中小企業，發揮能力，運用資源，從中小企業發展，這樣機會就來了。若上班只是照時間來、照時間走，看機器在動，沒有去動腦筋，錢即便比較多也沒有什麼未來。人活著不只是為了要錢，要靠自己要想辦法去賺。

學生問：請問當初是怎麼選擇合夥人？後來七十年的共事期間，怎麼維持理性避免爭吵？

林書鴻回：問得很好。當時三人一起創業的動機是因為我念化工，學校剛畢業就去就業，以前的紡織產業，念化學被派去染布，窗簾布是我染的，對漂白一類的事情有經驗。三位同學因為廖同學的爸爸也想發展這方面的產業，把舊的棉花收起來漂白洗滌，做成醫生在用的藥棉，價格比較高。但他漂不白，叫我去幫忙，我就禮拜天去做，跟廖同學熟了以後，有一天廖同學的姊姊要出嫁請吃飯，去的時候，廖同學另一個同學姓鄭，念高等學校，我們同一張桌子吃飯就聊，他也知道我是臺灣小孩，但在學的時候，我們三個人沒有對話過。沒多久，鄭同學有一個很不錯的想法，我們有機會去看做研究木屑粉的林業試驗所，鋸木材有木屑粉，我們可以用來做塑膠，電木就是木屑粉跟酚醛樹酯去混和產出的，這是一百四十幾年前瑞典人發明的材料。跟同學一起工作有困難嗎？當然有困難，父子合作都有困難了，同學怎麼會沒有困難，那困難怎麼解決？假設公司現在財產一百萬，我同學主張要去買這個十五萬的設備，我認為不要買，他一直主張要買，就會吵起來，經過好幾次溝通，他也能夠接受不要買；有時候溝通結果可能相反過來，後來資本金比較大，假設一百億，這個計畫他提要花大概六億，就百分之五，我不認同，但他硬要做，就又吵起來，於是我就不再堅持，依他的意見去試試看。大家就不吵架時還是好朋友。很多決策是成功的，自然也有不成功的。如果不成功的時候就認為是對方的錯，很在意面子輸贏是我們一般人的習慣。應該思考如果不成功是為什麼？是機器有什麼不對的地方？該怎麼改造？我們一起來幫忙，如果改造成功，對我們也有好處。所以，即便不成功也不要給隊友難堪，要一起幫忙。

學生問：您是怎麼教育兒女如何使用金錢，然後長春集團好像是有點像家族企業，那家族企業通常都怎麼定義，工作上會不會有很多問題？

林書鴻回：這很難一概而論。講我的例子，我沒有特別要培養小孩來管理公司，一萬多人，不可能全部都自己人，他們也要從基層訓練，進來公司馬上到大樓去，有的沒有興趣，也不能勉強。我有一個孫子，大學我問他要念什麼，他說要念數學，我說不要念數學，阿公跟你講搞個化工，搞個電子也可以，他沒有興趣，後來我覺得這樣太勉強他了，他沒有興趣，這樣硬幹對他也不好，對我也不好。他就去唸書，唸的東西我也聽不懂，也沒有麻煩我們，就自己跑到倫敦去，暑假去考劍橋數學，不是考試是面談，總共考了三個地方，後來三個地方都願意讓他去唸。兒子也不一定可以管得動這個孫子，他還曾經去爬很高、很危險的山，爬完了我們才知道，又有一次去攀岩，下面還有一個瀑布，從三樓高跳下來（高空彈跳），都是一些危險的要命的活動。各自想法不同，不一定要依靠子孫，他們願意做就做，不願意做也沒有辦法，這個社會是大家的，也要給人家有機會，大家都跟我一樣也不行。

學生問：想請問長春集團有沒有綠電發展？

林書鴻回：現在有一部分綠電，但沒有著手綠電專門的產業，只有工廠一部分的去蓋起來，絕對量不多。前兩天NHK的新聞，日本新的首相宣布二〇五〇年的時候，溫室氣體要零排放，未來綠電再生能源會朝向這個方向，但成本很高，是的，大家成本都變貴了。

學生回饋 FEEDBACK

曾子承

電機系■一年級

聽完這場演講之後，讓我印象最深刻的部分是林書鴻講者的創業克難苦幹精神。我覺得這種早期缺乏資金的創業是最為困難的——從零跨到一的難度遠大於錢滾錢的大企業。講者提到了一些非常鮮明的例子：早期他們在製造防水的黏著劑時，買不起高級專業的儀器，便去向鐵工廠自己訂購了拉力器，來測量沾水後的夾板耐拉程度，並自己區分為ABCDE級；另一個例子是測量膠水的黏著程度，同樣買不起貴重儀器的他們，又想了一個辦法：利用測量澆水滴盡所需的時間來反推澆水的黏著度：澆水越黏稠，滴盡所需的時間便越長。這樣一個簡單的想法，便成功解決了難題，且花費十分的低廉——我認為這非常具有啟發性：很多我們不能成功的時候，我們花費了大把的時間在抱怨環境怎樣不好、資金如何的不充足，總總的理由牽絆著我們，讓我們甚至連跨出第一步的機會都沒有，就自己說服自己放棄了。然而講者的思路完全不同，他將問題著眼於「如何在有限的資源下完成任務？」而非一般人的「沒有這些東西，我有機會成功嗎？」如此，他比別人又多了更多的成功機會，因為當別人裹足不前的時候，他卻已經在自己的努力下向前進了。再來，我認為這樣的克難法也十分有不畏懼他人質疑的勇氣：雖然我們提出的辦法不是最專業最精準的，卻是可以真正解決問題的方法，那這樣的方法又有什麼不對呢？

最後一個讓我感到大有啟示的則是講者創業時創新求變的態度。在這個世界上，最為值錢的東西，向來是工程師的腦袋而非執行程式的電腦。唯有掌握獨到的技術和創新，我們才能不斷站穩先驅者的位置，而非淪為電腦般呆板執行命令的操作者。操作者的地位十分危險，一旦一個更新、更棒、更便宜的操作者出現，他便變得毫無價值，最終難逃被捨棄的命運。而這樣一個現象在講者的化工產業之中更是十足明顯，講者就在創業的時候因為創新且旁人無法代的技術而賺取大量的利潤，這樣的利潤是各家都掌握製造技術的情況下無法比擬的。

APPENDIX

附錄

精英論壇場次表

108 03.25

堅持的力量	
講者	張泰山（職棒球星）
推薦書籍	勵志書：真正使人成功的，不是努力，是堅持！
給學生的一段話	一個成功的人一定有個特性，那就是強韌的內在心理素質與擊不倒的自信，只有信念，只要相信自己，你就會找到那個階段所需的精神動力。

108 04.08

打造你的三創人生：創新、創意、創業	
講者	劉音岑（克林食品店總經理）
推薦書籍	（一）聽說你在創業 （二）大長今
給學生的一段話	你要認真別人才會當真。

108 04.15

讀萬卷書、行萬里路	
講者	高強（國立成功大學工業與資訊管理學系講座教授，前國立成功大學校長）
推薦書籍	（一）學校沒教的邏輯課 （二）贏在問題解決力
給學生的一段話	多聽多讀多看多想，不從單一角度思考問題。

108 04.22

一年計畫，十年對話：認識未來的我！

講者	褚士瑩（國際NGO工作者、公益旅行家、作家）
推薦書籍	（一）一年計畫，十年對話 （二）企鵝都比你有特色
給學生的一段話	人生最大的成功，就是成為一個自己喜歡的人。

108 04.29

我的生醫旅程

講者	張有德（益安生醫股份有限公司董事長）
推薦書籍	（一）這一生，你想留下什麼？史丹佛的十堂領導課
給學生的一段話	機會隨時來敲門，能否把握，全靠平常的準備功夫。

108 05.06

驀然回首，雲淡風輕

講者	楊啟航（台灣產業創生平台榮譽執行長）
推薦書籍	快思慢想
給學生的一段話	在人生的旅途中，最美好的風景及人物都與財富，權勢及名望甚少關聯。所以，眾裡尋他千百度，不要被世俗價值觀誤導而看錯方向。

108 05.13

快樂工作學：九條命不如九種心

講者	馬克（臺灣圖文創作者）
推薦書籍	（一）灌籃高手（SLAMDUNK） （二）工作，剛剛好就好

給學生的一段話	尋找可能性，而非答案。

108 06.03 沒有大風大浪的人生告訴我的事情

講者	黃肇瑞（國立成功大學材料科學及工程學系講座教授，前國立高雄大學校長）
推薦書籍	（一）百分之九十九的人輸在不會表達 （二）不被情緒勒索的五十一個方法
給學生的一段話	1.If you know where to go, the world will open a way for you. 只要你朝向目標堅定的往前走去，令你驚訝的貴人和機會隨時都可能會出現。 2.大量的閱讀和思考，永遠的反省和學習，才能夠讓你自己隨時準備好。而機會是只給準備好的人。 3.吃虧就是佔便宜。

108 06.10 越壞的時代下，我們越該做自己

講者	徐嘉凱（SELF PICK創辦人、導演、編劇）
推薦書籍	（一）異鄉人 （二）十年一覺電影夢
給學生的一段話	人生來是為行動的，就像火總向上騰，石頭總是下落。對人來說，一無行動，也就等於他並不存在。——伏爾泰

108 09.19 重現文藝復興時代的製琴藝術

講者	蔡明助（國際名製琴藝術家）

推薦書籍	（一）西洋美術史.職場必備的商業素養 （二）藝術家想的跟你不一樣
給學生的一段話	人生因理想而豐富，理想因執著而實現。永保赤子之心，方有天使之作。

108
09.26

走不一樣的路	
講者	吳誠文（國立清華大學電機工程學系特聘講座教授，前世界少棒冠軍巨人少棒隊主力投手）
推薦書籍	（一）異數：超凡與平凡的界線在哪裡？ （二）魔球：逆境中求勝的智慧
給學生的一段話	價值來自於需求與不可取代性，人的所為與創作之價值如是，人的存在亦復如是。

108
10.03

讓運動成為教育的一環	
講者	何凱成（球學聯盟執行長）
推薦書籍	（一）球學：哈佛跑鋒何凱成翻轉教育 （二）How to win friends and influence people|卡內基溝通與人際關係：如何贏取友誼與影響他人
給學生的一段話	Fail early, fail often, and fail forward. Education and life is about striving to be the best version of yourself so you can also enable others to become the best version of themselves.

108
10.17

不設限，才能突破極限	
講者	李筱瑜（亞洲三鐵一姐）
推薦書籍	小短腿來了
給學生的一段話	有夢，就要勇敢去追！

108 10.24

如何走出重度憂ㄩˋ症＋世界旅行

講者	林明政（效果書局集團董事長）
推薦書籍	（一）世界三極 （二）洛克菲勒寫給兒子的三十封信
給學生的一段話	有機會，不放棄；盡了力，放得開。

108 10.31

阮是漫畫家

講者	阮光民（臺灣漫畫家）
推薦書籍	（一）海之子 （二）天橋上的魔術師
給學生的一段話	認清自己是甚麼樣的人，不要過度努力但也別消極。對人要友好，但別奢望別人對你好。

108 11.07

從魯蛇邊緣人到鳳梨王子，楊宇帆種出新人生

講者	楊宇帆（鳳梨王子）
推薦書籍	（一）哩賀哇喜旺來 （二）晨讀十分鐘：我的成功，我決定
給學生的一段話	用心規劃，享受變化，他人閒話，去甲賽啦！

109 11.02

如何走向成功之路

講者	林書鴻（長春集團創辦人）

推薦書籍	（一）觀念漫談 打造將才基因系列 （二）李光耀回憶錄1965-2000
給學生的一段話	不管做什麼都要全力投入，愛迪生說：創造發明來自百分之九十九的汗水和百分之一的靈感。意指創造發明主要來自勤奮。成功的條件就是付出不亞於任何人的努力，做不到這一點，人生的成功都是不可能實現的空中樓閣。

★感謝張有德先生贊助一〇七學年度「生涯規劃──張有德精英論壇」課程

★感謝某知名企業贊助一〇八學年度「生涯規劃──成創精英論壇」課程

★感謝旺宏電子股份有限公司贊助一〇九學年度「生涯規劃──旺宏電子精英論壇」課程

★感謝華立企業股份有限公司贊助一一〇學年度「生涯規劃──華立企業精英論壇」課程

106學年度場次一覽表

106.09.26	精彩就在看不見之後
講　　者	林信廷（表演藝術者，金鐘獎行腳節目主持人，視障勇士）
106.10.03	NO 到 YES 的路徑
講　　者	黃米露（小路映画工作室創辦人、插畫經紀人、策展人）
106.10.17	用智慧和勇氣活出生命熱情
講　　者	江秀真（臺灣女登山家）
106.10.24	生涯規劃——優先順序的安排
講　　者	許重義（中國醫藥大學講座教授，前臺北醫學大學校長）
106.10.31	成功無憾的人生——畢業以前要知道的事情
講　　者	黃肇瑞（國立成功大學材料科學及工程學系講座教授，前國立高雄大學校長）
106.11.07	在地表演藝術的創新與創價
講　　者	陳欣宜（新古典室內樂團團長、鋼琴教育家）
106.11.14	人生思考題
講　　者	陳力俊（中央研究院院士、前國立清華大學校長）
106.11.21	檢驗的世界和 燃燒你的天賦
講　　者	楊崑山（SGS 台灣檢驗科技股份有限公司公司東亞區營運長暨臺灣區總裁）
106.11.28	改變一生的相逢
講　　者	徐重仁（筑誠創研股份有限公司董事長、臺灣「流通業教父」、企業經營，前統一超商7-11總經理、前全聯實業總裁）

106.12.05	我的光電之旅
講　　者	吳炳昇（奇景光電股份有限公司董事長）
106.12.12	高科技創業甘苦談
講　　者	吳敏求（旺宏電子股份有限公司董事長暨執行長）
106.12.19	旅行中與真、善、美相遇
講　　者	陳維滄（川流文教基金會董事長、社團法人台灣環境資訊協會首席顧問、川流中學名譽校長）
106.12.26	從心出發——黃丁盛鏡頭下的世界
講　　者	黃丁盛（國際知名攝影家、用照片說故事的世界旅人）

★感謝奇景光電股份有限公司贊助106學年度「生涯規劃——奇景光電精英論壇」課程

★精英論壇系列一《精英的十三堂課》2019年5月初版

106-107學年度場次一覽表

107.03.05	因為懂得而慈悲的教育法觀
講　　者	許育典（國立成功大學社會科學院院長，前臺南市副市長）
107.03.12	容納生活的場所
講　　者	趙建銘（趙建銘建築師事務所創辦人）
107.03.19	讓你的興趣變成夢幻工作與生活——BaNAna Lin · 阿蕉插畫設計品牌分享
講　　者	林彥良（獨立品牌 BaNAna Lin · 阿蕉負責人）

107.03.26	**環遊世界一萬天與身心靈成長**
講　　者	眭澔平（知名作家、旅行家與世界文化史教授）
107.04.09	**Life is like riding a bicycle. To keep your balance, you must keep moving. - Albert Einstein**
講　　者	吳炳昌（奇景光電股份有限公司執行長）
107.04.16	**克服心中的敵人**
講　　者	江偉君（社團法人脊髓潛能發展中心董事）
107.05.07	**從答題到出題**
講　　者	張有德（益安生醫股份有限公司董事長）
107.05.14	**挑戰不可能最快樂：用幽默的態度面對人生，享受挫折帶來的樂趣**
講　　者	鍾瑩瑩（華錦顧問股份有限公司董事長、欣昌錦鯉有限公司總經理）
107.05.21	**我的學思歷程**
講　　者	陳定信（國立臺灣大學醫學院內科特聘講座教授、中央研究院院士）
107.05.28	**創業與創新經驗談：半導體的過去、現在、未來**
講　　者	胡國強（前聯華電子股份有限公司董事長暨執行長）
107.06.04	**音樂的極限運動**
講　　者	潘絃融（The Pure 純粹人聲樂團音樂總監、全國音樂學科中心阿卡貝拉講師）
107.06.11	**無憾的人生就是與時俱進的終身學習和反省**
講　　者	黃肇瑞（國立成功大學材料科學及工程學系講座教授，前國立高雄大學校長）

107.09.20	要辛苦三年還是三十年，由你自己決定
講　　者	洪鎮海（儒鴻企業股份有限公司董事長）
107.09.27	**充實你的人生**
講　　者	朱秋龍（台灣保來得股份有限公司總經理）
107.10.04	**轉動齒輪，迎向未來**
講　　者	廖昆隆（三隆齒輪股份有限公司董事長）

★感謝奇景光電股份有限公司贊助106學年度「生涯規劃——奇景光電精英論壇」課程

★感謝張有德先生贊助107學年度「生涯規劃——張有德精英論壇」課程

★精英論壇系列二《從答題到出題：Don't Always Ask for Permission》2020年7月初版、11月二刷

107學年度場次一覽表

107.10.11	生涯規劃
講　　者	余光華（崑山科技大學教授，前臺鹽實業股份有限公司、台灣肥料股份有限公司董事長）
107.10.18	**新藥研發：從阿斯匹靈談起**
講　　者	張文昌（臺北醫學大學董事長、臺北醫學大學講座教授、國立成功大學名譽特聘講座、中央研究院院士）
107.10.25	**找到你的大聯盟**
講　　者	余定陸（應用材料集團副總裁暨臺灣區總裁）

107.11.01	自習課
講　者	杜振熙（任性的人工作室負責人）
107.11.22	**建築——科技與藝術的相遇**
講　者	潘冀（潘冀聯合建築師事務所主持人、美國建築師協會院士）
107.11.29	**感謝我不完美的人生**
講　者	張雅婷（臺灣舞蹈家）
107.12.06	**我的故事，我的歌**
講　者	紀政（財團法人希望基金會董事長、亞洲飛躍的羚羊）
107.12.13	**走過的路才算數**
講　者	Duncan Lin（臺灣圖文創作者）
107.12.20	**我的醫學生涯——兼談健保改革**
講　者	李伯璋（衛生福利部中央健康保險署署長）
107.12.27	**平凡中見不凡——從屏東到紐約的設計師之路**
講　者	江孟芝（美國夢界實驗設計工作室創意總監、紐約視覺藝術學院研究所講師）
108.01.03	**鍾愛一生**
講　者	簡朝和（國立清華大學材料科學工程學系特聘教授、璟德電子工業股份有限公司創辦人）
108.02.25	**用美好心意與世界相聚**
講　者	楊士毅（臺南剪紙藝術家）

108.03.04	人生的金字塔如何登頂？
講　　者	謝詠芬（閎康科技股份有限公司創辦人暨執行長）
108.03.11	安靜是種超能力
講　　者	張瀞仁（美國非營利組織Give2Asia亞太區經理）
108.03.18	一塊晶圓餅乾，讓世界看見臺灣
講　　者	黃淑君（Choice巧思：思品有限公司董事長）

★感謝張有德先生贊助107學年度「生涯規劃——張有德精英論壇」課程

★精英論壇系列三《人生的金字塔》2021年5月初版

108學年度場次一覽表

108.11.21	練習，做自己
講　　者	肆一（華文作家）
108.11.28	人生的大餐
講　　者	陳超乾（創意電子股份有限公司總經理）
108.12.26	站在舒適圈看初心
講　　者	黃文献（璨揚企業股份有限公司董事長）
109.01.02	無關勝負，貴在堅持
講　　者	莊智淵（臺灣男子桌球運動員）

109.03.05	熱情與理想——一張人生的悠遊卡
講　者	吳重雨（國立陽明交通大學電子工程學系暨研究所講座教授，前國立交通大學校長）
109.03.19	寄生的藝術．塗鴉
講　者	BOUNCE（塗鴉藝術家）
109.03.26	職業不分性別
講　者	楊婷喻（汽車噴漆職類國手）
109.04.09	生命的轉折與選擇
講　者	王曉書（手語新聞主播）
109.04.16	漫談產業發展與材料科技
講　者	張瑞欽（華立企業股份有限公司董事長）
109.04.23	一個菜鳥YouTuber的異想世界——追求夢想與生涯規劃
講　者	JR Lee Radio（YouTuber英文學習頻道）
109.05.14	勇敢開闊視野追夢想
講　者	張希慈（城市浪人共同創辦人）
109.05.21	失敗的正能量
講　者	林生祥（左營高中現代五項教練）
109.05.28	從半導體到AI助你找出助人利己的職涯
講　者	盧超群（鈺創科技股份有限公司創辦人暨董事長、台灣半導體產業協會（TSIA）理事長）

109.06.11	豁出去，用力丟就對了
講　　者	郭泓志（前美國職棒大聯盟、臺灣職棒選手）

★感謝某知名企業贊助108學年度「生涯規劃——成創精英論壇」課程

109學年度場次一覽表

109.09.14	只要我長大
講　　者	馬天宗（大清華傳媒股份有限公司總監製）
109.09.21	從履歷表看職涯規劃
講　　者	謝詠芬（閎康科技股份有限公司創辦人暨執行長）
109.09.28	有一種翻轉叫偏鄉
講　　者	王政忠（南投縣立爽文國中教師）
109.10.05	我在努力的路上學到的事
講　　者	周苡嘉（國立陽明交通大學電子物理系副教授）
109.10.12	舊鞋救命——失控，是最好的安排
講　　者	楊右任（舊鞋救命創辦人）
109.10.19	堅持，與自己對決的勇氣
講　　者	劉柏君（社團法人台灣運動好事協會創辦人）
109.10.26	攀向沒有頂點的山
講　　者	詹喬愉（臺灣女性登山家）

109.11.02	如何走向成功之路
講　　者	林書鴻（長春集團創辦人）
109.11.09	世界新極限
講　　者	林義傑（義傑事業執行長）
109.11.30	毅力
講　　者	呂振裕（安裕電動工具行老闆）
109.12.07	打不破的玻璃心
講　　者	朱芯儀（視障心理諮商師）
109.12.14	走在持續學習與成長的路上
講　　者	沈士傑（力旺電子股份有限公司總經理）
109.12.21	旅行的模樣——獨立思考與國際視野培養
講　　者	陳浪（旅人作家）
110.03.04	從記錄到保存臺灣建築文化遺產的不歸路
講　　者	傅朝卿（國立成功大學建築學系教授）
110.03.11	新世代NPO經營：以Skills for U推動技職議題為例
講　　者	黃偉翔（技職3.0 執行長）
110.03.18	學術創新路
講　　者	陳良基（國立臺灣大學電機工程學系特聘教授）

110.03.25	我的選擇，是把生命活得更好
講　者	徐凡甘（為台灣而教長期影響力協會常務理事）
110.04.08	**當傳承遇上創新**
講　者	李雄慶（舊振南食品股份有限公司董事長）
110.04.15	**我還是要繼續釀梅子酒**
講　者	張西（知名華文女作家）
110.04.22	**監獄、私娼寮、基隆老查某卡拉OK——編劇的田野調查之旅**
講　者	詹傑（臺灣知名的編劇）
110.04.29	**還想浪費一次的風景**
講　者	蔡傑曦（攝影師、作家）
110.05.20	**逆風更要勇敢飛翔**
講　者	余秀芷（漢聲廣播電臺主持人）
110.05.27	**從學涯到職涯的三道成功錦囊**
講　者	陳其宏（佳世達科技股份有限公司董事長）
110.06.03	**啟程、流浪、回家——屬於你自己的人生壯遊**
講　者	宋睿祥（長庚醫療財團法人基隆長庚紀念醫院一般外科主任）
110.06.10	**攀登人生高峰**
講　者	高銘和（自然人文研究工作者）

★感謝旺宏電子股份有限公司贊助109學年度「生涯規劃——旺宏電子精英論壇」課程

APPENDIX

110學年度場次一覽表

110.09.23	未來的機會與挑戰
講　者	高啟全（晶芯半導體（黃石）有限公司董事長）
110.09.30	逆轉人生——聽見幸福在唱歌
講　者	許超彥（蘭心診所醫師）
110.10.07	誠致教育創業家
講　者	方新舟（誠致科技股份有限公司創辦人暨董事長）
110.10.14	我的學習
講　者	王小棣（臺灣知名電影、電視劇的編劇和導演）
110.10.21	後疫情，韌性城市永續生活
講　者	張清華（九典聯合建築師事務所的主持建築師）
110.10.28	從都市計劃到日更 YouTuber 背後的迷惘
講　者	張志祺（時事領域YouTuber、圖文不符／簡訊設計共同創辦人）
110.11.04	人生不設限：從主播臺走向世界秘境
講　者	廖科溢（寰宇新聞台主播、亞洲旅遊台《發現大絲路》、《北緯三十度》主持人）
110.11.18	阿善師的鑑識人生與案例分享
講　者	謝松善（財團法人李昌鈺博士物證科學教育基金會副執行長、前臺北市政府警察局鑑識中心主任）

110.12.09	積善
講　　者	許峰源（律師、作家）
110.12.16	逆風更要勇敢飛翔
講　　者	余秀芷（作家、漢聲廣播電臺主持人）
110.12.23	在世界史中尋找臺灣
講　　者	涂豐恩（《故事》創辦人、聯經出版事業股份有限公司總編輯）
110.12.30	企業轉型，打造世界級數位服務
講　　者	蘇柏州（凱鈿行動科技股份有限公司Kdan Mobile創辦人）
111.02.24	Lady Gogo
講　　者	黃偵玲（綜合格鬥／柔術選手）
111.03.03	迷茫是為了更好的奔往
講　　者	不朽（知名華文女作家）
111.03.10	高熵材料的開創及原點訓練的重要性
講　　者	葉均蔚（國立清華大學材料學系特聘教授）
111.03.17	世界規則，由我改寫定義——將次文化帶進奧運的推手
講　　者	陳柏均（HRC舞蹈工作室創辦人）
111.03.24	我們距離鋼鐵人的生活還有多遠？
講　　者	陳縕儂（國立臺灣大學資訊工程學系副教授）

111.04.07	春池學——循環設計與循環經濟
講　　者	吳庭安（春池玻璃實業有限公司副總經理）
111.04.14	**職涯規劃與面對衝突應有的態度**
講　　者	林弘男（中國鋼鐵股份有限公司高級顧問，前中國鋼鐵股份有限公司總經理）
111.04.21	**看見自己，看見需要，找到屬於自己的路**
講　　者	呂冠緯（均一平台教育基金會董事長暨執行長）
111.05.12	**人生的一道數學題**
講　　者	賴以威（數感實驗室創辦人）
111.05.19	**IP 影響力**
講　　者	簡廷在（豪門國際開發股份有限公司董事長）
111.05.26	**Stan哥的思維：反向思考 正向樂觀**
講　　者	施振榮（宏碁集團創辦人暨榮譽董事長）
111.06.09	**記憶與技藝的傳承**
講　　者	蔡舜任（蔡舜任藝術修復工事創辦人）

★感謝華立企業股份有限公司贊助110學年度「生涯規劃——華立企業精英論壇」課程

精英論壇系列課程

這本精英論壇系列四《走出不一樣的路》的出版，首先要感謝益安生醫股份有限公司張有德董事長，長春集團創辦人林書鴻董事長及某知名企業的共同贊助，感謝他們對於支持高等教育的熱忱，和對於社會的回饋。

本書的書名《走出不一樣的路》，是源自吳誠文（前世界少棒冠軍，巨人少棒隊主力投手）教授，在本書中的一篇文章題目。吳教授曾任國立清華大學副校長及國立成功大學副校長。

歷年來對於本精英論壇系列課程的贊助企業如下：

106學年度由奇景光電股份有限公司吳炳昇董事長贊助開設「奇景光電精英論壇」、107學年度由益安生醫股份有限公司張有德董事長贊助開設「張有德精英論壇」、108學年度由某不具名的知名企業贊助開設「成創精英論壇」、109學年度由旺宏電子股份有限公司吳敏求董事長贊助開設「旺宏電子精英論壇」、110學年度由華立企業股份有限公司張瑞欽董事長贊助開設「華立企業精英論壇」課程、111學年度由閎康科技股份有限公司謝詠芬董事長贊助開設「閎康科技精英論壇」課程，112學年度將由舊振南食品股份有限公司李雄慶董事長贊助開設。

精英論壇系列主編

主編黃肇瑞現職國立成功大學材料科學及工程學系講座教授、中國材料科學學會理事長以及教育部／科技部深耕計畫：國立成功大學綠能材料研究中心主任兼計畫總主持人。

曾任國立高雄大學校長、國立成功大學研發長、科技部奈米國家計畫辦公室共同主持人，獲頒科技部三次傑出研究獎及傑出特約研究員，美國陶瓷學會會士，亞太材料科學院院士，國立清華大學工學院傑出校友，並為國內第一位獲頒國際陶瓷學院（WAC）院士。生涯致力於陶瓷材料科學及工程的研究和教學，專長於精密陶瓷、表面鍍膜、複合材料、奈米材料、能源材料；對於新材料的研發，及創新的理論機制有所貢獻，發表三百餘篇國際學術期刊論文，獲得國內外諸多學術、榮譽獎項，並有豐富的高等教育行政歷練。

因為樂觀、積極而認為人生沒有什麼過不去的坎，近年來希望可以影響更多的年輕人和鼓勵大量閱讀，因此憑著一股熱忱和企業的贊助，於2017年起開設一系列的全校通識課程「生涯規劃── 精英論壇」，並將授課的內容整理成逐字稿，由成大出版社出版精英論壇系列叢書。

精英論壇系列一

精英的十三堂課
2019 年 5 月初版
9789865635442

精英論壇系列二

從答題到出題：Don’t Always Ask for Permission
2020 年 7 月初版
9789865635466

精英論壇系列三

人生的金字塔
2021 年 5 月初版
9789865635510

走出不一樣的路

Take a different path

主　　編｜黃肇瑞

發 行 人　蘇芳慶
發 行 所　財團法人成大研究發展基金會
出 版 者　成大出版社
總 編 輯　游素玲
執行編輯　吳儀君
責任編輯　林淑禎
地　　址　70101台南市東區大學路1號
電　　話　886-6-2082330
傳　　真　886-6-2089303
網　　址　http://ccmc.web2.ncku.edu.tw

銷　　售　成大出版社
地　　址　70101台南市東區大學路1號
電　　話　886-6-2082330
傳　　真　886-6-2089303

法律顧問　王成彬律師
電　　話　886-6-2374009

排　　版　菩薩蠻數位文化有限公司
印　　製　秋雨創新股份有限公司
初　　版　2022年10月
定　　價　420 元
I S B N　978-986-5635-71-8

國家圖書館出版品預行編目(CIP)資料

走出不一樣的路 = Take a different path/黃肇瑞主編. -- 初版. -- 臺南市 : 成大出版社出版 : 財團法人成大研究發展基金會發行, 2022.10
面； 公分. --（精英論壇系列 ; 4）
ISBN 978-986-5635-71-8（精裝）

1.CST: 生涯規劃 2.CST: 自我實現

192.1　　111016401